梅泉黃玹

매천 황현

박혜강 장편소설

1

白雲山下
백운산하

梅泉黃玹

매천 황현

박혜강 장편소설

1

白雲山下
백운산하

문학들

나는 이 소설을 기획하고 집필하는 동안 '법고창신法古創新'과 '술이부작述而
不作'이라는 두 단어를 머릿속에 간직하고 있었다. 매천 황현 선생께서 살아
왔던 100여 년 전의 이야기를 소설로 형상화하기 위해서 절대적으로 필요한
사항이라고 여겼기 때문이었다.

이 소설은 특이한 구조로 되어 있다. 우선 매천의 생애를 '백운산권'과
'지리산권'으로 양분했다. 그리고 각 권마다 현장 답사를 통한 르포타지(보
고문학)와 보통의 역사소설 형식을 결합시켜 놓았다. 그 이유는 이 소설이 과
거의 이야기 속에 함몰되지 않도록 하기 위함이었고, 매천 황현 선생의 사후
인 현재의 상황까지 이야기를 드넓게 풀어가고 싶은 의도가 있었기 때문이
다. 그리고 소설 속에 작가가 개입하는 부분이 더러 나오는데, 그건 계산된
것이었음을 밝혀둔다. 또 실명이 더러 등장하는데, 그 분들에게 커다란 실례
가 되지 않기를 바라는 마음 간절하다.

소설을 준비하는 과정에서 어려움이 많았다. 어떤 소설은 자료가 빈약해서 곤란을 겪는 경우도 있지만, 매천 선생에 관한 소설은 자료가 너무나 방대해서 공부하는데 많은 시간과 정열을 기울여야 했다.

『매천야록』과 『오하기문』 그리고 매천 선생의 여러 장르의 문학들만 해도 방대한 양이었다. 그런데 매천 관련 논문과 그밖의 등장인물에 관한 수많은 자료들을 섭렵한다는 것은 인내를 끝없이 요구하는 일이었다.

소설을 집필하는 과정에서도 어려움이 많았다. 우선 지명 문제에 있어서 100년 전과 현재가 다른 경우가 많아서 애를 먹었다. 등장인물의 호칭에 있어서도 지금과 달리 예전에는 자字나 호號를 사용했기 때문에 곤란을 겪었다. 과거 인물 중에서 유명한 사람들은 자나 호가 밝혀져 있었지만 그렇지 않은 경우에는 이름뿐이었기 때문이다. 또 호나 자가 여러 가지라서 자료를 읽을 때나 집필할 때 정신을 바짝 차리지 않으면 실수할 수 있었다. 아무튼 정신 바짝 차려서 오류가 없도록 최선을 다했다.

소설 속에 『매천야록』과 『오하기문』 그리고 여타의 자료들을 그대로 인용해야 하는 경우가 왕왕 있었다. 소설로서 품격을 떨어트릴 수 있다고 보았으나 생생한 모습이나 상황을 전달하기 위해 풀어쓰지 않고 그대로 인용했다. 또 매천의 시라든지 그 외 등장인물들의 시를 인용할 수밖에 없었는데, 매천 선생의 시는 전문을 원형 그대로 사용했고(소설의 의미나 전개에 필요하다고 보았을 때), 등장인물들의 시는 문학적으로 큰 가치가 있다고 해도 일부를 생략하거나 따옴표에 넣어서 처리했다(매천 선생의 소설이기 때문에).

각 권에서 보고문학(르포타지) 형식을 취한 부분(각 권 1장)에서는 소설적인 맛을 약간 가미했다. 왜냐하면 현장 답사가 수차례에 걸쳐 진행되었지만 백운산권과 지리산권을 각각 한 번씩 다녔던 것으로 기술해야 이야기 전개가 매끄럽다고 보았기 때문이다. 그리고 답사 이후에 공부했거나 얻었던 정보가 있었지만 그 이전에 이미 알고 있었던 것처럼 표현해야 하기 때문에 허구(픽션)가 약간 가미될 수밖에 없었다. 그래서 보고문학 형식을 취하긴 했지만 소설로 보아주는 것이 더 좋겠다.

보통의 역사소설 형식을 취한 부분(각 권 2장)에서는 일부러 각 사건의 연대를 정확히 기록하려고 노력했다. 어려운 단어나 옛 용어들은 활자를 줄여서 그 뜻을 적어 놓았다. 이런 것들 역시 소설로서 품격을 떨어트리고 맛을 저하시킬 수 있을 거라는 생각을 해보지 않았던 것은 아니지만 100년 전의 상황을 이해하기 쉽도록 하려면 어쩔 수 없는 일이었다. 소설을 집필한 나도 옛 자료를 공부하는 도중에 뜻이 잘 이해되지 않아 어려움을 겪었는데 독자 제현들이야 오죽하겠느냐는 생각이 들었기 때문이다. 그리고 연대를 정확히 기록하려고 했던 것은 아마 매천야록의 영향을 받았던 점도 있으리라 생각이 든다.

이 소설책이 발간되는 시점이 우연하게도 경술국치 100년이 되는 해이며, 매천 황현 선생께서 순국하신 지 100년이 되는 해이기도 하다. 100년이 지난 오늘 옛 이야기를 새삼스럽게 들춰내는 것은 과거를 교훈삼아 내일을 조망하는 슬기를 키우자는 뜻도 있을 것이다.

역사는 현대와의 끊임없는 대화라고 했다. 역사는 항상 되풀이된다고 했다. 그래서 지난 역사는 오늘이고 또 내일이기도 하다. '매천정신'이 불사조처럼 영원했으면 좋겠다.

집필하는 동안 수많은 밤을 뜬눈으로 지새우는 올빼미 신세였다. 이제는 밤에 편히 잠자는 인간으로 돌아가고 싶다. 그리고 나 역시 한 사람의 독자가 되어 따스한 차 한 잔 마시면서 이 소설을 꼼꼼히 읽어보려고 한다.

끝으로 이 소설이 햇빛을 보기까지 물심양면으로 도움을 아끼지 않았던 분들을 밝히고 싶다. 광양시 역사인물 소설화와 문화의 육성발전에 큰 뜻을 갖고 계시는 이성웅 광양시 시장님, 장명환 광양시의회 의장님 이하 위원님들께 감사의 절을 올리고 싶다. 현장답사를 할 때 동행해주었던 김귀진 기자, 구례의 정동인 선생님, 문승이 선생님, 황승연 선생께도 마땅히 절을 올려야겠다. 그 외 답사 길에서 만났던 모든 분들에게도 감사함을 잊지 않을 것이다.

격려를 항상 아끼지 않았던 광양시 문화관광과 직원 여러분들과 자료수집에 도움을 준 구례군 류효숙 문화담당, 언제나 친근한 6인회의 벗들에게 술한 잔씩 올리고 싶다.

올 겨울은 눈도 많이 내리고 무척이나 춥다. 하지만 인간의 정은 변함없이 따스하다. 그래서 꽃보다 사람이 더 아름답다고 노래하지 않던가.

작업실 '하늘방' 에서 박 혜 강 올림

목차

제 1 장

매천(梅泉)을 찾아서

1

목적지는 광양光陽이었다.

호남고속도로에 접어들자 는개가 내리기 시작했다. 사위가 우윳빛 유
리에 갇힌 듯 불투명했다. 하지만 정체를 알 수 없는 형형한 빛줄기 하나
가 불투명한 분위기를 걷어내며 나를 인도하고 있었다. 도대체 그 빛은
무엇이었을까?

차창 밖의 모든 사물들이 시나브로 젖어갔다. 안개와 는개와 이슬비는
형상이 유사했다. 하지만 나에게 그것들은 전혀 다른 느낌으로 각인되어
있었다. 안개가 망각이라면 는개는 부활이었고 이슬비는 낭만이었다.

어린 시절, 고향마을의 백운산 주변에는 는개가 자주 내리곤 했다. 그
럴 때면 실루엣으로 드러난 그 산이 무한한 상상력을 일깨워주었고, 는개
에 흠뻑 젖은 나의 몸속에서 근원을 알 수 없는 무엇인가가 은밀하게 자
라나곤 했다.

백운산은 참으로 오묘했다. 아침 햇살에 반짝이거나 저녁노을에 물든
바위옹두라지, 뭉게구름 화관을 우아하게 둘러쓴 산마루들, 원시림에서
똬리를 틀고 있던 천년의 바람, 주변의 경관에 따라 사시사철 색상이 변
하며 흘러내리는 계곡물, 그런 것보다 단연코 오묘한 것은 는개에 함초
롬히 젖을 때마다 거대한 발아發芽현상을 보여주던 생명의 신비와 장엄
이었다.

백운산은 천의무봉天衣無縫의 조화를 보여주고 있었다. 물론 태곳적부

터 그랬을 리 없을 것이다. 누천년의 세월이 흐르는 동안 부족한 것은 채우고 과한 것은 덜어 이젠 마땅히 있어야 할 것만 남아서 완벽의 극치를 보여주기에 이르렀다. 그것은 거짓으로 꾸민 것 하나 찾아볼 수 없는 순수의 덩어리 그 자체였다.

나는 백운산의 정상으로부터 흘러내린 산줄기에 두 다리를 뿌리처럼 박고 어린 시절을 보냈다. 초등학교를 졸업하기 이전에는 대처로 나갔던 적이 한 번도 없었다. 그 대신에 백운산의 깊은 품안에 무시로 들랑날랑하면서 생명의 신비와 장엄한 기운을 맘껏 들이마시곤 했다.

어느 날은 바위너설을 극터듬으며 백운산 산꼭대기까지 올라간 적이 있었다. 그런데 산꼭대기는 흙이나 바위로 되어 있지 않았다. 그 꼭대기는 태양이 작열하는 곳이었고, 우주의 기氣가 넘실대는 창공이었다. 그 꼭대기는 천지인天地人이 일체가 되는 공간이었다.

나는 정든 고향을 떠날 때까지 내 속에서 은밀히 자라나곤 했던 그것의 정체가 무엇인지 알지 못했다. 그 후 대처에서 학업에 정진할 때도 정체불명의 그것은 내 안에서 백운산의 바람소리처럼 사라지지 않은 채 성장을 거듭하고 있었다. 도대체 그것은 무엇이었을까?

차가 호남고속도로의 종점 가까이에 다다르자 순천2터널이 나타났다. 이 터널을 지나 10여분쯤 후면 순천을 만나게 되고 남해고속도로와 연결되었다.

만약에 터널이 뚫리지 않았다면 허위단심으로 넘어야할 고갯길이었다. 그런데 산이 고통을 각오하고 자신의 살을 깎도록 허락하여, 그것도 가슴 한복판을 미련 없이 내놓는 희생정신으로 인간들의 편리함에 이바지하고 있었다.

어웅하게 뚫린 터널 속에 도열하고 있는 할로겐 불빛들이 차창에 부딪치며 으깨졌다. 차바퀴에 깔렸다. 그 불빛들이 차바퀴의 요철 아래에서 짓이겨지지 않았다면 차가 어둠을 뚫고 달리기 힘들었을 것이다.

우리의 역사 또한 그랬다. 몇몇 선각자들과 지사들의 가없는 희생이 없었더라면 역사의 수레바퀴가 멈췄을지도 모른다. 민족정신 또한 고사해버렸을지도 모른다. 그들의 희생정신은 곧 한민족의 얼이요 에너지나 다를 바 없었다.

그 터널이 나를 1백여 년 전의 역사 속으로 끌어들이는 블랙홀 같았다. 끝없는 외세 침탈과 국정 혼란으로 말미암아 마침내 경술국치라는 비참한 상황으로 변해버렸던 한 맺힌 그 시대. 내가 시간의 불연속지층을 훌쩍 뛰어넘어 그 시대로 무사히 잠입할 수 있을 것인가 하는 두려움이 앞섰다.

할로겐 불빛들이 차바퀴의 요철 아래에서 짓이겨지며 현란한 모자이크를 연출하고 있을 때였다. 나는 문득 "새 짐승도 슬피 울고 산 바다도 찡그리고, 무궁화 금수강산 진흙탕에 빠졌구나."라고 탄식하며 순국의 길로 의연하게 들어섰던 매천梅泉 황현黃玹의 '유자제서遺子弟書'를 떠올렸다.

　　내가 꼭 죽어서 의리를 지킬 까닭이 없다. 나의 죽음은 다만 인仁을 이루고자 할 뿐 충忠은 아니다. 그러나 나라가 선비를 기른 지 오백년이나 되었는데, 나라가 망하는 날 죽는 자 한 사람 없다면 어찌 통탄스

럽지 않으랴. 내가 위로는 하늘이 내린 도리를 저버리지 않았고, 아래
로는 평소 읽었던 책의 말씀을 저버리지 않았다. 이제 깊이 잠들려 하
니 통쾌하기 그지없다. 그러니 너희들은 너무 슬퍼하지 마라……

조선의 마지막 의로운 선비로 추앙받고 있는 매천 황현은 어떤 인물
인가?

그는 1885년철종 6, 전남 광양군 며내면지금의 봉강면 석사리 서석촌에서
부친 황시묵과 모친 풍천노씨 사이의 장남으로 태어났다. 본관은 장수,
자가 운경雲卿, 호는 매천이었다.

먼 조상으로는 세종 때 청백리로 이름을 떨친 황희 정승이 있으며, 10
대조 황진은 임진왜란 당시 충청병사로 군공을 세우다 진주성전투에서
순국했고, 8대조 황위는 병자호란 당시 남원에서 의병을 일으킨 것으로
유명했다.

매천은 어린 시절부터 재주가 남달랐다. 노사 기정진 선생을 찾아갔을
때, 선생이 매천을 아주 기특하게 여겼을 정도였다. 그리고 성년이 되었
을 때는 당대의 문장가로 유명했던 영재 이건창, 창강 김택영과 더불어
한말삼재韓末三才로 불렸다.

매천은 평생 동안 1,051수의 시를 지었는데김정한은 그의 논문 '매천시파연구'
에서 2,500여 수라고 주장함 창강 김택영이 쓴 '성균 생원 황현전'을 보면,

"황현의 시는 조선시대 5백 년에 있어서 몇 손가락 안에 꼽힌다. 그 십
절도시十節圖詩는 더욱이 아름다우니, 피맺힌 충성심에서 흘러나온 것이
기에 기교를 부리지 않아도 자연히 잘 된 것이리라. 비단옷 위에 양가죽
옷을 더한 것과 같으므로 비록 어린아이라도 그 아름다움을 알 것이다.

황현은 뛰어난 문장에 높은 절개를 더하니, 그 빛이 백세에 드리울 것을 어찌 의심하겠는가!"

라고 기록되어있다.

특히 매천의 저작물들은 우리의 근대사를 연구할 때 보배와 같은 사료로 평가받고 있으며, 그 중에서 『매천야록』은 불세출의 역사비평서로 손꼽히고 있다.

그의 아우인 석전 황원은 매천의 생김새를 이렇게 묘사했다.

"생김새가 깔끔하고 매서워 가을 매가 솟구칠 듯 서있는 것 같고, 이마는 훤칠하며 윤기가 돌고, 눈썹은 성글며 목소리는 맑고도 쩌렁쩌렁하고, 시력은 근시에 오른쪽은 사시斜視이고 콧마루는 오똑하고 귓불은 쳐졌고 이는 쥐이요 입술은 검푸르고 수염의 길이는 두어 치이다."

매천과 신교神交를 맺었던 김택영은 그의 생김새와 성품에 대해서 이렇게 말했다.

"현玹은 이마가 넓은 데다 눈썹은 드물었으며, 눈은 근시인데다 오른쪽으로 꺾어졌다. 사람됨이 호방하고 시원스러웠으면서도 모가 지고 꼬장꼬장했다. 악한 사람 미워하기를 원수처럼 했으며, 오만스러운 기백이 있어 남에게 허리를 굽혀 복종하지 않았다. 교만스러운 고관들을 만나면 얼굴을 돌리고 그들을 물리쳤다. 평생 사는 동안 자기가 좋아하는 사람이 좌천을 당하거나 귀양 가거나 죽거나 상을 당하게 되었을 때 천리를 걸어서라도 위로를 한 적이 많았다. 책을 읽다가 충신이나 지사가 곤액을 겪거나 원통한 일을 당하게 되면 눈물을 줄줄 흘리지 않은 적이 없었다. 학문은 고금을 통하였지만 시속時俗:그 당시의 속된 것의 학자들을 따라 노니는 것을 좋아하지 않았다."

김택영의 설명에 따르면, 매천은 대쪽선비였다. 특히 '매천필하무완인梅泉筆下無完人'이라는 평이 있었을 만큼 붓 끝이 매서웠고 그 기세가 서릿발 같았다.

또 매천은 민중의 변혁운동이었던 동학과 농민들의 투쟁에 대하여 위정척사파 입장에 서서 비판적으로 바라보았던 철두철미한 보수주의자였다.

그는 "동학의 학문은 사람의 도리를 말했으니 그 명목을 말하자면 도학이지만 그 실상을 캐고 보면 역적이다."라고 했다. 그리고 "장차 역적의 일을 행하려하면서 감히 동학의 이름을 빌려 양민 속에 두세 명의 우두머리가 그럴 듯한 말을 만들어내어, 무지한 사람들을 속여 말하기를 도학이 여기에 있다 하니, 선각이 아니면 어찌 여기에 물들지 않겠는가."라며 동학이 백성들을 속이는 혹세무민의 궤변이라고 평가했다.

매천이 동학도를 혹평했던 것은 중국의 황건적이나 백련교도, 또 태평천국군처럼 반란을 일으켜서 국가의 존립에 위해를 가할까하는 염려 때문으로 생각되었다. 왜냐하면 그의 『오하기문』에서, 청조가 태평천국군의 반란으로 심각한 타격을 입었다는 기록이 나오기 때문이었다.

그는 동학의 지도자와 교도들을 철저히 처벌하라고 주장했다. 그리고 제시했던 대응책은 유교 질서를 재 강화하면서 향약을 시행하는 것에 초점을 맞추었다. 또한 정치체제의 폐단이 시정되어야 한다고 역설했다.

후세 학자들은 매천의 이러한 모습을 진단하면서, 동학이 갖고 있는 정치사회적인 의미를 인식하지 못했으며 가치와 이념을 시대와 더불어 변화시키려는 인식의 융통성이 부족했다고 비판하기도 했다. 하지만 당시 그가 그런 입장을 고수할 수밖에 없었던 것은 기존의 가치관과 질서를 유지하려는 보수적인 선비였기 때문이었을 것이다.

물론 매천은 동학농민운동을 동학도들의 탓으로만 돌리는 어리석음을 저지르지 않았다. 그는 『오하기문』의 '수필首筆' 첫머리에서,

"아! 재앙과 변괴가 일어나는 것이 어찌 우연이겠는가. 국가정치의 순탄함이나 혼란에는 나름대로 주어진 운수가 있고 일이 꼬이거나 풀리는 것은 순환되기 마련이다. 이런 일들은 당시의 운세와 시대적 상황에 따라 어쩔 수 없이 결정된 것이라 바꿀 수는 없다고 하나 더러는 일을 담당한 사람들의 잘잘못에 기인하기도 하는데 아마도 오랫동안 누적된 추세로 그렇게 된 일이지 결코 일조일석에 조성된 것은 아니다."
라고 통탄하며 조선왕조 5백 년 동안의 부정부패가 쌓이고 쌓여서 곪아 터진 결과로 진단내릴 줄 아는 현명한 안목을 지니고 있기도 했다.

매천과 신교했던 영재 이건창 역시 동학교도들을 짐승 사냥하듯 소탕해야한다고 주장했던 철두철미한 보수주의자였다. 물론 이건창은 동학농민군을 비난하면서도 그들의 처지에 공감했고, 매관매직을 일삼는 정권에 대해서 더욱 매섭게 비판했다.

영재寧齋 이건창李建昌.

그는 조선 후기의 문신이며 학자였다. 고종 3년에 15세의 나이로 문과에 급제했던 신동이었으나 어리다고 해서 등용이 연기되었다가 4년 후에 홍문관으로 들어갔다. 1875년에는 충청도 암행어사가 되어 관찰사 조병식을 파직시키려고 했다가 오히려 모함에 걸려 유배를 가기도 했다. 또 바른 정치를 하려다가 반대파들의 모함을 받아 여러 차례나 유배를 당했지만 늘 의연한 자세를 잃지 않았다.

일설에 따르면, 고종이 지방관을 임명할 때, 그가 내려가서 백성을 잘 못 다스리면 이건창을 보내겠다고 엄포를 놓았다고 한다. 그것은 이건 창이 철두철미한 원칙주의자였음을 보여주는 단면이라고 할 수 있을 것 이다.

이건창의 조부인 이시원은 철종 때 이조판서를 지낸 적이 있었다. 그 리고 병인양요가 발생했을 때 피난을 가자고 말했던 사람을 호되게 꾸짖 고 난이 발생한 것을 원통해하며 세 통의 유서를 남긴 채 음독 자결했던 인물이었다.

그는 조부의 장엄한 죽음 의식을 곁에서 지켜보며 성장했기 때문에 완 벽주의자로 성장할 수밖에 없었을 터였다.

고종 때, 이건창은 해주관찰사라는 높은 벼슬이 내려왔으나 관직에 나 가지 않았다. 그 후, 고종의 노여움을 사게 되어 "벼슬을 살 테냐, 귀양을 가겠느냐?"라며 양자택일하라고 했을 때 의연하게 귀양길에 올라 2개월 동안 고군산도에서 유배 생활을 했다.

그가 만년에 병이 들었을 때는 매천을 몹시 그리워했다. 그리고 "내가 죽기 전에 매천을 한 번 보고 죽어야할 텐데, 매천을 한 번 만나보면 지금 죽어도 여한이 없다."고 말했으며, 운명하는 순간에도 "매천! 매천!"을 애 타게 불렀다고 한다.

이처럼 그 시대의 진정한 보수주의 선비들은 망천하망국가亡天下亡國家 라는 시대와의 불화 앞에서 나라를 지키기 위해 최선의 노력을 다했다. 그런데 오늘날 지식인들의 현주소는 어떠한가.

선비란 학식과 인품을 갖춘 사람에 대한 호칭이었다. 율곡 이이는 "마 음으로 옛 성현의 도를 사모하고, 몸은 유교인의 행실로 신칙申飭:단단히 타일러서 경계함하며, 입은 법도에 맞는 말을 하고, 공론公論을 지니는 자이다."라고 선비를 정의했다.

선비는 국난을 당하면 목숨을 바치기도 하며, 득得을 보면 취하기 전에 먼저 의義를 생각했다. 정의를 위하여 싸우다가 죽음을 당할지언정 구차하게 살기 위해 몸을 욕되게 하지 않았다. 비록 가난하게 살더라도 도덕을 숭상하고 실천했으며 반드시 예의와 염치를 지켜 자신의 책무를 다했다.

요즘 말로 해서 비판적 지식인 모습을 보였던 매천은 선비에 대해서 이렇게 말했다.

"선비란 날 때부터 타고난 지위이다. 선비의 마음이 뜻이 되니 그 뜻은 어떻게 해야 하는가? 권세와 이익을 도모치 말고 영달해도 선비의 구실을 떠나지 말아야하며 벼슬을 못하더라도 선비의 본분을 저버리지 말아야한다. 명예와 절개를 꾸미거나 문벌을, 조상의 덕을 팔아서도 안 된다. 이렇다면 장사치와 무엇이 다를 것인가?"

또한 요즘 같으면 정치가나 지식인이라고 말할 수 있는 당대의 사대부士大夫에 대해서도 날카로운 비판을 가했다.

"사대부란 처음에는 명예와 절개를 긍지로 알고 염치를 중히 여기지 않은 이가 없어, 남들도 그들이 자중 자애하여 내 임금 내 백성에게 죄짓지 않기를 바라고 있음을 아는 터였다. 그러기에 대개 벼슬에 나아가 제 구실을 다하고, 빌붙거나 탐욕스럽다는 조롱을 받지 않았다. 그런데 오래 거듭되다보니 폐단이 된 것이다. 대대로 녹을 받는 양반의 자제들은 귀하게 태어나 법을 업신여기고, 그 조상의 사대부 노릇함을 잊었을 뿐더러, 아울러 백성과 나라를 염두에 둘 것마저 까맣게 잊어버리게 되었으니, 이리하여 조정에는 참 사대부가 없어지고 세상의 원기는 흩어져버리고 만 것이다……. 그러나 만약에 능히 그 마음을 돌리고 생각을 가다듬는다면 여전히 사대부임에 틀림없을 것이다."

그런데 현대의 선비들 대부분은 찬란한 미사여구와 교묘한 언변으로 자신들을 포장하기에 급급하다. 그들이 습득한 학식은 교활함이나 다를 바 없다. 그들에게는 학식만 있을 뿐이지 인품과 덕이 없다. 오히려 못 배운 사람들이 훨씬 겸손하고 정직한 세상이다.

현대의 선비들 대부분은 온갖 술수로 주변의 동료를 짓밟아 경쟁에서 승리하고, 그렇게 얻은 학식으로 한껏 무장하여 명예와 권력과 부를 쌓기 위해 혈안이 되어 있다. 이쯤 되면 지식인이 아니라 '지식상인'이요 '지식괴물'이라고 해도 과언은 아닐 것이다.

그들은 명예와 권력과 부를 차지할 수 있다면 원수나 악마와도 손잡고 패거리를 만드는 경우가 허다하다. 그뿐만 아니라 서로 이해타산이 맞는 사람들끼리 모여 보수와 진보라는 각각의 깃발을 치켜들고 상대를 불공대천으로 원수로 여기며 으르렁대는 경우도 심심찮게 발견할 수 있다. 그러니까 현대는 나만 있고 너는 없는, 다시 말해서 우리가 실종된 세상이라고 해도 과언은 아니다.

보수保守와 진보進步.

사전을 찾아보면, '보수'는 새로운 것이나 변화를 반대하고 전통적인 것을 옹호하며 유지하려는 것이며, '진보'는 역사 발전의 합법칙성에 따라 사회의 변화나 발전을 추구하는 것이라고 되어 있다. 그러니까 국제 표준적인 의미로서의 '보수'와 '진보'는 이념적인 의미에서 현재 사회 체제를 개혁 혹은 변혁하는데 중점을 두지 않는지, 두는지 여부에 달려 있다.

그렇다면 현재 이 땅에 진정한 보수주의자와 진보주의자는 얼마나 있을까.

근대 보수주의자 아버지인 에드먼드 버크는 보수주의의 본질이 전통과 질서를 존중하며 전통적 개혁을 모색하는 것이라고 했다.

그런데 반세기 동안 이 땅의 보수주의자 대부분은 엉뚱하게도 자신의 안정과 기득권을 지키는데 골몰했을 뿐이다. 얼마 전에 진정한 보수를 펼쳐보겠다며 거창하게 나섰던 어떤 단체는 지난날 자신들의 잘못을 반성하는 선에서 출발하기보다 상대를 공격하기 위한 이념으로 무장하여 정치적인 운동을 하고 있는 실정이다.

그들은 매천 황현과 영재 이건창 그리고 백범 김구와 같은 진정한 옛 보수주의자들을 다시 돌아봐야 할 것이다. 그리고 진정한 보수주의의 덕목이라고 할 수 있는 도덕성이나 책임성 같은 것을 가슴 깊이 새겨 '수구꼴통'이라는 말을 듣지 않아야 할 것이다.

이 땅의 진보주의자들 대부분은 어느덧 '진보進步'가 아니라 '진부陳腐'해졌다고 표현해도 과언은 아닐 것이다. 이런 소리를 듣지 않으려면 시시각각으로 변하는 현실과 사회를 올바르게 바라보는 성찰이 필요하고, 과거에 함몰되지 않고 과감히 현실로 뛰쳐나와야 할 것이다. 또 진정한 진보주의자가 되기 위해서 진정성을 갖추어야할 것이다.

『성찰하는 진보』라는 책을 펴낸 조국 교수는 "모든 진보는 자신의 한계에 대한 성찰에서 시작된다."라고 했다. 그리고 가슴의 열정을 다시 되살리라고 역설했다.

내가 중도주의나 이중개념주의자여서 냉소적이거나 양비론적인 입장으로 보수와 진보 진영을 비판했던 것은 아니다. 나는 분명히 밝히지만 진보문학단체한국작가회의에 소속되어 있는 작가이다.

내가 이 시대의 보수와 진보를 비판했던 것은 모든 이들에게 통렬한 자기반성과 발전적인 대안이 필요하기 때문이다. 그리고 몸소 실천하는 모습을 보여주었을 때 우리 사회가 합리적인 발전을 이룩할 것이라고 믿기 때문이다.

사실상 보수와 진보를 앞에 내놓고 말하는 사람들은 '침묵하는 다수'에 비해 엄청난 소수임에 틀림없다. 그 '침묵하는 다수'가 두 부류의 움직임을 예의주시하고 있다는 것을 알아차리고 모두다 경각심을 늦추지 말아야 한다.

새가 좌우 날개로 날아가듯이 역사의 수레바퀴도 보수와 진보라는 양 바퀴의 균형에 의해 굴러간다. 보수와 진보는 화해와 소통 그리고 공존의 자세를 견지하여 민족의 무궁한 발전에 이바지해야 할 것이다.

매천 역시 당대의 수구파와 개화파를 막론하고 나라를 위해 헌신하지 않으면 모두 해로운 자라고 하며 신랄하게 비판했다. 그뿐만 아니라 그는 철저한 유학자였지만, 왕가의 잘못도 서슴없이 사실대로 기록했으며 그의 붓은 일말의 용서도 허용하지 않았다.

차는 아직도 터널을 벗어나지 못하고 있었다. 할로겐 불빛이 연출하고 있는 현란한 모자이크가 머릿속을 어지럽게 만들었다. 그럴 즈음, 비장한 목소리가 환청처럼 귀청을 후비고 들어왔다.

"참으로 지식인 노릇 하기 힘들구나."

그 소리는 매천의 절명시 중의 일부였다.

매천은 1910년 8월에 경술국치의 소식을 전해 듣게 되자, 앞서 소개했던 '유자제서'와 절명시 4수를 남긴 채 치사량의 아편을 먹고 순국했다.

매천의 아우, 석전 황원 역시 1940년에 시행되었던 창씨개명에 반대하여 '강호려인江湖旅人:세상에 떠돌아다니는 사람' 이라는 문패를 달아놓고 일제에 오랫동안 항거했다. 그리고 "푸른 바다 도도히 흐르고 날은 거꾸로 흐르는데/창생을 구하지 못하고 마침내 꾀도 다하였네./헛 늙어버린 인간은 조금도 도움 되지 않으니/하늘나라에 먼저 가서 노니는 것만 못하리/나라는 이미 폐허가 되었고 백성 또한 망했는데/하필 욕됨을 참고서 책상만 지키고 있었는가./작은 시험 빈번하니 큰일을 치르는 것 같고/장부의 뜻과 기개는 전광田光에 부끄럽기만 하네.//"라는 칠언율시 1수 유시遺詩를 써놓고, 수은을 먹고 몸에 바위덩어리를 밧줄로 묶은 채 집 뒤의 월곡저수지로 뛰어들어 순국했다.

물론 매천과 그의 아우 석전 황원을 전후해서 순국했던 지사들이 없었던 것은 아니다. 1905년에 을사늑약이 강제로 체결되자 산재 조병세가 대한문 광장으로 나아가 상소문을 올리고 나서 닷새째 되는 날 순국했다.

이를 계기로 민영환, 홍만식, 이상철, 최익현 그리고 평양의 병사兵使 전봉학이나 이름 없는 어떤 인력거꾼에 이르기까지 수많은 지사들이 죽음으로써 매국계약의 체결에 의연히 항거했다.

그것뿐만 아니라 박은식의 『한국독립운동지혈사』를 보면, 경술국치 이후로 금산군수 홍범식을 비롯하여 무려 28명이나 순국했다고 되어 있다.

홍범식은 『임꺽정』의 저자 벽초 홍명희의 부친이기도 한데, 그는 경술국치를 당하자 아들에게 "죽을지언정 친일하지 마라"는 내용의 유서를 써놓고 동헌 뒤에 있는 소나무에 목을 매달아 순국했다.

나는 죽음의 유혹처럼 화사한 양귀비꽃에 파묻힌 채 누워 있는 매천을 비롯하여 망천하망국가亡天下亡國家의 험한 꼴을 당하자 초개처럼 목숨을 버린 수많은 지사들의 데스마스크를 상상해보았다.

자결이란 도덕적으로 금기시되고 종교적으로 죄악시되고 있는 게 사실이다. 그래서 어떤 경우에도 용납되지 않는다고 한다. 그렇다면 그 지사들의 죽음을 어떻게 해석하는 것이 좋을까? 특히 매천은 꼭 그런 길밖에 선택할 수 없었던 것일까?

독일의 임마누엘 칸트는 감정에 의해 생명을 해치는 것은 보편적 자연법칙에 어긋나기 때문에 어떠한 경우에도 자살은 용납될 수 없다고 했다. 프랑스의 사회학자 에밀 뒤르켐은 "자살이란 사회현상이며 자살의 원인 역시 사회적이다."라고 했다.

그런데 우리는 이런 학술적인 논리를 뒤로 하고 수많은 지사들의 죽음을 명예롭게 여기며 순국선열에 대한 묵념으로 넋을 기리고 있다. 이런 행위는 생명의 존엄에 비춰볼 때 지극히 이율배반적인 것이 아닐까.

나는 터널 안에서 차바퀴의 요철들이 할로겐 불빛들을 짓이기는 동안 내내 매천을 비롯한 수많은 지사들의 죽음에 대한 명쾌한 해답을 찾기 위해 깊은 생각에 빠져들었다. 그 지사들은 생명의 존엄성을 정녕 몰랐단 말인가? 그리고 꼭 그런 극단적인 선택밖에 할 수 없었더란 말인가?

차가 순천2터널을 빠져나왔다. 남해고속도로에 접어들 때까지 는개는 계속 내리고 있었다. 순천시가 안개의 도시처럼 아슴푸레하게 보였다.

이 도시는 2013년 국제정원박람회 개최지로 선정되어 환희의 물결이 넘실대는 중이었다. 이 도시 사람들은 일제가 우리에게 수많은 악행을 저

질렀을 때 반일운동을 용감하게 벌이다가 처참하게 당했던 역사적인 사실을 알고 있을까.

『매천야록』에서 1910년융희 4을 보면 다음과 같은 내용이 기록되어 있었다.

> 순천민들이 시장 잡세에 항의하여 군아·재무소·우편국·금융회 등 모든 관서를 소각하고 일본인 취급소장 대야大野를 죽이고 얼굴을 찢고 시체를 불태웠으며 머물고 있는 일본인을 모두 죽이니 무릇 9명이었으며, 아국민의 사망자는 10여 명이었다. 이에 양서지방의 모든 군은 소식을 전해 듣고 선동하여 경보가 줄달았다. 일본인은 군대를 파견하여 계엄했으며 순천에 들어가 창괴倡魁를 살펴 잡으니 사경四境이 크게 소란하였다.

나는 기요틴의 칼날 같은 땡볕이 내리쬐는 초여름에 이곳 순천을 찾아와 매천의 현손玄孫인 황승연 선생을 만났던 적이 있었다. 그는 교육자로서 후학들을 가르치다가 정년퇴임한 분이었는데, 매천의 초상화에서 느꼈던 날카로움은 안으로 갈무리한 채 퍽이나 조용하고 온화한 분위기를 풍기고 있었다.

순천역 앞의 어느 찻집에서 황 선생과 내가 단둘이 앉아 차를 마셨다. 그러는 동안 내가 매천에 관련된 논문집이나 책을 읽고 공부하던 중에 의문 났던 부분을 질문했고, 가계를 따라 전해온 매천 관련 일화들을 들려달라고 부탁했다. 또 매천이 역사비평가요 시인이었지만, '전傳'이라는 글을 남기기도 했다는 이야기도 해드렸다.

여기에서 '전' 이란 성격상 '소설' 의 범주에 속하는 글인데, 매천은 '전' 이라는 이름으로 소설 몇 편과 가전假傳을 남겼다.

안병열은 '황매천의 소설 연구' 라는 논문에서 "매천의 소설이 비록 양적으로 미미하다고 하나 질적으로는 범상치가 않아서 결코 무시할 수 없는 작품이다."라고 했으며 "치밀한 구성과 뛰어난 기법과 깊이 있는 사상으로 한문학의 종언기終焉期를 장식하는 마지막 전통의 찬란한 촛불이었다."고 말했다.

그날, 황 선생은 만약에 시간이 나면 매천 생가와 유적지 답사에 동행해주겠노라고 했다. 그리고 그 후의 일이지만, 매천의 손자孫子인 황용수 선생이 기록한 '매천의 생애' 에 관한 글 등을 전자우편으로 보내주기도 했다.

삼산이수의 아름다운 자연 환경을 자랑하고, 대한민국 생태수도를 표방하는 순천시를 에돌아 남으로 내려갔다. 매천이 43세에 지었던 '승평도중昇平道中:승평 가는 길에' 라는 칠언율시 한 편을 읊조리면서 그때 그 시절의 순천 풍광과 시대적인 상황을 그려보았다.

매천은 이 시를 통해서 임오군란, 제물포조약, 갑신정변, 을미사변, 단발령 선포, 아관파천 등 일련의 사태로 나라가 심하게 흔들리고 있는 것을 몹시 걱정하고 있었다.

> 선정을 바라보니 옛날에 놀던 때가 생각이 나고
> 강산이 흔들려 떨어지니 쉬이 근심이 되네.
> 성곽에 비친 붉은 나무는 쇠잔한 피리소리 재촉하고
> 좁은 언덕에 핀 갈대꽃은 작은 배를 숨기네.

도적들의 먼지 개니 가을 벌판에 곡식 가득하고
기러기 날아가는 하늘 끝 바닷가에 사주가 생기네.
늙어감에 교사한 마음이 다해졌음을 느끼고
모래톱 위에 한 쌍의 백구는 놀래지 않더라.

2

순천시와 광양시는 인접 도시였다. 순천을 지나 광양 땅에 들어서자마자 이곳이 '햇볕의 도시' 임을 증명해보이기라도 하듯 끈질기게 내리던 는개가 어느새 멈추고 햇살이 금싸라기처럼 내리기 시작했다.

예로부터 광양은 "앞문을 열면 숭어가 뛰고 뒷문을 열면 노루가 뛴다." 는 말이 전해올 정도로 어염시초魚鹽柴草가 풍부한 고을이었다.

어느덧 내 가슴에 포근함과 넉넉함이 뿌듯하게 쌓이기 시작했다. 고향의 품에 안겼기 때문에 편안하고 여유로운 느낌까지 만끽할 수 있었다.

남해고속도로 좌측에 자리 잡고 있는 백운산이 한 눈에 들어왔다. 감탄사가 저절로 솟구쳤다. 는개를 걷어내고 내리쬐는 말간 햇살 아래 빼어난 자태를 드러내고 있는 그 산은 한 마디로 표현해서 청정문아淸靜文雅였다. 그 산은 수많은 애국지사와 빼어난 문인들을 잉태했으며 앞으로도 그럴 것이다.

광양은 우리나라에서 일조량이 가장 많은 곳이었다. 그래서 광양시의 심벌마크에 광양만 컨테이너부두 크레인 위나 백운산 능선 위에 떠오른 찬란한 태양을 상징하는 문양이 그려져 있었다.

역사 속의 광양 명칭을 살펴보면, 백제시대에는 마로馬老, 통일신라시대에는 희양曦陽이었다가 고려시대부터 광양光陽으로 불렀다. 여기에서 "마로"는 '우두머리' 나 '밝은 땅' 을 의미하고, "희양과 광양"은 '따스하게 빛나는 햇살' 이라는 뜻을 갖고 있었다.

이곳은 지난 1989년 당시 광양군의 일부 지역이 동광양시로 분리되었다가, 1995년에 광양시로 통합을 이루었다. 그리고 광양제철이라는 거대한 공업시설에 이어 컨테이너 부두가 들어서서 동북아시아의 물류거점 항만도시로의 허브를 꿈꾸고 있는 곳이었다.

고속도로 요금소를 통과하여 우측으로 꺾었다. 전방 좌측에 광양의 수많은 역사와 이야깃거리를 보듬고 있는 유당공원버들못이 동그마니 앉아 있었다.

매천의 생가를 곧장 찾아가지 않았다. 유당공원 이팝나무의 시퍼런 이파리들이 손짓했기 때문이었다. 어쩌면 수년 전에 몹쓸 암으로 유명을 달리했던 선배 문인, 주동후 선생이 이팝나무 시퍼런 이파리로 환생하여 나에게 손짓했을지도 모르겠다.

시인이며 소설가였던 그는 '광양으로 오게'라는 시 한 편으로 이곳의 특성을 명쾌하게 읊었다. 그래서 내가 광양시에 대한 해설과 안내를 더 이상 주저리는 것은 사족일지도 모르겠다.

광양으로 오게/늘 봄이고 반짝거림인/광양으로 오게//

죽은 송장 하나가 살아있는 순천사람/셋을 당하는 광양사람은/경상도 말씨도 전라도 말씨도 아닌/옹골진 광양 말로만 가슴을 여네//

열린 가슴속에 살아있는 것들/냇물마다 거슬러 오르는 은어 떼들을/백계산 붉은 동백꽃을/유당공원의 여린 이팝나무 잎을/수평리 진달래와/백운산을/최산두 선생의 글 읽는 소리를/석사리의 노란 오이꽃을/곰골의 두릅나물 취나물/갯가의 감발과 매천의 오기傲氣를/그 모든 것들을/살아있게 하고/지키고 광양 말로 전하면서/태어나고 또 태

어나네 //

　죽어서 사라지는 것도 있네/세계를 향한 쇠 공장이 들어서고/컨테이너가 눈앞에 그려지면서/인심이 죽어지네/정겨운 이웃이 울며 떠나고/담장이 헐리고/숲거리의 개구리가 놀라서 뛰네/망덕 장어구이 연기가 사라지고/태인도 맛 좋은 김이랑/무엇보다/사람들을 웃겨주던/남문거리 재만이 짓거리/중흥사 공돌이의 염불이 사라졌네 //

　광양으로 오게/태어나는 것과 사라지는 것이/삶과 죽음이/거리에서 들에서 바닷가에서/산속에서/무엇으로 되고 어떻게 되는지/한꺼번에 모든 것을 가진 고을/여기서는 그걸 볼 수 있지//맹랑하지/야무지지/광양으로 오게 //

　1547년에 광양현감 박세후가 유당공원과 숲거리를 조성했다. 그런데 일설에 따르면, 광양현의 지세가 자오방子午方:남방과 북방이 허虛하다고 하여 이팝나무, 수양버들, 팽나무 등을 심어 비보했다고 한다.

　이 숲들은 왜구로부터 광양읍성을 은폐시켜주는 기능과 함께 남동쪽에서 불어오는 소금기 머금은 바람을 막아주는 방풍림, 바닷물에 반사되는 햇빛을 막아주는 채광림 구실까지 하고 있었다.

　유당공원은 한국 고유의 전통공원으로 빼어난 경관을 자랑하고 있었다. 그 안에 서있는 이팝나무는 천연기념물 제 235호로 지정되었다. 그 이팝나무 아래에 서서 매천을 그려보았다. 아마 그 당시의 매천도 바로 이 이팝나무 아래에서 사색하고 청운의 꿈을 키웠을 터였다.

　잠시 후, 유당공원을 빠져나왔다. 우산공원에 있는 매천 황현 선생의 동상과 우산리 교촌마을 향교 앞 조산에 있는 '황매천선생위현추모비'를 찾아갔다. 비문은 옥천 조만식이 지었는데 전반부만 소개하자면 "기개와 절조는 선비의 근골이다. 고로 공자가 말씀하시기를 '몸을 죽이고 인을 이룬다.' 라고 하셨고 맹자께서 '생을 버리고 의를 취한다.' 라고 하셨으니 이들의 말을 미루어 본다면 도는 인仁과 의義 밖에는 없다. 선비가 된 자가 불행하게도 불운의 때를 당하여 종묘사직이 구허邱墟로 된 즉은 몸을 버리고 생명을 주는 것을 홍모보다 가볍게 하여 대의를 밝히고 대절大節을 세워서 이미 끊어진 장상사람이 行하여여할 도덕을 붙들고 길이 빛을 천만 세에 드리울 자 고금을 차례로 헤아려 보아도 과연 몇 사람이랴. 매천 황공은 감히 그런 사람이라고 할 수 있다……." 라고 되어 있었다.

그 추모비는 1966년에 '오의사삼일운동기념비'와 함께 세워졌다. 오의사비는 3·1운동 때의 의사義士였던 서경식, 정성련, 정귀인, 김상후, 박용래를 기리기 위한 것이었다.

광양시 광양읍 봉강면 석사리 서석길 14-3.

자료에 따르면, 복원된 매천 생가의 규모는 158평의 대지에 안채가 20.6평, 문간채가 6.5평, 정자가 2.5평으로 전통적인 목조초가였다.

매천 생가의 대문은 닫혀 있었고, '매천황현선생생가'라는 현판만 도드라지게 매달려 있었다. 안내원을 찾으려고 주변을 둘러보았으나 인적이 없을뿐더러 서석마을이 온통 적막에 잠겨 있었다.

문이란 닫기 위해 있는 것일까, 열기 위해 있는 것일까?

불가佛家의 화두나 선문답을 떠올렸던 것이 아니었다. 우리 한국의 전통적인 문은 늘 열려 있기 십상이었고, 문이라는 것은 공간을 단절하기보다 통과하는데 더 의미를 두었기 때문에 닫혀 있다는 게 무척 아쉽기만 했다.

매천이 36세에 지었던 '구안실을 짓고 나서'라는 칠언율시에서도 "설사 사립문을 만들긴 했으나 잠근 적이 없다縱設紫門莫關"라고 읊었지 않던가.

안내원이 나타나고 문이 열리기를 기다릴 겸 고샅길을 잠시 걸었다. 마을 북쪽에 서있는 문성산文星山이 눈에 들어왔다. 백운산의 줄기를 따라 내려오다가 살짝 치솟은 그 산은 일자봉이라고도 하는데, 문文 즉 책상모양으로 생겨 문재文才와 관련이 있다는 이야기가 구전되어오고 있었다. 그래서 매천과 같은 위대한 시인이 탄생했던 것인지도 몰랐다.

하늘은 푸르고 산꼭대기 위로 펼쳐진 새털구름이 어디론가 흘러가고 있었다. 적막감을 이기지 못한 참새 몇 마리가 마을 앞 콩밭 위에 앉아 지저귀다가 무엇에 놀랐는지 잽싸게 사라졌다. 참새들이 앉았던 자리에 울음소리만이 이슬방울처럼 종알종알 굴러다니고 있었다.

이곳은 초행길이 아니었다. 수년 전에 광양시에서 외지에 나가있는 광양 출신 문인들을 초대했을 때 이 매천 생가를 찾았던 적이 있었으며, 광양제철과 컨테이너부두를 견학했고 망덕포구에서 저녁식사를 했고, 백운산 어느 산장에서 하룻밤을 보냈던 적이 있었다. 그때 단편소설 '무진기행'으로 유명한 김승옥 작가나 정채봉 동화작가 등이 동행하고 있었는데, 김승옥 작가가 이런 이야기를 꺼냈다.

"이 매천 생가가 사실은 나의 생가이기도 하지."

"그게 정말입니까?"

김승옥 작가의 이야기에 일행 모두가 깜짝 놀랐다. 우연의 일치라고 하기에는 너무나 기이했기 때문이었다.

매천의 생가는 한때 김승옥 작가 집안의 소유가 되었는데, 떠도는 이야기에 따르면 1900년대 초에 매매 양도되었다고 했다. 그런데 정확히 말해서 김승옥 작가는 오사카에서 태어났기 때문에 그의 생가라기보다 어린 시절에 살았던 집이라고 하는 것이 옳았다.

그건 그렇고, 대한민국의 유명 문인 두 사람이 연이어 같은 터에서 태어나거나 성장했다는 것은 뭔가 특별한 의미를 갖고 있을지도 모른다는 생각이 들었다. 그리고 지인을 통해서 훗날 들었던 것이지만, 역사학자 이이화 선생도 매천의 생가가 곧 김승옥 작가의 집이었다는 이야기를 듣고 우연이 아닌 뭔가 필연이 있었을지도 모른다는 말을 했다는 것이다.

작가 김승옥은 1941년에 일본 오사카에서 출생했고, 1945년에 귀국하여 전라남도 광양과 순천에서 성장했다. 그리고 서울대학교 불어불문학과를 졸업했으며, 1962년에 단편소설 '생명연습'이 한국일보 신춘문예에 당선되어 등단했다. 같은 해에 김현, 염무웅, 서정인, 최하림 등과 더불어 동인지 『산문시대』를 창간했다. 대표작으로는 단편소설 '무진기행', '서울의 달빛 0장' 등이 있고, 동인문학상과 이상문학상 등을 수상했다.

안내원을 무작정 기다릴 수 없는 노릇이었다. 다시금 매천 생가 대문 앞으로 가서 자세히 살펴보니 문을 잘 닫아달라는 안내문이 조그만 종이쪽지에 적혀 있었다.

아마 상근을 하는 안내자가 없었던 모양이었다. 그리고 방문자가 있으면 손수 문을 따고 들어갔다가 밖으로 나올 때는 문단속을 잘 해놓으라는 당부였으리라.

어렵지 않게 대문을 열 수 있도록 해놓았으나 빗장을 따는 나의 손이

떨렸다. 내가 매천을 찾았던 것은 때늦은 애도의 표현이라기보다 내 자신이 성찰할 수 있는 시간을 갖겠다는 의미가 더 컸다.

매천이 누구인가. 그를 따라다니는 수식어는 실로 다양하고 위대했다. 한국 근현대사의 격동기를 올곧게 살았던 진정한 보수주의자요, 당대 최고의 우국 시인이요, 역사와 민족의식에 투철했던 역사비평가요, 민족의 이름으로 순국의 길을 당당하게 걸었던 위대한 애국지사였지 않던가. 그래서 나도 모르게 긴장하고 있었다.

빗장을 따고 사랑채를 지나 안마당으로 들어섰다. 생가 안채 정면의 문과 처마 사이에 매천헌梅泉軒이라는 편액이 붙어 있었다. 편액 속의 글씨는 조각칼을 이용하여 목판에 양각으로 새겼는데, 싸늘하고 날카로운 조각칼의 질감이 그대로 드러나는 듯하여 매천의 서릿발 같은 기상이 고스란히 느껴졌다.

좌측의 대청에 매천의 영정을 모셔놓았다. 영정 위쪽의 서까래와 문 사이에 절명시 4수를 적어놓은 편액이 걸려 있었다. 검은 목판에 주황색 글씨로 쓰인 그 시가 통탄스러움을 참지 못해 터져 나오는 매천의 절규처럼 보였다. 특히 3수 가운데 '難作人間識字人난작인간식자인:참으로 지식인 노릇 하기 힘들구나' 이라는 구절이 세차게 다가와서 내 가슴을 두드렸다.

영정 앞에 서서 머리를 수그리고 묵념을 잠시 올렸다. 나의 머릿속에 별의별 생각이 다 떠올랐다. 매천이 외세침탈과 망국의 분통함을 이기지 못하고 순국의 길을 택한 지 어언 1세기 정도 지나갔다. 그런데 저 세상에 있는 매천이 오늘날의 대한민국 상황을 어떻게 바라보고 있을지 궁금했다.

수그렸던 머리를 바로 세우고 영정을 뚫어지게 바라보았다. 심의를 입고, 포대를 매고, 정자관을 쓰고, 안경을 끼고, 왼손에는 책을 오른손에는 부채를 들고, 화문석 돗자리를 깔고 앉아있는 모습이었다.

매천의 형형하고 결연한 눈빛이 돋보기를 뚫고 나왔다. 입은 굳게 다물고 있었으나 수많은 이야기를 머금고 있었다. 그랬다. 말 없는 말, 침묵의 언어가 때로는 사람의 마음을 더 잘 움직이는 법이었다.

나는 시간과 공간을 초월해서 생생하게 들려오는 매천의 말없는 말을 경청했다. 그는 내가 이미 짐작하고 있었던 것처럼 1백여 년 전의 당시 상황보다 오늘날의 대한민국 정세를 몹시 걱정하며 염려하고 있는 듯했다.

과거는 과거 이상의 의미를 가지지 못하는 법이었다. 현재와 장차 다가올 미래가 중요했다. 그런데 수많은 애국지사들의 순국을 토대로 명맥을 어렵사리 이어온 이 시대 이 땅에는 반민족적이고 반통일적인 세력들이 버젓이 활개 치고 있었다. 그뿐만 아니라 일각에서 '식민지개발론'이란 얼토당토않은 소리를 지껄여대는 자들도 있었다.

식민지개발론.

한 마디로 이야기해서, 일제강점기인 식민지 시절에 잃은 것보다 얻은 것이 많았다는 식의 주장이었다. 그러니까 식민지 시절의 야만적 착취를 개발이라고 여기는, 지극히 모순과 궤변으로 포장되어있는 주장이 바로 이 단어였다.

식민지개발론자들은 일제의 수탈을 적당히 인정하면서 개발에 대한 것은 아주 적극적으로 강조했다. 교활함을 넘어서 두려움의 전율까지 느낄 지경이었다. 그래서 내가 호남고속도로의 순천2터널을 지나면서 "현대의 선비들 대부분은 찬란한 미사여구와 교묘한 언변으로 자신들을 포장하기에 급급하다. 그들이 습득한 학식은 교활함이나 다를 바 없다. 그들에게는 학식만 있을 뿐이지 인품과 덕이 없다."라고 이미 언급했던 것이다.

오늘의 미국과 당대의 일제를 은인으로 생각하는 '식민지개발론' 이야말로 매천을 위시한 수많은 애국지사들을 죽음의 구렁텅이로 다시 밀어 넣는 주장임에 틀림없다.

매천의 영정을 다시 바라보았다. 돋보기를 뚫고 나오는 형형하고 결연한 눈빛이 여전했다. 그건 아직도 치유되지 못한 서세동점의 문화적 충격 때문이요, 우리 민족의 무궁한 발전과 장래를 염려하고 있기 때문이었을 것이다.

일호불사—毫不寫 변시타인便是他人.

풀이하자면 '터럭 한 올이라도 일치하지 않으면 다른 사람이다' 라는 말이었다.

우리의 전통 초상화는 사실 그대로 그리는 것을 최우선을 꼽았으며, 그림을 통해 인물의 품성, 인격, 정신 등을 고스란히 담아내는 것에 초점을 맞췄다.

매천의 영정으로 쓰이고 있는 초상화는 채용신이 사진을 보고 그린 것이었다. 그러니까 매천이 1909년에 근대 서화가이며 사진작가 1호로 명성이 높은 김규진의 '천연당' 이라는 사진관에서 초상사진을 촬영했는데 2년 후에 그 사진을 보고 가로 72.8cm에 세로 120.7cm의 크기의 초상화로 그렸다.

원래 김규진이 촬영한 사진은 매천이 두루마기를 입고 갓을 쓴 모습이었다. 그런데 채용신은 매천이 순국한 다음해에 그 사진을 토대로 하여 심의를 입고 정자관을 쓴 모습으로 바꿔 그렸다.

매천의 초상화와 함께 사진은 보물 제 1494호로 일괄 지정되었다. 소장 자는 매천의 현손인 황승현 선생이었다. 광양의 매천 생가나 구례의 매천 사에 모셔놓은 영정은 모두 이 초상화를 복사 인쇄한 것이었다.

매천의 초상화를 그렸던 석지石芝 채용신은 조선 말기부터 일제강점기에 활동했던 화가였다. 그는 무과에 급제하여 20년 넘게 관직에 종사했는데, 어려서부터 그림 솜씨가 좋았으며 역대 임금이나 흥선 대원군의 초상화 등을 그리기도 했던 인물이었다.

그런데 내가 채용신을 주목하며 높이 샀던 것은, 임금의 초상화를 그리는 어진화가였다기보다 매천을 비롯하여 면암 최익현 등 우국지사들의 초상화를 그리는데 주력했다는 점이었다. 그가 우국지사들의 초상화를 그렸던 것은 망국을 개탄하며 당대 현실에 대항하기 위한 방편이었을 것이다.

약간 샛길로 빠진 분위기이지만, 예술을 예술만으로 국한시키게 되면 예술지상주의라는 함정에 빠지게 된다. 예를 들어서 초상화를 사진 찍듯 그려내는 것만 중요한 것이 아니라 그림을 통해 인물의 품성이나 성격 그리고 정신 등을 고스란히 담아내는 '전신사조傳神寫照'가 더욱 중요하듯 모든 예술에는 예술 그 자체를 뛰어넘는 작가의 올바른 정신세계가 내포되어야 한다.

매천은 시로써 시를 쓰지 않고 자신의 정신을 시로 담아냈다. 그의 시는 음풍농월吟風弄月에 전혀 연연하지 않았고, 민족의 감정을 표현하려고 부단히 노력했다.

창강 김택영도 "문학은 단순히 문채나 문식, 문화가 아니고 더구나 문학도 아니다."라며, 공자의 말을 근거로 문학과 도道가 하나였다는 것을 제시하기도 했다.

채용신 역시 자신이 그린 초상화에 대상물의 정신이나 사상만을 담아
낸 것뿐만 아니라 자신의 올곧은 정신까지 포함되어 있었으니 아낌없는
찬사를 보내도 전혀 과함이 없을 것이다.

매천 생가의 주련柱聯에는 '반곡이씨유거이수磻谷李氏幽居二首' 중 1수가
적혀 있었다.

山居三十年산거삼십년 : 산속에 삼십 년을 묻혀 살면서

種德不種木종덕부종목 : 덕을 키웠을 뿐이지 나무를 심지 않았네

柑栗自能生감율자능생 : 감나무며 밤나무는 저절로 자라나서

低低秋晚熟저저추만숙 : 늦가을에 주렁주렁 가득 열렸네

주련에 적혀 있지 않은 나머지는 다음과 같았다.

林淺難藏屋임천난장옥 : 성긴 숲이라 초가도 가리지 못하고

田荒未賴耕전황미뢰경 : 밭도 거칠어서 갈아볼 것이 없네

古來閑曠地고래한광지 : 예로부터 인가 없어 조용히 버려진 곳

偏有隱居情편유은거정 : 오로지 은자 생애에 정취가 감도네

그런데 여기에서 강 이름 반磻자와 골 곡谷자로 조합된 '반곡이씨'가
무엇을 의미하는지 알 수 없었다. 어떤 책을 보면 '반곡이씨'라 했고, 어
떤 곳에서는 '반곡이라는 마을에 살고 있는 이씨'라고 되어 있었다.

그래서 이씨 중에 '반곡이씨'가 있는지 알아보았으나 찾을 길이 없었

고, 구례군 산동면 대평리에 반곡마을이 있다는 것을 찾아내긴 했으나 그곳은 소반 반盤자를 쓰고 있어서 정답이 아닌 듯했다.

아무튼 반곡이씨의 집에 기거하며 2수를 읊었든, 반곡이라는 마을의 이씨 집에 기거하며 2수를 읊었든 간에 매천이 두메산골의 가을 풍경을 읊던 것만큼은 확실했다. 그리고 이 시에서 등장하는 두메산골의 은자가 곧 매천 자신을 지칭하는 것이 아닌가 하는 생각이 들었다. 그것은 '덕을 키웠지 나무를 심지 않았다.' 라는 내용으로 미루어 보아 짐작이 가능했다.

매천은 특설 보거과에 응시하여 장원을 했으나 시골의 한미한 출신이라고 하여 차석으로 떨어졌다. 그 후, 성균관 생원시에 응시하여 장원급제했다. 그러나 대외적으로 구미열강의 침탈이 계속되고, 조정은 부패해지고 세도가들의 매관매직이 횡행하자 청운을 꿈을 접은 채 백운산의 북쪽 자락에 있는 만수동에 구안실이라는 서재를 짓고 그곳에서 은거하기에 이르렀다.

그 무렵, 여러 친우들이 편지를 보내 함께 일할 것을 권유했다. 매천은 "그대들은 어찌 나를 귀신 같은 나라의 미친 사람 무리에 끼어서 귀신이나 미치광이가 되라는 말이오."라고 단호하게 거절하며 냉소를 지었다. 그리고 국정의 부패상을 통탄하며 역사 현실에 대한 비판정신과 개혁의지를 갖고 그 유명한 『매천야록』을 집필하게 되었다.

그의 『매천야록』에는 당대의 국정문란과 매관매직의 작태가 적나라하게 드러나 있었다.

명성황후는 비용이 부족한 것을 염려하여 수령 자리를 팔기로 마

음먹고 민규호에게 그 정가를 적어 올리도록 했다. 민규호는 근민관近
民官의 관직은 팔 수 없다고 판단하고 응모자가 없도록 하기 위해 그
가격이 10,000꾸러미라면 20,000꾸러미로 정했다. 그러나 그 응모자들
은 경쟁이 더욱 심했고, 그들이 관직을 받으면 백성들에게 착취를 강
요하여 백성들은 더욱 궁핍하게 되었으므로 민규호는 후회했다.

초시를 매매하기 시작한 처음에는 2백 냥도 주고 3백 냥도 주어 금
액이 고르지 않았고 5백 냥을 달라면 사람들이 혀를 찼다. 갑오고종 31,
1894년 전의 액수는 천여 냥을 달래도 아무렇지 않게 생각했으며 회시
는 많으면 1만 냥을 썼으니 그것은 돈이 점점 많아짐에 따라 천하게
되었기 때문이다.

이용직은 돈 1백만 냥을 바치고 경상감사가 되었다. 용직은 충민공
이건명의 사손祀孫으로 영동현에 살았으며 무력을 행사하여 백성을 괴
롭혔고 독毒이 이웃까지 흘러들었다. 드디어 호중湖中에서 제일 꼽는
부자가 되었는데 음란하고 사치함이 법도를 넘었으니 거처하는 집이
궁성과 흡사했다. 첩을 10여 명 거느렸으며 나이 칠순을 넘어서도 여
자를 대하는 것이 쇠퇴하지 않았다. 이때에 이르러 진령군으로 인해
서 감사직을 제수 받았다. 조야가 놀라며 탄식했으나 축하객도 있었
다. 용직이 말하기를 "내가 살아가는데 공후公侯와 바꾸지 않고 어찌
번임藩任으로 즐길 것인가."라고 하였다. 그리고 "경상감영은 뛰어난
미인이 많다고 하는데 내가 장차 나의 기욕嗜慾: 좋아하는 욕심이 궁색하
다."라며 하부下部를 가리키며 말하기를 "나는 이 문제 때문에 고생한

다."고 하였다. 포라捕邏: 포졸과 순라병가 사방에 나타나니 부민들은 도리

어 맞이하여 이르는 자가 전쟁터에 나가는 것처럼 줄을 이었다. 1년이

채 되지 않아서 도내가 탕진되었다…….   〈하략下略〉

　매천은 1909년 무렵에 서울 남산에 올랐다가 "나는 강자가 약자를 먹는

것을 원망하는 것이 아니라, 약자가 강자에게 먹히는 것을 원망한다."라

고 말하며 부정부패 때문에 망국의 나락으로 떨어져가고 있는 당대의 현

실을 개탄했다. 그리고 그가 오랫동안 은자 생활을 하면서 『매천야록』등

의 저술활동에 전념했던 것은 후대의 사람들에게 크나큰 경종을 울리기

위함이었다.

　그런데 주제 넘는 이야기일지 모르지만, 나는 매천 생가에 주련으로

쓰였던 시가 약간 어울리지 않는다고 느꼈다. 물론 고매한 학식을 갖춘

어떤 분이 심사숙고하여 수많은 매천의 시 중에서 가장 품격 높은 것을

골라 주련으로 채택했을 것이다. 그래서 감히 딴죽을 걸고 싶은 마음은

추호도 없었다. 그러나 아쉬운 마음이 들었던 것은 어찌할 수 없었다.

　주련의 시는 매천의 41세1895년, 그러니까 만수동에서 은거했던 시절에

지었다. 그래서 매천 생가의 주련에 담을 시는 32세 이전의 시가 실렸으

면 더욱 잘 어울릴 것이라는 생각이 들었던 것이다. 그리고 '반곡이씨유

거이수'는 만수동에 구안실이 복원된다면 그곳의 주련에 더 적합할 터

였다.

　예를 들어, 매천 생가 방문객들에게 서정적인 분위기를 주기 위해 풍

경시를 택하고 싶다면 24세에 지었던 '유거신필이수幽居信筆二首'쯤이면

무난할 테고, 매천의 기개와 나라를 사랑하는 정신에 초점을 맞추겠다면

역시 24세에 지었던 '간문과방방看文科放榜' 이 매우 적절했을 것이다.

나의 취향대로라면 후자의 칠언고시인 '문과급제자의 방을 보고' 라는 시를 택했을 것이다. 그 시 내용은 다음과 같다.

珂笛輪軒處處春 가적륜헌처처춘:삼현육각 울리며 급제 방 펼쳐지는 봄에

九街天暗馬蹄塵 구가천암마제진:대궐거리 하늘은 말굽 먼지로 가득하네

不知雁塔留名地 부지안탑유명지:금방에 나붙은 그 이름 가운데

濟得蒼生有幾人 제득창생유기인:창생을 구제할 이 몇이나 될지 알 수 없네

이 시는 매천이 서울의 인사들과 교류할 적에 과거 합격자 발표장의 분위기를 보고 지었다고 하는데, 나라를 위한 청백리의 출현을 학수고대하는 마음이 고스란히 담겨 있었다. 그것은 곧 나라를 사랑하는 마음이기도 했다.

매천 생가 전체를 둘러보았다. 어느 기록을 보니까 20여 년 전에는 안채가 무너졌고 사랑채만 덜렁 있었다고 했다. 그런데 광양시에서 이 생가를 복원하여 매천의 정신을 영원히 기릴 수 있도록 만들었다.

그런데 항간에 떠도는 이야기를 들어보니까, 매천 생가를 원형대로 복원하지 않고 다르게 지어서 문제가 있다고 했다.

나는 매천 생가가 옛 모습 그대로 복원되지 않은 것을 그다지 문제 삼고 싶지 않았다. 그 생가 자체가 문화예술적인 의미를 갖고 있는 특이한 구조물이었다면 원형 그대로 복원함이 마땅할 것이다. 하지만 그 생가를 통해서 매천의 정신을 잊지 말고 영원히 기리자는 뜻이 강했을 터이니 약간 다르게 건축했던 것쯤은 애교로 보아주어도 무방하다는 것이다.

물론 매천 생가를 원형 그대로 복원했어야한다는 주장도 옳다. 하지만 그것보다 시급하고 중요한 것은 생가에 매천 관련 자료와 유물을 비치하여 매천의 정신이 생생하게 느껴질 수 있도록 하는 것이 아닐까? 아, 매천 생가에 매천의 흔적이 잘 드러나지 않다니 참으로 안타까운 노릇이었다.

매천 생가 안마당 한쪽에 주저앉아서 백운산 쪽을 이드거니 바라보았다. 매천도 어린 시절에 글공부를 하다가 백운산을 바라보며 생각에 젖곤 했을 것이다. 그때 그는 무엇을 생각했을까.

매천의 선조는 전북 남원에서 대대로 거주했다. 그의 조부는 몰락한 집안을 일으키기 위해 10여 년에 걸쳐 상당한 재산을 축적했다.

1970년 『창작과 비평』겨울호, 776쪽에 실렸던 임영택의 글 '황매천의 시인인식과 시'에 매천 조부에 관한 이런 글이 있었다.

> 그의 가계가 경제적으로 몰락해 있었는데 할아버지가 떨치고 나서서 거적위업居積爲業으로 크게 치부했음을 알게 된다. 거적위업이라는 표현이 상업에 종사했다는 의미가 아닌가 생각되는 바, 광양 순천 간에서였고 그 장부의 내용이 식화殖貨·전조佃租이었다는 점에서 고리대高利貸를 하는 일방 잉여자본剩餘資本으로 토지를 획득했던 것으로 보인다. 아무튼 그의 할아버지가 알뜰히 치산治産하여 치부治富한 것은 분명한 사실이다. 그 뒤 서석촌에 정주한다. 그리고 자신이 실학失學했던 것이 한이 되어 책을 사들이고 선생을 초빙하여 자질子姪과 그 고장의 가난한 재사들까지 공부시켰다고 한다.

매천은 백운산을 바라보며 조부인 황직의 유지를 받들어 장차 대학자가 되겠다는 각오를 다짐했을 것이다. 그리고 먼 윗대의 조상인 황희 정승을 자신의 사표師表로 받들며 절차탁마했을 것임에 틀림없다.

그런데 그것뿐이랴. '인걸지령人傑地靈:사람은 자기가 사는 땅의 기운을 받는 다는 뜻' 이라는 말이 있듯, 매천도 자신을 낳아주었던 백운산에서 정기를 받았고 또 그 산을 바라보며 가리사니를 얻었음에 틀림없을 것이다.

백운산이 낳았던 인물은 매천뿐만이 아니었다. 그 산은 고려시대에 "긴 성 넓은 강에 물결이 넘실거리고長城一面溶溶水 넓은 들 동쪽 끝에 점점한 산들大野東頭點點山"이라는 유명한 시를 지었으며 해동제일이라는 이름을 얻었던 김황원, 중종 때 기묘사화로 인해 화순 동복으로 유배를 갔던 대학자 신재 최산두, 임진왜란의 의병장 강희보와 강희열 형제 등을 낳았다.

매천 생가를 나서면서 문득 떠오른 생각은 이 주변에 매화나무를 가득 심어놓았으면 하는 바람이었다. 그것도 개량종이 아닌 토종 매화나무를 심어, 설중매의 향기가 천지에 날리듯 매천의 기개와 정신이 온 국토를 흠뻑 적시게 만들 수 있다면 그것보다 더 바랄 것이 없을 터였다.

김택영이 저술했던 '성균 생원 황현전' 을 보면 매천梅泉은 황현의 자호自號라고 되어있다. 매천이 '매화와 샘' 을 택했던 것은 매화로 상징되는 절의가 끊이지 않고 솟구쳐서 맑게 흐르는 샘이기를 다짐하고 기원했던 것이리라.

매천의 오언고시 중에서 '매梅' 를 떠올리며 생가를 나섰다.

사립문에는 찾아오는 사람이 없고
소박한 띳집에는 조각 그림도 없다.

젊어서 세상의 분분함을 끊었으니
머리를 바로잡아 천년을 생각했다.
옛사람을 가히 볼 수 없지만
오직 마땅히 뜻으로써 만나노라.
뜰에 심은 식물 중에 매화가 있으니
세 꽃부리도 온전히 씻지 못한다.
마음의 경지는 풍설 가운데 준엄하고
기운은 산림 가운데 완전하다.
한번 웃음은 물 맑음과 비교가 되고
조금이라도 세속에 더럽힐까 두렵다.
언제 매화 같은 사람을 얻어
백년을 두고 담박하게 상대할 것인가.

3

죽음이라는 단어를 사전에서 찾아보면 생명활동이 완전히 정지되어 원상태로 다시 돌아오지 않는 생의 종말이라고 되어 있다. 그런데 인간은 이 단어 하나로 죽음을 완벽하게 정의할 수 있을까?

인간의 삶과 죽음은 관점의 차이에 따라 현저한 차이를 보여주고 있다. 일례를 들자면 실존주의자들은 죽음이란 사유와 행동의 한계점이라 말했고, 종교에서는 영혼불멸을 믿기 때문에 죽음은 단순한 과정에 지나지 않는다고 했다.

내가 삶과 죽음에 관한 생각을 뜬금없이 하게 되었던 것은 매천의 생가를 나오자마자 그 마을에 사는 촌로 한 분을 만나 길을 물어보고 나서 얼마 후의 일이었다.

"우리 마을에 어쩐 일로 왔당가요?"

광양 말씨의 독특한 억양이 나의 팔을 친근하게 잡아끌었다. 그 옛날 이웃에 살던 아저씨를 만난 듯하여 고개를 번쩍 치켜들었다.

"어르신, 안녕하세요. 황매천 선생님 생가와 묘소를 둘러보려고 왔습니다."

"잉, 그랬구만이라이. 글먼 생가 귀겡은 잘 했소?"

"생가는 잘 둘러보았는데, 묘소가 어디에 있는지 모릅니다. 어디로 가면 될까요?"

예전에 광양시의 초대를 받고 고향의 선배 문인들과 이곳을 찾았을 때 생가만 둘러보았지 묘소를 찾아가보지 못했다. 그래서 어떻게 찾아가야 할지 난감한 참이었는데 때마침 촌로를 만난 것이 무척 다행이었다.

"잉, 저 질을 쭉 따라서 마을 뒤 까끔으로 가면 장수황씨 문중 선산이 있을 거이요. 거그에 가면 매천 선생 뫼똥이 있을 거이요."

촌로가 서북쪽 산기슭을 가리켰다.

'까끔'과 '뫼똥'.

오랜만에 들어보는 고향의 사투리였다. 까끔은 마을의 나지막한 산을 지칭했다. 뫼똥은 우리말의 뫼山와 똥이 조합된 말이며, 묘소의 봉분 형상이 흡사 산이 변糞을 보아놓은 것처럼 보인다고 하여 생겨났다.

광양은 경상도와 전라도의 접경지역이라서 경상도 말씨도 아니고 전라도 말씨도 아닌 독특한 억양을 구사했다. 사투리도 양 지역의 것이 혼용되어있었다. 그래서 이 지역을 처음 찾아온 사람들은 뜨악한 표정을 짓는 경우가 왕왕 있었다. 그러나 나는 대처에서 고향의 말씨를 어쩌다가 듣게 되면 반가움에 눈이 번쩍 뜨이곤 했다.

"마을이 무척 조용해서 살기 좋을 것 같습니다."

나는 인사치레나 에멜무지로 서석마을의 적막한 상황을 거론했다.

"허참, 요즘 농촌이 다 그렇다고 안 합디까. 아거, 노인네들 모여서 사는 공동묘지나 마찬가지란 말이오."

촌로의 걸걸한 목소리에 자조自嘲와 비애가 짙게 깔려 있었다.

나는 촌로가 가르쳐준 대로 경운기가 어렵사리 지나갈 만한 꾸불꾸불한 산길을 따라 터벅터벅 걸었다. 차 한 잔 마실 시간이 채 되지 않아 길이 끝났다. 그 길이 끝난 곳에 무덤들이 모여 있었고, 그 뒤에 야트막한 산이 가로막고 있었다.

그럴 즈음에 나는 삶과 죽음이라는 단어들을 불현듯 떠올렸던 것이다. 곧이어 불교의 생사관인 생사불이生死不二라는 말이 유령처럼 눈앞에 어른거렸다.

그 꾸불꾸불한 산길이 삶이었다면, 그 산길 끝에 매달려 있는 무덤들은 죽음이었다. 그런데 산길과 무덤은 정확한 경계가 없어서 어디까지 삶이며 어디까지 죽음인지 명확한 답을 내리기 힘들었다.

죽음은 조화와 질서가 해체되고, 그 슬픔은 근원적 소외에서 오는 법이었다. 그런데 이런 죽음이 생의 의미를 빼앗는 것이 아니라 새로운 의미를 제시해주는 경우가 얼마든지 있었다. 매천의 순국이 곧 그런 것이었으리라.

이준 항일애국지사는 "죽어도 죽지 않은 것이 있고, 살아도 살지 아니함이 있으니 그릇 살면 차라리 죽음만도 못하고 제대로 죽으면 되레 영생하느니……"라고 했다.

매천이 저승으로 갔다지만 실은 이승에서 영원히 살아있는 것이나 마찬가지였다. 그리고 그의 영생은 한반도가 존재하는 날까지 이어질 것이다.

매천을 추모하는 사당인 영모재 앞을 지나 장수황씨 문중 선산으로 올라갔다. 맨 위쪽에 있는 무덤이 매천의 조부인 황직의 무덤이었다. 그 아래 오른쪽으로 부친이었던 황시묵의 무덤이 있었고, 왼쪽에 '애국지사황현지묘'라고 새겨진 빗돌비석과 함께 매천의 무덤이 자리 잡고 있었다. 더 아래 오른쪽에는 매천의 아들인 암현의 무덤 등이 있어 5대가 함께 모셔진 문중 선산이었다.

매천 묘소의 봉분 크기는 아주 평범했다. 빗돌은 이수와 귀부가 없이 밋밋한 비신만 세워져 있었다. 게다가 빗돌의 재료는 값이 좀 비싸다는 오석烏石:흑요석이 아니라 평범한 애석艾石:쑥돌이었다.

　빗돌은 고인의 공덕을 칭송하고 이를 후세에 전하기 위하여 문장을 새겨 넣은 것이며, 그 글을 금석문이라고 했다.

　빗돌의 시초는 제례 때 희생으로 바칠 동물을 매어두는 돌 말뚝에서 비롯되었다가 그 후에 돌을 다듬어 비문을 새기게 되었다. 그리고 빗돌은 대체적으로 비신, 이수, 귀부로 되어 있는 것이 상례였다.

　만약에 매천이 묻혀 있다는 것을 알려주는 빗돌이 없었더라면 이곳이 애국지사의 묘라는 것을 꿈에도 짐작하거나 상상하기 힘들 정도였다. 그래서 매천의 묘소가 초라하게 보였지만 좋게 말해서 소박하고 검소했다는 표현을 쓰고 싶었고, 빗돌은 매천의 '구안의식苟安意識'을 따라 그대로 반영해놓은 것처럼 보였다.

　여기에서 '구안'은 『논어』 「학이편」에 "군자, 식무구포 거무구안君子, 食無求飽 居無苟安:군자는 먹는 것에 있어서 배부름을 구하지 않고, 삶에 있어서 안락함을 구하지 않는다"이라는 문장에서 나온 것이었다.

　그런 생각에 젖어 있다가 '검이불루儉以不陋'라는 말을 생각해냈다. 그 단어는 김부식의 『삼국사기』에서 "검이불루儉以不陋 화이불치華以不侈"라는 말에서 나온 것이었다. 그리고 유홍준의 『나의 문화유산답사기』에서 백제의 문화를 표현할 때 재인용되기도 했다.

　여기에서 '검이불루'는 '검소해보이지만 누추하지 않다'였고, '화이불치'는 '화려하지만 사치스럽지 않다'는 뜻을 갖고 있었다.

　이런 '검이불루 화이불치'라는 말은 고 노무현 대통령의 묘소를 표현하는 글로도 쓰였다. 인터넷을 통해 얻은 정보이지만, 노 대통령의 묘소는 지하에 안장시설을 마련하고 그 위에 돌을 얹은 남방식 고인돌 형태로

제작되었고, 안장시설의 덮개돌이 곧 빗돌이었다. 그리고 빗돌받침 강판에 "민주주의 최후의 보루는 깨어있는 시민의 조직된 힘입니다."라는 노 대통령의 어록이 새겨졌다고 했다.

매천의 묘소가 화려하고 웅장하지 않다는 것이 차라리 좋았는지도 모를 일이었다. 그게 순국의 길을 걸었던 애국지사의 묘소다운 분위기를 훨씬 풍겨주었기 때문이었다.

다만 아쉬운 점이 있다면 묘소까지의 진입로가 좀더 넓었으면 좋았을 것이다. 그리고 매천을 존경하는 사람들과 광양시가 큰 관심을 갖고 보호하고 있음을 보여주기 위해 묘소를 광양시 기념물로 지정하고, 뜻있는 사람들의 모금을 통하여 나지막한 철책을 둘러놓고 그럴싸한 안내판이라도 세워놓았으면 하는 바람이었다. 죽은 자를 위한 무덤이기도 하지만 산 자들의 무덤이 되어야 하기 때문이었다. 다시 말해서 후세에게 교육의 장이 될 수 있도록 하자는 이야기인 셈이다.

매천과 함께 한 시대를 고뇌했던 영재 이건창의 묘소와 생가는 인천광역시 기념물 제29호와 제30호로 지정되어있었다. 그런데 광양시라고 해서 매천의 묘소를 기념물로 지정하지 못할 법은 없을 것이다.

나는 준비해간 소주를 상석 위에 올리고 재배했다. 무덤 곳곳에 매천의 필봉처럼 날카롭게 솟구친 풀잎들이 내 살갗을 찔렀다.

바람이 불어오자 풀잎이 산들거렸다. 하지만 결코 꺾이지 않고 끝없이 산들거릴 뿐이었다. 땡볕 가득해서 후터분한 분위기가 펼쳐진 천지에 풀잎이 글을 쓰고 있었다. 일필휘지. 그 글은 준엄한 춘추필법이었다.

춘추필법春秋筆法.

이 말은 공자가 지은 『춘추』라는 편년체의 노나라 역사서를 기록하는 방식이었으며, 대의명분을 밝혀 세우는 사필史筆의 준엄한 논법을 말했다. 그러니까 공자는 『춘추』를 집필하면서 사건을 기록하는 기사記事:사실을 적음, 직분을 바로잡는 정명正名:명분에 상응하여 실질을 바르게 함, 칭찬과 비난을 엄격히 하는 포폄褒貶:관찰사가 수령의 치적을 조사하여 보고하던 일의 원칙을 세워 여기에 어긋나는 것을 철저히 배격했으며, 오로지 객관적인 사실에만 입각하여 자신의 판단에 따라 기록했다.

공자가 『춘추』를 집필하게 되었던 취지는 당대의 하극상과 양육강식의 작태를 보면서 각자의 직분을 지켜야 한다고 강조하고 싶었으며, 과거를 거울삼아 기강이 무너진 천하가 바로잡히기를 원했기 때문이었다.

나는 매천의 무덤 앞에 앉아 이런 생각을 했다.

혹자는 '한 개인의 죽음이란 그 개인에게 우주의 소멸이다.'라고 했다. 하지만 매천은 불사조였다. 불사조가 향기 나는 나뭇가지로 둥우리를 틀고 그곳에서 자신을 불태워 죽듯, 매천은 화사한 양귀비꽃 위에 누워 순국의 길을 떠났다. 그리고 불사조가 불멸이나 재생을 상징하듯, 매천은 순국을 통해 영생을 얻었고, 춘추필법으로 저술했던 『매천야록』은 후세에 와서 그 가치가 날로 빛을 발휘하게 되었다.

『매천야록』이 후세에 불세출의 역사비평서로 빛을 발휘하게 되었던 것은 그가 순국했던 1910년융희 4 전후의 의연한 모습과 상황들 그리고 그 후에 벌어졌던 일련의 사건들을 더듬어보면 확연하게 드러나고 있었다.

매천의 나이 56세가 되는 경술년이었다. 그해 8월 29일, 이완용이 윤덕

영을 시켜 황제의 어새를 날인하여 칙유勅諭:임금이 몸소 이름. 또는 그런 말씀이
나 그것을 적은 포고문와 함께 한일병탄 조약을 반포했다.

강제로 체결된 그 조약은 이미 일주일 전인 8월 22일 오후 5시에 이완
용과 데라우치 사이에 조인이 끝난 거였으나 1주일 동안 비밀에 붙여졌
던 것이었다. 그리고 여기에서 괴이한 점은 한일병탄 조약이 체결·성립
한 당시에는 조약의 이름이 존재하지 않았다는 것과 순종이 직접 작성한
비준서가 보이지 않는다는 점이었다.

광복 이후의 일이었지만, 한일병탄 조약이 합법인지 불법인지 하는 문
제가 대두되자 일본은 "조약문 자체에서 형식적인 문제가 없었으며 국제
법상 조약에 준수한 조약이다."라며 합법론을 주장했다.

우리나라에서는 "이완용에게 전권을 위임한다는 순종의 위임장은 강
제로 받아낼 수 있었겠지만 가장 중요한 최종 비준을 받는 절차가 생략되
었다."라며 이 조약이 무효임을 주장했다. 또한 앞서 말했던 것처럼 조칙
에 어새가 찍혀있었으나 순종의 이름 '척拓'이 서명되지 않았다는 점을
내세우면서 불법론을 주장했다.

그런데 수년전에 실로 어처구니없는 일이 벌어졌다. 우리나라의 대표
적인 보수논객인 이문열 소설가가 친일청산에 반대 입장을 표명하면서
"우리는 36년간 국제법상 합법적으로 합방되었다."는 망언을 늘어놓았던
적이 있었다.

그의 주장은 일본의 우익세력이 조선침략을 정당화하기 위해 내세우
는 주장이나 일본 정부의 공식 입장과 일맥상통한 것이라서 분통이 터지
지 않을 수 없었다. 그는 매천의 절명시에서 나오는 "참으로 지식인 노릇
하기 힘들구나."라는 구절을 한 번도 읽어본 적이 없었더란 말인가?

혹시 그의 그런 주장이 한 사람의 사소한 견해일 뿐이라며 크게 신경 쓰지 않아도 된다는 사람이 있을지도 모르겠다. 하지만 나는 우리 사회의 대표적 지식인이 그런 망언을 하고 있다는 현실 앞에서 참담함을 느꼈으며, 이 땅의 진정한 보수주의자는 정녕 어디에서 무엇을 하고 있느냐며 외치고 싶었다.

각설하고, 1910년 전라도 구례 땅이었다. 매천의 아우 석전 황원은 지난밤의 꿈자리가 뒤숭숭해서 잠을 제대로 이루지 못했다. 원인 모를 불안감이 밀려오자 아침 일찍 자리를 박차고 방문 밖으로 나왔다.

집 앞 마당에서 바라보면 좌우측으로 지리산 연봉과 백운산 연봉이 도열해있었다. 그 산들이 옅은 안개를 두르고 있었다. 동쪽의 산줄기에서 안개를 뚫고 구례 땅으로 뻗치는 햇살들이 마치 물레로 실을 자아내는 광경처럼 느껴졌다.

석전이 신비롭게 펼쳐진 그런 풍경을 바라보며 깊은 생각에 젖어 있을 때였다.

"숙부님, 큰일 났습니다. 어서 저희 집으로 와보십시오. 아버님께서 위독하십니다……."

조카, 암현이 다급한 목소리를 던져놓고 황급히 되짚어 가버렸다.

그 순간 석전은 망치로 뒤통수를 얻어맞은 것처럼 멍청해지고 말았다. 그의 머릿속에 이틀 전에 있었던 일이 한 줄기의 번개처럼 피어났다.

한일병탄에 관한 조칙이 구례에 내려왔던 이틀 전이었다. 매천은 그 조칙을 읽어보다가 너무나 기가 막혀 절반쯤 읽다말고 마루 위에 던져버렸다. 때마침 석전이 밖에서 들어오다가 그 광경을 발견하고 조칙을 집어 읽기 시작했다.

"어허, 듣기 싫구나. 밖으로 나가서 읽도록 하여라."

매천의 얼굴이 심하게 일그러져 있었다.

"형님, 천하의 몹쓸 매국노들은 죽어야 마땅합니다. 그리고 오늘날 인망이 있는 사람으로 절개를 위해 죽을 사람이 누가 있겠습니까?"

석전이 땅이 꺼질 만큼 큰 한숨을 내쉬었다.

"스스로 죽지 못하면서 남이 죽지 않는다고 꾸짖는 것이 어찌 옳은 일인가? 종사가 망하는 날 사람마다 죽어야 옳거늘 유난히 시망時望이 있는 사람만 죽어야겠느냐?"

매천은 어느새 일그러진 얼굴을 편 채 의미를 알 수 없는 잔잔한 웃음을 짓고 있었다.

석전은 그 웃음 뒤편에 무엇이 도사리고 있는지 어렴풋이 짐작되었다. 그러나 반신반의하면서 매천과 헤어져 집으로 돌아왔던 것이다.

석전은 조금 전에 들려왔던 조카의 다급한 목소리와 이틀 전에 매천과 나누었던 대화로 미루어 보아 형님의 신변에 엄청난 불상사가 벌어졌다는 것을 직감했다.

그런 것 외에도 지난해에 매천이 자신에게 해주었던 말이 되살아나서 천둥벼락처럼 고막을 치자 정신이 아득해졌다. 그러니까 중국으로 망명했다가 잠시 서울로 돌아온 김택영을 매천이 만나러 갔다가 집으로 돌아와서,

"세상 꼴이 이와 같으니 선비라면 진실로 죽어 마땅하다. 만일 오늘 죽지 않는다면 장차 반드시 날로 새록새록 들리는 소리마다 비위에 거슬려 못 견뎌서 말라빠지게 될 것이니 말라빠져서 죽느니보다는 죽음을 앞당겨 편안함이 어찌 낫지 않겠는가."

라고 말했던 적이 있었다.

매천은 한성부에 올라갔을 때 일제의 침략이 노골화되고 있는 상황을 두 눈으로 직접 목격하고 내려왔던 것이다. 그때도 매천은 이미 자결을 마음먹고 있었던 게 분명했다.

석전의 머릿속에 매천이 이건창의 무덤을 찾아가서 지었던 '과영재묘過寧齋墓:영재 묘를 지나며' 라는 오언율시도 떠올랐다.

> 12년 동안 그대 죽음 통곡했는데
> 이제 가을 산 한 줌의 흙이 되었구려.
> 가벼운 마음으로 오롯이 외길을 갔고
> 사문에 둔 뜻은 홀로 한만 남았네.
> 저 맑은 하늘 끝으로 기러기 떼 날고
> 끝없이 피어나는 포구의 구름은 침침하네.
> 무덤 속에 혼자 누웠다 하여 슬퍼하지 말라.
> 머지않아 나 역시 그대를 따르리라.

매천은 이 오언율시를 지었던 기유년1909년 7월경에도 이미 자결을 결심하고 있었던 것이다.

석전은 짙은 먹구름이 머리 위에서 짓누르는 느낌을 받으며 종종걸음으로 매천을 찾아갔다. 그날따라 매천이 기거하는 대월헌待月軒은 죽음 같은 침묵으로 뒤덮여 있었다. 가장 왼쪽 방문을 밀치고 안으로 들어서자 매천이 눈을 지그시 감은 채 편안한 자세로 누워 있었다.

"숙부님, 아버님께서 자결하시려고 소주에 다량의 아편을 타서 마셨던 모양입니다. 이걸 어쩌면 좋습니까."

매천 옆에서 무릎을 꿇고 있던 암현이 울먹거렸다.

석전은 자신의 예감이 그대로 적중했다는 것을 알았다. 그가 무릎을
황급히 꿇으며 누워있는 매천을 일으켜 세우려고 했다. 삼킨 아편을 토하
게 만들 작정이었다. 매천이 손을 거세게 내저었다.

"네가 어찌 나를 일으키려 하느냐. 내 정신이 평상시와 같아 조금도 고
통이 없다. 약의 효력이 없으면 어찌할꼬."

"형님, 이러시면 아니 됩니다."

"어허!"

매천은 독을 전혀 마시지 않은 사람처럼 의연한 언행을 보여주고 있었
었다.

석전은 고향인 광양의 백운산과 구례의 지리산에서 항상 뻗쳐오던 장
엄한 기운과 똑 같은 기운이 매천으로부터 번져오는 것을 느꼈다. 매천은
곧 그런 장엄한 산들이나 마찬가지였다.

한 인간의 죽음. 그것도 자연사가 아닌 음독 자결 시도. 석전은 자신도
모르게 눈시울이 뜨거워지고 말았다. 슬픔을 가까스로 참아내며 조카에
게 지시했다.

"애야, 어서 빨리 동자뇨童子尿와 생강즙을 구해오너라."

"알겠습니다."

암현이 밖으로 급히 나갔다.

석전은 무릎을 꿇은 자세 그대로 매천을 한동안 바라보기만 했다. 그
의 죽음 앞에서 손을 쓸 별다른 방도가 없다는 것이 실로 안타까웠다. 무
력감이 어깨를 짓눌렀다.

한참 후에 매천이 눈을 뜨며 석전에게 말했다.

"약을 들이키겠다는 마음을 먹었을 적에 입에서 세 번이나 떼며 주저했다. 내가 이렇게 어리석은 줄 몰랐구나."

"형님!"

매천이 솔직한 심정을 털어놓자, 석전은 그만 목이 메고 말았다. 한평생 명리를 탐하지 않고 고고하게 살아왔던 형이었다. 그런데 누가 왜 그를 죽음으로 몰아가고 있는지 원통하기 그지없었다. 석전이 매천의 손을 덥석 잡았다. 여태 참고 있었던 눈물이 소리 없이 흘러내리기 시작했다.

석전은 매천을 존경하며 일평생 그림자처럼 따라다녔다. 형이었지만 스승이었고, 그의 영원한 사표이기도 했다. 그런데 영영 다시 돌아올 수 없는 이별을 해야 할지도 모를 일이었다.

"슬퍼하지 마라. 세상사가 이러하니 선비 된 자로서 마땅히 죽어야 하느니라."

"그래도 이렇게 떠나시면 아니 됩니다."

"아니다. 내 일찍이 을사조약이 체결되었을 때 보경이 보냈던 편지를 읽고 남몰래 가슴 아파했느니라. 이제 홀가분한 심정이다. 아니, 지극히 통쾌하다. 그러니 너희들은 너무 슬퍼하지 마라."

매천이 석전을 바라보며 또 다시 빙그레 웃었다. 하지만 그 맑은 웃음 속에는 이미 저승사자의 검은 그림자가 끼어들어 있었다.

을사조약이 체결되었을 때 매천에게 편지를 보냈던 '보경保卿'이라는 사람은 이건창의 아우인 건승이었다.

이건승은 을사조약이 강제적으로 체결되자 홍승헌·정원하와 함께 자결하려고 했다. 그런데 뜻을 이루지 못하고 매천에게 "황운경이 아직도 인간 세상에 머물고 있소? 이보경은 어리석고 미련하여 구차하게 살아가고 있을 뿐입니다. 나라가 망했는데 아직까지 생존해 있고, 사람은 마땅히 죽어야하는데 오히려 살아있다는 것은 다 정상의 이치가 아니며, 동호東湖의 나무꾼도 사람을 비웃은 지 이미 오래인데 어찌 오늘까지 기다렸는가? 그러나 이미 죽지 안했으면 마땅히 깨달아 앎이 있을 것이요, 깨달아 앎이 있으면 이 글을 보고 마땅히 옛정을 일으켜 흔연히 그 사람을 본 듯 할 것이며, 또 붓을 들어 답을 하면 이에 산 사람의 도리가 갖추어질 것입니다……."라는 비장한 내용의 편지를 보낸 적이 있었다.

이건승은 자가 보경, 호가 경재였다. 그는 매천이 순국한 그해 12월에 만주로 망명했다가 다시는 고국 땅을 밟지 못했다. 이상설과 함께 풍찬노숙으로 독립운동을 전개했으나 끝내 추위와 풍토병을 이기지 못하고 한 많은 생을 마감했던 인물이었다.

암현이 동자뇨와 생강즙을 구해서 대월헌으로 돌아왔다. 석전이 그것을 받아 매천에게 먹이려고 했다. 매천이 그 그릇에 든 내용물을 바닥에 쏟아버렸다.

석전은 매천의 고집스러움을 익히 잘 알고 있었다. 그가 한 번 결심하면 그 어느 누구도 꺾을 자가 없었다.

매천이 두 사람 앞으로 두툼한 서책 한 권을 내밀었다. 그가 혼신의 힘을 다해 그동안 기록해왔던 '야록' 이었다.

"너희들에게 이것을 부탁한다. 자칫하면 큰 화를 부를 수도 있으니 부디 잘 간수해야 하느니라."

이어서 서재를 가득 채우고 있는 서책들을 가리키며 말했다.

"저 서책들은 곧 나의 정력의 소재이니 잘 간수하여라."

3천여 권을 웃도는 그 서책들은 조부가 가문을 일으켜 세우려고 피땀을 흘려 구입해주었고, 매천이 천 리를 멀다하지 않고 달려가서 구해왔거나 필사했던 것들이었다.

한낮이 되자 매천의 정신이 점점 흐릿해지기 시작했다. 그리고 다음날 새벽닭이 두 홰 울고 나서, 향년 56세에 운명했다. 그의 머리맡에는 음독하기 전에 썼던 '유자제서'와 '절명시' 4수 그리고 『매천야록』이 놓여 있었다.

매천이 음독 자결로 순국했다는 소문이 퍼지자 구례 땅이 온통 슬픔에 젖었다. 그의 순국을 안타까워하며 통곡하는 사람이 헤아릴 수 없이 늘어나자 일제 당국에서는 변란이 일어날까 두려워했다. 그래서 구례에 주둔하고 있던 일제 헌병대가 매천의 집으로 들이닥쳤다.

"도대체 무슨 일이오? 어딜 감히 들어온단 말이오. 썩 물러가시오!"

석전이 헌병대를 가로막았다. 평소 매천 못잖은 강직한 기개를 보여주었던 석전이었다. 그가 벌린 두 팔은 흡사 산악처럼 당당했다.

기세등등하게 들이닥쳤던 일제 헌병대가 석전의 서슬 시퍼런 모습에 눌려 주춤거렸다. 하지만 이 땅을 무자비하게 짓밟았던 자들이라서 쉽사리 물러설 리 없었다.

"의사를 데리고 왔소."

"의사라고 했소? 어허, 필요 없으니 어서 나가시오."

"검진을 해봅시다. 혹시 자결이 아니라 병사했던 게 아니오?"

석전은 일제 헌병대가 찾아온 이유를 눈치 챌 수 있었다. 그들은 매천의 음독 자결을 병사病死로 꾸며 인심을 안정시켜볼 요량이었던 것이다.

"어허, 이놈들! 너희가 무도하게 우리 조국을 멸망시켜 놓고, 오늘 또

의사義士의 이름을 지워 없애려고 하는구나. 내 차라리 너희와 싸우다 지하에 계신 형님을 따라 죽을지언정 의사의 이름을 없애도록 그냥 두고 보지 않겠다."

석전이 추상같은 호통을 칠 때마다 그의 턱에 매달린 긴 수염이 성난 파도처럼 출렁거렸다.

석전은 외모나 품성이 매천과 흡사했다. 그래서 체용體容이 맑고 여위었으며 눈썹은 성글고 수염은 길었다. 성품은 감히 의로운 일이 아니면 행동하지 않았다.

일제 헌병대는 석전의 기세에 눌려 안으로 들어서지도 못하고 되돌아갈 수밖에 없었다. 자칫하면 부스럼을 긁어 화를 초래할 수 있다고 판단했던 것인지도 몰랐다.

매천의 순국 후, 유해는 유산촌 뒷산에 매장되었다. 그리고 차후의 일이었지만 1942년에 매천의 출생지요, 선영인 광양 봉강면 석사리 뒷산의 문중 묘소로 이장되었다.

매천이 이 세상을 하직하자 그가 평생 쌓아왔던 조화와 질서가 해체되면서 생의 모든 의미가 땅속에 묻혀 한 줌의 흙으로 변해버리거나 저 망망한 우주 속에 흩어져 사라져버리는 듯했다. 그런데 그게 결코 아니었다.

일개 포의지사布衣之士:벼슬을 하지 않은 가난한 선비였던 매천의 순국은 구례 땅을 발칵 뒤집어놓고도 부족해서 삼천리강산을 술렁거리게 만들었다.

전국에서 무려 156명이나 되는 당대의 최고 지식인들이 매천의 순국을 기리려고 애사哀辭을 지었으며, 39명이 제문을 지어 문상하고 애도했다.

그중에서 만해 한용운은 "의로써 조용히 길이 보국했는데/죽고 나니 만고에 겁화劫火만 새로워라/못 다한 황천의 한 남기지 마소/괴로웠던 충성 사람들로부터 위로받으리라."며 '황매천의 영전에 곡함'이란 조시를 지었다.

또 을사늑약이 강제로 체결되자 '시일야방성대곡'이라는 논설을 게재하여 3년간 옥살이를 했던 위암 장지연은 경남일보 제147호에 매천의 '절명시' 4수를 최초로 발표하여 그의 순국을 이 땅에 널리 알렸다.

석전은 매천이 기록했던 모든 것들을 그대로 방치해두지 않았다. 그는 왕수환, 권봉수 등과 함께 매천의 유집을 정리했고, 300여 명이 보내준 연조금 약 500원을 모았다. 그리고 상해에 망명해있던 김택영에게 매천의 유집을 비밀리에 보냈다.

마침내 1911년에 김택영이 『매천집』7권 3책을 처음으로 간행했다. 7권 중에서 5권은 시詩였으며 2권은 문文이었다. 이어서 1913년에도 김택영이 『매천속집록』2권 1책을 추가로 속간하여 전 9권이 되었다. 그러나 장정은 본집 3권, 속집 1권으로 전 4권 체제였다.

책이 간행되자 그 반응이 매우 뜨거웠다. 전국의 많은 문사들이 매천의 문집을 구하려고 애를 썼다. 그 문집을 보고 열광했던 수많은 사람들이 안타까운 심경을 피력했다. 그 중에서 곽종석의 말을 인용하자면 "매천은 진실로 우리 동남의 보배로서 순국의 열을 더함으로 당시에도 빛나고 백세에도 향기로울 것이니, 누가 흠앙欽仰:공경하여 우러러 사모함하지 않으며 그 시를 한 번 얻어 보고 싶어 하지 않겠습니까? 열 겹으로 싸서 높이 두고 어루만지며 한숨쉬고 장차 자식과 손자들로 하여금 이를 읽도록 하겠습니다."라고 했다.

일제강점기에 국내 인사에 의해 간행되었던 『매천집』은 일제의 검열로 인해 많은 부분이 삭제되어 탈골본이 되었다. 중국판은 국내에 반입되어 반포 도중 일제의 압수 처분으로 대부분이 망실되었으나 다행히 몇 부만은 비밀스럽게 감추어 두었다.

이때까지만 해도 매천의 모든 행적이나 저작물은 죽음과 함께 영원히 묻혀버릴 것처럼 보였다. 하지만 36년간의 압제와 식민지 시절이 지나가고 광복을 맞이하게 되자 그 사정이 완전히 달라졌다.

매천의 유명에 따라 비장되어 왔던 『매천야록』과 창강 김택영의 교정본이 광복 후에 국사편찬위원회에서 유고 그대로 간행되었다. 『매천집창강 찬 중국판』은 광복 후 청구문화사에서 영인 간행되었고, 중국판과 국내판을 합친 것과 야록까지 포함하여 『매천전집』으로 아세아 문화사에서 출간되었다.

매천의 유저遺著 중에서 『동비기략』은 일제강점기에 비장되어오다가 광복 후에 공개되었으나 행방이 묘연하게 되었다고 하며, 매천의 손자인 황용수의 글 '매천의 생애'를 보면 그 이유는 공개하기 어렵다고 되어 있었다.

광복 후, 1962년에 매천에게 건국훈장 독립장이 추서되었으며, 1999년 8월에 문화관광부가 문화의 인물로 지정했고, 2005년에는 국가보훈처에서 이달의 독립운동가로 선정했다. 그리고 광복 후에 지역 유림이 매천의 유덕을 기리기 위하여 매천의 옛 집 자리에 매천사梅泉祠를 건립하여 매년 3월 봉사奉祀하고 있으며, 광양시에서는 매천의 생가를 복원하여 그의 정신이 후세에 길이길이 전해질 수 있도록 노력했다.

이렇듯 매천은 죽음으로써 생의 종말을 고한 것이 아니라 그가 생전에 남긴 저서들과 함께 영생을 얻었던 것이다.

매천의 묘소에 고즈넉한 분위기가 감돌았다. 하지만 그는 오늘도 말없는 말로 후세들에게 진정한 지식인 그리고 진정한 보수주의자가 어떤 모습을 갖추어야 하고 또 실천해야 하는지 알려주고 있었다.

나는 한동안 매천의 묘소 옆에 앉아서 푸른 하늘을 바라보고 있었다. 그 하늘에서 태양이 이글거리고 있었다.

매천의 영생. 그건 매우 당연한 일이었고, 또 그렇게 되어야 마땅했다. 그런데 문득 궁금증이 하나 솟구쳤다.

을사늑약이 강제로 체결된 이후 1년 사이에 순국한 사람이 18명에 이른다는 기록을 본 적이 있었다. 그 이후에도 절의를 지키려고 순국한 사람이 부지기수였다. 이미 이야기했던 것처럼 매천의 아우인 석전이 순국했고, 매천의 친척 중에서 남원에서 살고 있던 석정 황석도 1910년에 절명시를 짓고 자결 순국하려 했으나 실패했다가 고종이 승하하자 1919년에 자결했다. 그런데 수많은 순국 인사 가운데 매천이 후세에 가장 널리 알려지게 되었던 이유가 도대체 무엇이었을까?

나는 한동안 생각해보았으나 뭔가 알 듯하면서도 명확한 답을 찾아내지 못했다. 언젠가는 그 해답을 찾을 수 있으리라는 생각과 함께 매천이 남긴 또 다른 흔적을 찾아가기 위해 묘소를 떠났다.

4

매천을 찾아 매천 생가에서 백운산의 북쪽 산자락에 있는 만수동萬壽洞
으로 가는 길은 그리 호락호락하지 않았다. 매천의 생가와 묘소 그리고
만수동이 같은 백운산 아래에 자리 잡고 있었으나 곧바로 연결되는 도로
가 문제를 안고 있기 때문이었다.

지도상에는 광양시 봉강면에서 865번 지방도를 타고 구례 간전면으로
갈 수 있었다. 하지만 광양시 경계를 넘어서면서부터 일부 도로가 완전히
개설되지 않았다는 이야기를 들었기에 포기할 수밖에 없었다이 소설이 완성
될 무렵에 865번 지방도로가 완전히 뚫렸다는 이야기를 들었음.

예전에는 광양시 봉강면에서 백운산의 새재를 넘어 구례군 간전면의
만수동까지 곧장 갈 수 있는 산길이 있었으나 지금은 사라졌다는 이야기
를 들었다. 만약에 그 산길이 아직도 있다면 그 당시에 매천이 걸었던 것
처럼 배낭 하나 둘러메고 길을 떠나고 싶은 마음이 굴뚝같았다.

얼마 전, 광양시에서 주최한 '매천 순국 100주년 행사'를 위한 회의에
참석했던 적이 있었다. 문화 발전에 남다른 관심을 갖고 있는 이성웅 광
양시장이 직접 참석한 가운데 각계 인사들이 모여 진지한 회의를 벌였는
데, 그때 순천대학교 사학과 홍영기 교수는 매천이 저술했던 『오하기문梧
下記聞』에서 '오하'를 '오동나무 아래'라는 뜻으로 직역하지만 '책상'이
라는 뜻으로 의역할 수 있다는 이야기 등을 했다.

순천 YMCA 사무총장을 역임했던 박두규 씨는 매천 생가가 있는 봉강

면과 만수동이 있는 구례 간전면까지 산길을 내는 것이 좋겠다는 제안을 했다. 그 제안은 옛 산길을 복원하자는 것이었다. 만약에 그 제안이 채택되어 옛 산길이 복원된다면, 나는 그 길을 걸어서 다시 한 번 만수동을 찾아가겠노라고 마음먹었다.

순천으로 다시 나갔다. 이어서 17번 국도를 타고 구례 방향으로 가다가 송치터널을 통과하고 순천시 황전면을 경유하여 섬진강을 건널 수 있는 동해교를 향해 달려갔다. 우측에는 자라가 섬진강 물을 마시는 형국의 오산鰲山이 서 있었다. 그곳의 깎아지른 절벽에 붙여 세워놓은 사성암이 나를 오라고 손짓했다. 전방 먼발치에는 한 폭의 동양화 같은 지리산이 나를 품에 안으려고 점점 다가왔다.

구례에는 매천을 모신 매천사와 그가 세웠던 호양학교 등이 있어서 꼭 들러야할 곳이었다. 그런데 나의 답사 계획은 백운산지역과 지리산지역으로 구분해놓았기 때문에 구례군 광의면, 마산면, 토지면 일대의 답사는 다음 기회로 미룰 수밖에 없었다.

섬진강이 앞을 가로막고 있었다. 동해교를 이용해서 섬진강을 건너가 계속 달리다가 문척교차로에서 우회전하여 다시금 섬진강을 건너와 백운산 아래에 자리 잡은 문척면으로 향하기 시작했다. 만수동을 찾아가기 전에 매천의 스승이었던 왕사각과 친구로 지냈던 왕사찬 등이 살았던 문척면 토금마을을 둘러보기 위해서였다.

예전에 나는 역사탐방을 하는 단체에 합류하여 이 코스를 따라 토금마을을 경유한 다음 만수동까지 다녀왔던 적이 있었다. 그런 경험이 깔려 있어서 길을 찾아가는데 별다른 어려움은 없었다.

그런데 그 당시에는 매천에 관해서 아는 바가 많지 않아 별다른 느낌을 갖지 못했다. 유홍준의 『나의 문화유산답사기』에서 "인간은 아는 만큼 느낄 뿐이며, 느낀 만큼 보인다."고 했듯이, 그동안 내가 매천과 이 지역에 대해서 나름대로 공부를 많이 했다고 자부하기 때문에 이번에는 상황이 많이 다를 터였다.

한 줄기의 순수로 빚어져 흘러내리는 섬진강의 물결이 싱싱한 어족魚族의 비늘처럼 반짝거렸다. 그 강은 전북 진안군과 장수군의 경계인 팔공산八公山:일명 성적산에서 발원하여 곡성 압록을 거친 다음에 지리산과 백운산 사이의 협곡을 지나 광양만으로 유입되었다.

섬진강을 건너는 동안 매천이 읊었던 수많은 시들이 앞 다투어 물방울처럼 떠올랐다. 그가 간전면 만수동에서 은거했던 16년과 광의면 월암마을에서 현실 세상으로 뛰어들었던 8년 동안에 이 섬진강과 그 주변 마을의 풍경을 바라보며 수많은 시상을 떠올렸음이 틀림없을 것이다.

861번 지방도로를 따라가다가 문척면사무소를 만났다. 그리고 월평리 사무소 근처의 삼거리에서 861번 지방도로를 버리고 우회전하여 토금마을로 향했을 때, 매천이 41세에 지었던 '토동兎洞 가는 길에' 라는 시가 주변 마을의 풍경 위로 파노라마처럼 펼쳐졌다.

> 강 서쪽 가파른 밭에는 옥수수 기장 심어져 있고
> 넓은 강 흔적 백 이랑은 진흙 길이로다
> 가을 꽃 덮인 언덕에는 한 쌍의 나비가 저물고
> 사람은 갈매기 등질 때 돛단배는 나직하네
> 부들 뿌리 비단 돌은 새 여울에 드러나고
> 나무 끝 둥실 뜬 뗏목은 옛 지름길로 떨어지네

어디든지 백성이 있어 조금도 버릴 땅이 없으니
들판에는 바구니 들고 흰 눈 같은 목화를 따네

매천이 이 시를 지었을 당시만 해도 섬진강에는 돛단배와 뗏목이 아주 빈번하게 다녔다고 했다. 그리고 가을만 되면 농부들이 들판에서 목화 따는 광경을 얼마든지 볼 수 있었을 것이다.

나의 어린 시절만 해도 농촌에서는 무궁화과의 한해살이풀인 목화를 지천으로 재배했다. 그 꽃은 아침에 황백색으로 피었다가 오후가 되면 시들어 자주색으로 물들었다가 그 다음날이면 떨어지곤 했다.

목화 꽃은 그렇게 피고 지는 아픔을 거듭하다가 메추리알 모양의 열매가 익으면 세 갈래로 터져 하얀 솜을 토해내며 꽃처럼 또 다시 피어났다. 그 광경은 마치 함박눈이 소복하게 내린 것처럼 보였다. 이처럼 목화는 식물 중에서 유일하게 형태와 색깔이 다른 꽃이 두 번이나 피는 셈이었다.

지금은 섬진강에 나룻배도 뗏목도 다니지 않고, 강변마을의 논밭에서 목화를 찾아볼 수 없었다. 그때 그 시절의 옛 정취가 아쉬웠다.

잠시 후에 토금土金마을에 도착했다. 이 마을은 구례로부터 동남쪽으로 약 6.5km 떨어진 곳에 있었다. 그리고 풍수지리학으로 볼 때 오봉귀소五鳳歸巢 형국이며, 또 토끼가 꼬리를 돌아보는 형국이라서 토고미兎雇尾라고 부르기도 했다.

최승효가 엮고 이우성이 감수했던 『국역 황매천 및 관련인사 문묵췌편』에서 '중준 백운거기重濬白雲巢記'를 보면 매천이 토금마을과 오봉산에 대해 자세하게 묘사한 글이 있었다.

물대는 도랑이 토금리 언덕에 있지만 그 근원이 백운산이기 때문에 백운거라 한다. 백운산이 높게 북으로 치달아 구례 남쪽을 누르고 한 번 굴러 계족산이 되고, 두 번 굴러 삼태봉이 되고, 세 번 굴러서 오봉산이 되었다. 오봉산 기슭은 순자강이 부딪쳐 흐르고 산이 구를 때마다 취락이 형성되었는데 계족산 깊숙한 곳에 있는 마을을 백운암이라 하고, 삼태봉을 등지고 오봉산을 향한 마을을 토금리라 하는데 지대가 높아 초목이 드물어서 계곡에 물이 적어 두 마을이 모두 물을 댈수가 없고, 오직 돌 틈에서 흐르는 물로 겨우 동이물을 받을 수 있을 정도이다.

토금마을은 왕사각과 왕사찬이 살았던 곳일 뿐만 아니라 매천의 큰집이 있던 곳이었다. 매천의 스승이었으며 왕씨 형제들의 부친이기도 했던 천사 왕석보의 딸은 매천의 백부 황흠묵의 부인이었으며, 큰어머니로서 매천과 가까운 사이였다고 한다.

매천이 왕석보에게 찾아가 공부를 할 수 있었던 것도 다 이런 인연 때문이었다. 그리고 1886년, 매천의 나이 32세 때 그가 동생 황원의 일가를 포함한 가솔을 거느리고 광양 봉강면 서석촌에서 구례 간전면 만수동으로 이거하게 되었던 것도 토금마을과 여러모로 매우 밀접한 관계를 갖고 있기 때문이었다.

토금마을에서 매천의 흔적을 찾아볼 길이 없었다. 가던 길을 멈추고 백운정이라는 현판이 붙어있는 마을 정자에 앉았다. 섬진강 쪽에서 불어오는 맑고 시원한 바람이 여정旅情을 말끔히 씻어주었다.

마을은 삼태봉에서 내려온 완사면에 자리 잡고 있었다. 동쪽으로 수많은 골짜기들이 이어졌고, 남동쪽으로 닭 벼슬 모양을 한 계족산이 있었으며, 매천의 시에 등장했던 오봉산은 북쪽의 섬진강 가에 있었다.

오봉산은 구례 토지면에 있는 운조루의 안산이라고도 한다. 그런데 그것보다 더 의미가 있는 것은 면암 최익현의 수제자였으며 의병활동을 같이했던 경당 임현주가 1915년에 오봉정사를 지어 후진양성에 힘썼으며, 면암과 경당을 모신 봉산사가 있다는 점이었다.

매천은 토금마을에 관한 시를 상당히 많이 남겼다. 그리고 매천과 왕사찬이 만수동과 토금마을을 서로 오가며 시를 짓고 청담을 나누었을 것이며, 매천은 큰집 왕래도 자주했을 터이니 이 마을이 그의 시 소재로 많이 등장했던 것은 당연한 것으로 보였다.

나는 매천이 지었던 토금마을에 관한 시들을 통해 그의 흔적을 상상할 수밖에 없었다. 보고사에서 출간했던 『매천 황현 시집』에는 그가 41세에 지었던 '오봉석벽五峯石壁'이라는 시가 실려 있었다. 그 시가 마치 전설이나 신화처럼 약간은 황당하면서도 흥미로웠으며 그런대로 의미를 제법 갖추고 있었는데, 내용은 다음과 같았다.

전남 장흥에 있는 천관산 선인이 아주 간사하고 교활해서 손으로 백운산을 찢어 하늘 밖에 버린 것이 오봉산이라고 했다. 그런데 오봉산이 강건너 지리산을 만나 싸우려고 하자 강신섬진강 신이 화해시켜 강가에 머물게 했다는 것이다.

매천은 또 오봉산에 있는 석벽을 읊으면서 하늘 높이 신선대가 솟았다고 묘사했다. 그리고 시의 마지막 부분에서 신라의 화랑이었으며 4선仙의 하나인 영랑과 신라 경덕왕 때 거문고의 대가인 옥보고의 전설을 끌어와서 신선 같은 삶을 동경하는 자신의 심경을 밝혔다.

창강 김택영은 이 시를 평하면서 매천의 '득의得意의 작품'이라고 칭찬했다. 그런데 나는 그 시절에 매천이 토금에 있는 왕사찬을 방문했다가 지었을 것으로 추정되는 '촌거모춘村居暮春:촌에 살며 늦봄에 읊음'이라는 칠언절구가 훨씬 더 감동을 불러일으킨다고 평하고 싶었다.

매천은 그 칠언절구 6수에서,

"멋대로 나막신 신고 가벼이 벗님을 찾아가니/문 앞에 당도했을 때 글읽는 소리 역겨워라/십 년 강호에서 함께 꽃구경하던 친구들이/거지반 인간생활 훈장으로 늙어가도다.//"

라고 읊었다.

이 칠언절구는 서당에서 훈장노릇이나 하고 살아가는 왕사찬을 보며 뜻있는 선비가 초야에 묻혀있는 것을 애통하게 여기는 글이었다. 그런데 이 시는 왕사찬만을 이야기하는 것이 아니라 매천을 포함한 당대의 지식인들의 신세를 가슴 아파하는 것이었다. 그리고 나라가 부패해서 어려운 처지에 놓여 있는 상황을 가슴아파했던 것임에 틀림없을 터였다.

백운정에서 일어나 길을 다시금 재촉했다.

화정마을 부근의 삼거리에서 861번 지방도로를 다시 만났다. 길은 길을 따라 끝없이 이어지고, 끝없이 이어진 길을 가다보면 제자리로 돌아올 수 있다더니 틀린 말은 아닌 셈이었다.

잠시 후에 간전농공단지에 도착했다. 어느새 문척면을 벗어나 간전면으로 들어온 것이었다. 여기에서 대평마을 삼거리까지 가면 865번 지방도로를 다시 만날 수 있었다. 그곳에서 우회전하여 865번 지방도로를 따라 백운산 쪽으로 가면 수평리 중평마을을 만나게 되는데, 그곳이 바로 만수동 입구였다.

만수동萬壽洞.

그곳은 행정구역상 구례군 간전면 수평리에 있었고, 백운산 북쪽의 산자락에 위치했다. 다시 말해서, 백운산 줄기가 흘러내려오다가 섬진강을 만나자 흠칫 놀라 물러서며 솟구쳐 오른 국사봉과 밥봉의 골짜기 안에 만수동이 자리 잡고 있었다. 맞은편에는 계족산이 멋진 풍광을 자랑하며 서 있었다.

만수동이라는 명칭은 '만인萬人의 목숨을 부지할 수 있는 터'라고 하여 생겨났던 말이었다. 그건 아마 골짜기가 깊고 인적이 드문 곳이라서 피난과 은거에 안성맞춤이었으며 수원이 풍부하고 산과 들이 병합된 지대라서 어렵지 않게 먹을거리를 구할 수 있었기 때문일 것이다.

골짜기 입구에 도착하자 자연석에 '만수동'이라고 새겨놓은 우람한 푯돌표석이 수문장이나 돌장승처럼 서 있었다. 그 푯돌을 보자 사람이라도 만난 듯 너무나 반가워서 덥석 껴안고 싶은 충동이 일었다.

답사를 하는 동안 내내 사람을 만나기 힘들었다. 그도 그럴 것이 답사 장소가 공동화현상을 보이고 있는 산촌이거나 농촌이었기 때문이다.

이곳 수평리는 3개의 자연마을로 구성되어 있었는데, 골짜기 아래에서부터 중평마을, 하만마을, 상만마을이 차례로 들어서 있었다.

만수동 골짜기를 따라 개울이 흘러내리고 있었다. 그 개울을 따라 올라가면 만수동 최상부인 상만마을에 도달하게 되고, 그 마을 맞은편개울 동쪽에는 매천이 16년간이나 기거하며 시를 짓고 『매천야록』과 『오하기문』등을 집필했던 구안실 터가 있었다.

골짜기를 따라 올라갔다. 마을의 집집마다 돌담장 너머로 감나무 가지가 뻗어 나와 있었다. 이 마을사람들의 주 수입원은 곶감과 밤 그리고 고

사리였다. 그래서 마을 주변의 밭에 감나무가 많이 보였고, 산비탈에는 밤나무들이 빼곡하게 들어서 있었다.

상만마을에 도착하자 승용차 한 대가 주차해 있었다. 네 명의 남녀가 카메라로 주변 광경을 촬영하고 있었다. 옷차림이나 행동거지로 보아 상만마을에서 살고 있는 사람들이 아니라 관광 차 왔거나 학술 목적으로 답사를 나온 듯했다. 반가운 나머지 그들에게 인사를 먼저 건넸다.

그들은 한문학을 연구하는 사람들인데 구안실 터를 찾아왔다고 했다. 나는 한문학이 구체적으로 무엇인지 궁금해서 질문을 던졌다.

"한문학이란 문학의 한 장르입니다. 다시 말해서 한시, 한문, 한학 등을 통틀어서 한문학이라고 합니다."

일행 중에서 나이가 제일 어려보이는 사내가 나서서 대답해주었다.

"한문학 연구에 매천 선생님이 그렇게 중요합니까?"

"그렇습니다. 한문학을 연구하고 근세사를 공부하려면 매천 선생님을 찾아보는 것이 필수적인 코스입니다. 그래서 매천학梅泉學의 산실인 구안실 터를 찾아왔던 겁니다."

나는 김정한의 논문 『매천시파 연구』에서 한문학과 국문학의 관계에 대해 저술자 자신의 견해를 밝혀 놓았던 글이 생각났다.

그는 20세기 전반까지 치열한 문학정신으로 작품을 썼던 한시인들의 한문학 연구를 통하여 국문학사를 재정립해야 할 것이라고 주장했다.

"한문학을 연구하시는 분들이라고 하니까 궁금한 점을 하나 더 물어보겠습니다. 한문학이 문학의 한 장르라고 말씀하셨는데요, 그렇다면 한문학과 국문학의 관계는 어떻게 되나요?"

"선생님께서도 구안실 터를 찾아오신 모양인데, 그럴 만한 이유나 목적이라도 있습니까?"

사내가 나의 질문에 대한 대답은 제쳐두고 오히려 되물었다. 나의 위아래를 살짝 훑어보는 것으로 보아 한적한 곳에서 만난 낯선 나그네의 신분이 궁금했던 모양이었다.

"글을 쓰려고요. 소설 말입니다."

"혹시 매천 선생님에 관한 소설입니까?"

사내의 일행들이 나를 일제히 바라보았다.

"능력이 부족한 줄 압니다만, 매천 선생님을 소설로 조명해 보려고 합니다."

내 말이 끝나자마자 제일 연장자처럼 보이는 사내가 나섰다.

"야, 이거 대단한 분을 만났습니다. 정말로 반갑습니다. 그렇잖아도 다른 역사 인물들은 소설화되어 있는 것을 봤는데, 왠지 모르겠지만 매천 선생님을 소설화한 것은 아직까지 없는 것 같더군요. 저는 그게 몹시 안타까웠습니다. 야, 이거 기대가 큰데요. 내년이 매천 선생님 순국 100주기 잖습니까. 꼭 그 소설이 훌륭하게 완성되어 밝은 햇빛을 보게 되었으면 하고 기원합니다."

그는 매천 소설에 대해 큰 관심을 보였다.

"소설을 쓰기가 너무나 어려워서 기대에 부응할 수 있을지 모르겠습니다."

겸손이나 거짓말이 전혀 아니었다. 나는 오래 전부터 매천을 소설화하기 위해 수많은 자료들을 읽고 답사하며 제대로 된 소설을 써보겠노라고 발버둥 쳤지만 뜻대로 되지 않아 무력감만 한없이 키웠을 뿐이었다. 그뿐만 아니라 매천 소설의 중압감에 시달리다 못해 어디론가 멀리 떠나버리고 싶은 충동까지 일어났던 것이 사실이었다.

나는 소설의 강박감에서 벗어나고픈 요량으로 화제를 다른 데로 돌리고 싶었다. 때마침 젊은 사내가 한문학과 국문학의 관계에 대해 아무런 답변도 하지 않았다는 것이 생각나서 질문을 재차 던졌다.

"아참, 제가 깜박 잊고 있었네요. 제 생각입니다만, 한문학과 국문학은 표기 수단과 문체에 있어 약간의 차이가 드러납니다. 선생님이 소설가라니까 누구보다 잘 아시겠지만, 한문학과 국문학이 비록 약간의 차이가 있지만 모두다 우리나라 작가에 의해 우리의 사상과 감정을 나타내고 있다는 점은 동일하지 않습니까? 그래서 한문학은 국문학의 범주에 포함되어야한다고 봅니다."

건성으로 들으면 한문학계의 입장이나 처지를 대변하는 말처럼 느낄지도 모르지만, 당대 한국문학사의 현실을 정확히 꼬집어내는 이야기였다.

그 사내의 말이 옳았다. 20세기에는 한문학과 국문학이 병립했으나 한국문학사에서 한문학은 관심의 대상에서 살짝 벗어나있었던 것이 사실이었다.

다른 것은 제쳐두고라도 매천의 시만 해도 그랬다. 윤동주나 이육사는 항일저항시인으로 우뚝 서 있었고 교과서에 단골로 등장하지만 한문으로 시를 썼던 매천 이하 수많은 저항시인들은 그 가치를 완전하게 인정받지 못하고 있었다. 장차 활발한 연구를 통해 이런 업적들이 재조명되었으면 하는 바람이 간절했다.

잠시 후에 그들이 떠났다. 만수동이 온통 적막으로 에워싸였다. 도로 좌측의 비탈진 개울에 물줄기가 흘러내리긴 했다. 하지만 수량이 워낙 적어서 횃대에 걸렸던 비단치마가 미끄러지듯 흘러내려 아무런 소리도 들리지 않았다.

개울 동쪽이 구안실 터였다. 개울을 건너는 다리 난간에 기대어 우측편에 높이 솟아오른 밥봉을 바라보았다. 지도를 살펴보면, 그 봉우리는 수평리와 중대리에 걸쳐있었으며 높이가 691m였다. 그런데 마치 밥그릇에 고봉밥을 담아놓은 형상이었고, 그런 봉우리가 둘이나 되었다. 위에 있는 봉우리가 '웃밥봉' 또는 '일봉日峰'이었고, 아래에 있는 봉우리는 '아랫밥봉' 또는 '월봉月峰'이었다.

밥봉을 바라보다가 불현듯 시장기를 느꼈다. 아침 일찍 집에서 나오느라 식사를 걸렀다. 걸렀다기보다 아침식사를 하지 않는 습관이 있어서 부러 굶었다고 해야 옳았다. 점심식사는 답사길 도중에 빵 하나와 우유로 간단하게 때웠다. 식당에 혼자 앉아서 밥을 먹는 것처럼 궁상맞고 처연하게 보이는 것이 없었기 때문이다.

여행은 혼자 다니는 것이 가장 좋다지만 바로 이런 식사문제가 늘 골칫거리로 대두되곤 했다. 혼자 나서는 답사나 여행은 외로움보다 배고픔이었다. 하지만 배고픔이 나쁜 것만은 아니었다. 배가 고플수록 정신이 맑아지고 사유의 폭은 넓어졌기 때문이다.

매천은 1886년에 만수동으로 들어왔으며 그의 나이 36세 때인 1890년에 후학들을 위하여 구안실을 건립했다. 그리고 그 옆에 1칸의 집을 더 지어 일립정—笠亭이라고 이름 했다.

그 당시 매천은 '구안실기'에 자신의 심경을 이렇게 피력해놓았다.

어린아이 4, 5명이 머리를 맞대고 냉랭한 소리를 일으키니 나는 한

책을 들고 벽을 돌아서 가기도 하고 목침을 기대고 눕기도 하면서 몸이 심히 알맞기 때문에 밥을 먹고 일이 없으면 문득 나가보았고, 나가서는 돌아올 것을 잊곤 했다. 그 협소하고 누추한 것을 잊어버리고 만족함이 있기 때문에 여기에서 편안할 수 있었다. 고로 방목하여 '구안'이라고 했다. 규모는 비록 구차하나 나에게는 편안한 곳이다. 공자가 말하기를, 살되 편안함을 구하지 않는다고 하였으니, 구차하면서 완벽하고 구차하면서 아름다움은 후한의 위형의 선거실善居室을 일컬음이요, 저 완숙하고 또 아름다움은 구차하지 않음이 분명하다.

매천이 이곳에 서실을 짓고 당호를 구안실이라고 명명했던 것은 『논어』 '학이편'에서 나오는 문장을 인용한 것이었다.

『논어』 '학이편'을 보면, "자왈子日 군자君子는 식무구포食無求飽하고 거무구안居無苟安하며 민어사이신어언敏於事而愼於言이요 취유도이정언就有道而正焉이면 가위호학야이의可謂好學也已矣니라."고 되어 있다.

그 말은 "군자로서 끼니에 배부름을 구하지 아니하고, 거처에 안락함을 바라지 아니하며, 매사에 민첩하며, 말을 삼가고 도道 높은 이를 가까이하여 그릇됨을 바르게 잡는다면 좋이 호학好學이라 말할 수 있다."라고 해석할 수 있었다.

역시 '구안실기'를 보면, 매천은 광양에서 만수동으로 옮겨와 살면서 지세가 궁벽하여 상종하는 사람이 적을 수밖에 없었다고 했다. 그리고 아들암현이 날로 자라나면서 공부할 자리가 없는 것을 걱정했다. 그래서 집을 겨우 세 칸 마련했는데, 종들이 거처하고 동쪽 방을 독서 방으로 삼았다고 했다.

매천은 이처럼 당호를 '구안실'로 지어 '거무구안居無苟安'이라는 경구
警句를 가슴 깊이 새기고, 그의 말처럼 '스스로 경계를 삼으려' 했던 것이
었다. 그리고 그즈음에 '구안실시성苟安室始成:구안실을 짓고 나서'이라는 칠
언율시 2수를 남겼다.

> 한가로운 땅을 골라 띠와 대나무로 집을 세우고
> 내 오두막을 사랑하여 현판까지 걸었어라.
> 마당으로 통하는 마을길 막지 않고
> 문을 열면 다 들어오도록 주산에 자리를 잡았어라.
> 밥상 나오면 형제들이 따라 나오고
> 꽃밭 속에선 아이들이 뛰어노는 곳
> 원숭이와 새 말고는 찾아오는 사람이 없어.
> 사립문이라고 만들긴 했으나 잠그질 않네.
>
> 집이 곧 지어졌으니 뜻은 한가해지고
> 아이들 막 놀음에 파안대소하누나.
> 시냇물 깊어지면 다시 화연동으로 들어가고
> 술 깨니 노래 소리 산 달빛 가득하네.
> 헛되이 애만 쓰고 기대가 어긋난 밭이랑에
> 사정이 어두워 걱정되는 천간의 큰집 같네.
> 청컨대 씹을수록 맛은 뿌리에서 생겨나니
> 이것이 우리들이 꿈 깨는 관문임을 알겠노라.

매천학의 산실이었던 구안실과 일립정은 2002년에 거세게 불어 닥친 태풍 루사 때문에 그 터가 씻겨 개울로 변해서 지금은 흔적도 찾을 수 없었다. '루사'는 말레이시아에서 제출한 태풍 명칭이며 그 뜻은 사슴과의 일종인 동물이었다. 그런데 그 순한 사슴이 얼마나 큰 앙탈을 부렸으면 그런 지경에 놓였을까 하는 생각이 들었다.

구안실과 일립정의 터가 사라졌다는 것은 무척 가슴 아픈 일이었다. 물론 매천이 월곡마을로 이거한 뒤에 구안실과 일립정이 불탔다고 하지만, 그 터마저 깡그리 사라져버렸으니 크나큰 손실이요 안타까움을 금할 수 없는 불행한 일이었다.

아무튼 매천이 만수동을 떠나 월암마을로 이거했을 때, 그의 제자였던 오병희가 구안실 터를 매입했고 구안실 터에 삼호정三乎亭을 지었으며 이를 역구안실亦苟安室 혹은 백운서실이라고 했다. '역구안실'이란 당호는 김택영이 지어주었다.

이런 정확한 사실은 운조루의 7대 주인이었던 유형업의 일기인 『기어紀語』에 잘 드러나 있는데, 그 책을 보면 "만수동을 향해 떠나 육로당으로 유응태를 방문했다. 오후에는 또 같은 마을의 오광국을 삼호정으로 찾아갔다. 삼호정은 오씨가 세운 집인데, 전일에 황매천이 여기에 살 때 구안실의 옛터이다. 삼호정기를 김창강에게 보여주자 창강이 '역구안실'이라고쳤다고 한다."라고 되어 있었다.

매천 사후의 일이지만, 오병희는 역구안실 원근에 사는 인사들과 상의하여 매천의 존령尊靈:혼령의 높임말을 모시기로 하고 추진했으나 왜경에 체포되어 그 뜻을 이루지 못했다고 한다.

오병희 후손들은 1960년대까지 이곳에서 살다가 부산 등지로 이주했고, 그의 증손주며느리만 이곳에 살다가 마지막으로 이주했다.

수년 전까지 만수동에는 '운산서실雲山書室'이라는 당호가 붙은 초가 한 채가 있었다. 그 집은 수년 동안 사람이 살지 않은 빈집으로 방치되어 오다가 2001년에 헐리게 되었는데, 그때 서까래에서 삼호정 상량문이 나왔다.

그런데 몹시 안타까운 점은, 여기가 매천의 구안실 터라고 밝혀놓은 안내판 하나 없다는 거였다. 그래서 보통사람들은 만수동에 들어와도 안내자가 없으면 구안실 터가 어디에 있는지 도무지 찾을 수 없게 되어 있었다.

물론 구례군에서 구안실 복원을 위한 타당성 조사를 하고 있다는 소식을 듣긴 했다. 하지만 그것에 앞서 안내판 하나 세워놓는 정성과 노력을 보일 수 없었던 것일까.

'도무지'.

마침 '도무지 찾을 수 없게 되었다'라는 말이 나왔기 때문에 짚고 넘어가는데, '도무지'를 국어사전에서 찾아보면 주로 부정을 나타내는 말과 함께 쓰이며 '아무리 해도'라는 뜻이라고 되어 있다.

이 단어는 구한말 철종 재임기인 1860년경부터 쓰였다고 한다. 그리고 '도무지'에 대한 어원이 『매천야록』에 나와 있는데,

"근래 우리말에 '도모지都某知'라는 3자를 말머리로 삼고 있다. 폐일언하면 '도대체 누가 알겠는가'와 같은 말이니, 영문을 모르면 말하지 말라는 뜻이다. 운현흥선 대원군은 집권하자 사람을 죽이는데 과감하여 사학邪學의 무리나 몰래 돈을 주조하는 무리 외에도 비방이나 무고죄로 억울하게 죽은 자가 또한 천백 명을 헤아렸다. 포도청의 형졸들이 사람을 죽이는데

염증이 나서 무릇 걸려든 자가 있으면 백지 한 장으로 그 얼굴을 가리고 물을 뿌려 붙여둔다. 그러면 숨이 통하지 않아 곧 절명하게 되는 것이다. 이에 도모지란 '얼굴에 바른 종이塗貌紙'라고 풀이하는 사람이 있었다." 라고 적혀 있었다.

개울에 걸쳐 있는 시멘트 다리를 건너 안쪽으로 들어갔다. 우측에 전봇대와 집 한 채가 있었다. 문성동 씨 소유의 집이라고 들었는데, 주인을 만나려고 했으나 인기척이 없어서 그냥 돌아섰다.

조금 더 안쪽으로 들어가면 매천이 기거했다는 집터가 나왔다. 매천의 고택, 담취헌潭翠軒은 별다른 흔적이 없어서 찾기 어려웠고 그 일대에는 풀만 무성하게 자라고 있었다. 당시에 매천이 사용했다는 '매천샘'이라고 부르는 옹달샘도 이젠 그 기능을 잃고 말았으며, 당시에 심었던 고매古梅가 아직도 남아있다는 이야기를 들었는데 찾을 수 없었다. 그 대신에 누가 심었는지 모를 십 년생 남짓한 매화나무 몇 그루를 발견할 수 있었다.

매천이 매화나무와 이 옹달샘에서 연유하여 '매천梅泉'이라는 자호自號를 지었다는 것은 널리 알려진 사실이었다. 그런데 일반에 잘 알려지지 않았지만 그런 자호 외에도 양재養齋, 양운養雲, 강서江西라는 것을 사용하기도 했다.

봄이라면 매화나무에 핀 매화꽃이라도 보면서 아쉬운 마음을 달래보았을 텐데, 매실마저 누군가가 이미 따버린 나무라서 쓸쓸하고 황량하기 그지없었다.

매천이 매화나무를 보면서 충절을 생각했다면, 이육사는 매화향기를 맡으면서 조국 광복의 꿈을 키웠다. 감히 나는 고매古梅가 상징하는 회춘이라는 단어를 상기하며 민주와 통일을 염원했다.

매천이 만수동 골짜기로 들어오게 되었던 이유는 가세가 기운 탓이기도 했지만 조선왕조의 부패상을 더 이상 지켜보기 힘들어서 은거생활을 시작했다고 한다. 그리고 매천의 32세 때 지었던 칠언율시 2수 중 1수 마지막 연에서 "종금서불염어초從今誓不厭漁樵:지금부터 맹세코 어초를 싫어하지 않으리라"라고 했듯이, 만수동에 들어가는 각오가 남달랐다.

그런데 구안실은 매천의 은거 장소가 결코 아니었다. 그는 구안실에서 농사를 손수 지으면서 제자들을 가르쳤고, 벗들과 어울려 시를 짓고 청담을 나누었다. 그리고 『매천야록』을 저술하면서 역사현실에 대한 비판정신과 개혁의지를 드러냈으며, 후대의 사람들에게 큰 교훈을 남겨주었던 것이다.

매천야록梅泉野錄.

'야록'이란 야승, 패사, 외사처럼 정사가 아닌 야사로서 개인이 지은 역사 서적이라는 의미를 갖고 있었다. 최치원의 『신라수이전』이나 일연의 『삼국유사』 등이 이런 야록에 해당된다고 하겠다.

정사는 국가의 통치 이데올로기를 합리화하고 왕권을 강화하는 데 간간이 이용되기도 했지만, 야사는 정사에서 기록되지 못했던 사건도 기록하여 정사의 결함을 보완하고 시대상을 더 잘 반영하는 경우가 있었다. 그리고 정사의 오류를 바로잡아주기도 했다는 점에서 사료로서의 가치가 높았다.

이 매천야록은 1864년고종 1 흥선 대원군의 집정으로부터 1910년순종 4 국권피탈에 이르기까지 47년 간의 한국 최근세 사실史實을 기술한 편년체의 역사 비평서였다.

그 책은 모든 부분을 매천이 직접 기록했으나 끝 부분인 1910년 8월 29일부터 9월 10일, 매천이 순국했을 때까지는 고용주가 추기追記했다. 그리고 갑오 이전은 수문수록隨聞隨錄:보고 들었던 소문에 따라 기록하는 것한 것이고 그 이후는 편년체로 기록되어 있다.

원본은 권1이 상하 2책으로 나누어져 있으며, 1955년에는 국사편찬위원회에서 한국사료총서 제1권으로 간행하면서 매천의 자손들이 작성한 부본副本도 실었다.

매천은 자결 순국했을 때 아우인 석전과 아들인 암현에게 이 야록을 비장秘藏하라고 당부했다. 그것은 이 책으로 말미암아 후손들이 피해를 입을지 모른다는 염려 때문이었다. 만약에 후손들이 매천의 유지를 잘 받들어 깊이 감추어두지 않았더라면 36년간의 식민시대를 거쳐 오는 동안에 자칫 잘못하여 인멸되어 버렸을지도 모를 일이었다.

신석호 교수가 1939년 조선사편찬회 재직 시절에 어떤 야록이 있다는 정보를 갖고 구례군 광의면에 있는 매천의 본가로 찾아가 매천의 아들인 황암현을 찾아갔으나 그런 책이 없다며 완강히 부인했다는 것이다. 그런 일화는 매천의 후손들이 그 유지를 얼마나 충실히 이행했는지 알 수 있는 일례이기도 했다.

매천은 '매천의 붓 아래 완전한 사람이 없다梅泉筆下無完人'는 평을 받았을 정도로 이 야록을 통해서 숨기거나 왜곡하는 일 없이 비판하고 고발하는 것을 서슴지 않았다. 그러니까 매천은 역사기술의 대원칙을 중시하며 지위고하를 막론하고 비판받을 일이 있으면 가차 없이 기록했던 것이다. 그게 곧 역사를 기록하는 사관史官의 올곧은 정신이요 당당한 자세였다.

충의지사요 직필로 손꼽히는 인물로는 중국의 방효유를 거론할 수 있을 것이다. 그는 명나라의 건문제를 황위를 찬탈했던 영락제가 조서를 쓰라며 지필묵을 가져오자 한사코 쓰지 않겠다고 버티다가 마침내 몇 자를 적어 내려갔다. 그 글은 '연적찬위燕賊簒位:연나라 도적이 황위를 찬탈했다'였다. 그러자 영락제가 노발대발하며 방효유의 십족十族을 멸하여 무려 800명이 죽었다고 한다. 그런데 방효휴는 그런 결과를 이미 예상했을 것임에도 자신의 소신을 굽히지 않았던 것이다.

사관이라고 하면 가장 먼저 떠오르는 인물이 중국 전한시대의 사마천이었다. 그는 무제의 노여움을 사서 궁형宮刑을 당했지만 꿋꿋이 일어서서 사기를 마지막까지 집필할 수 있었던 이유를 이렇게 설명했다.

"주나라 문왕은 유리에 갇혀 있었기 때문에 주역을 풀이할 수 있었고, 공자는 고난을 겪었기 때문에 춘추를 지었으며, 굴원은 쫓겨나는 신세가 되어 이소를 지었고, 좌구명은 눈이 멀어 국어를 남겼다. 손자는 다리를 잘림으로써 병법을 논하게 됐고, 여불위는 좌천되는 바람에 여씨춘추를 전했으며, 시 300편은 대체로 현인과 성인들이 고난 속에서 발분하여 지은 것이다."

사마천의 이런 정신으로 말미암아 그 위대한 사기를 집필하여 후세에 남길 수 있었고, 매천은 스스로를 만수동에 가두고 냉철한 역사비판의식을 끝까지 견지했기 때문에 불세출의 저술을 남길 수 있었던 것이다.

2008년 베이징 올림픽 식전 개막행사에서 장예모 감독이 '찬란한 문명'이라는 매스게임을 연출했다. 그때 수많은 사람이 하나의 붓이 되어 역사를 써나가는 집단체조를 보여주었다. 그렇다면 그런 연출은 무슨 의미를 담고 있었던 것일까? 그건 곧 역사 기록의 소중함을 말하려는 것이 아니었을까?

　조선시대 중종 때 춘추기사관이었던 채세영은 기묘사화로 정암 조광
조를 처벌할 때 가승지 김근사가 어명을 받아 죄상을 멋대로 고치려 하자
"사필史筆은 아무나 잡는 것이 아니오."라고 꾸짖으며 붓을 빼앗았다가
파직당하는 일을 겪기도 했다.

　채세영이 사필을 빼앗았던 행위는 어명을 거역하는 일이나 마찬가지
였다. 그러나 그는 춘추기사관의 역할과 책임을 다하기 위해 곡필曲筆을
완강히 저지했으며 파직이나 죽음도 불사했다.

　혹자는 매천의 야록을 두고 객관성이 결여되었으며 신문기사를 그대
로 베낀 흔적이 역력하다는 말로 비판하기도 했다. 또 양비론兩非論에 빠
져있어서 도대체 무슨 말을 하려는지 잘 모르겠다든지, 그가 의병으로 직
접 뛰어들지 않았던 것은 부끄럽고 나약한 일면이었다고 지적하는 사람
들도 있었다.

　그러나 나는 생각을 달리하고 있었다. 매천은 일개 포의지사였고 보수
주의를 표방하는 위정척사계열의 선비였지만 야록을 기록할 때는 대원군
의 공포정치를 과감하게 비판한다거나 심적으로 두둔했던 의병들의 잘못
이나 어리석음까지 서슴없이 비판할 줄 아는, 어느 한쪽으로 치우치지 않
는 비판 감각을 갖고 있었다. 그래서 그는 사시였지만 어느 누구보다 눈
을 똑바로 뜨고 살았으며, 균형 잡힌 시각과 시대정신을 잃지 않는 참지
식인이요 진정한 보수주의자였다.

　물론 의병으로 직접 나서지 않고 자결을 택했던 매천의 행동양식에 문
제점이 전혀 없다고 변호하려는 것은 아니다. 그렇지만 매천은 항일의병
처럼 총칼을 들지는 않았어도 시대와의 불화에 맞서 글이라는 무기로 당

당하게 투쟁했고, 자기 합리화의 구차한 삶보다 떳떳한 죽음을 선택했던 것은 큰 칭송을 받아도 과하지 않다고 여기고 있다.

5

저녁이 가까워졌다. 섬진강의 물새들이 좌우 날개를 힘차게 놀리며 안식을 위한 둥지를 찾아서 바쁘게 날아가고 있었다.

낮 동안의 섬진강은 싱싱한 어족의 비늘처럼 반짝이면서 은색으로 흘러내렸다. 그런데 저녁 무렵이 되자 노을빛을 받아 금색의 강으로 서서히 바뀌고 있었다. 마침내 노을빛에 짙게 물들어 핏빛 강으로 바뀌게 되면 우리네 역사의 아픈 생채기들을 소리 없이 이야기하며 흘러내릴 것이다.

섬진강 150리 물길 굽이굽이마다 우리네 한恨의 역사가 촘촘히 서려 있었다. 그 강은 왜구들의 끝없는 노략질을 지켜보며 원통함을 참지 못해 꺼이꺼이 목을 놓았고, 갑오년 동학도들이 죽어서 둥둥 떠내려가거나, 좌우 이데올로기에 희생된 수많은 사람들의 피와 살을 부둥켜안고 저 먼 바다까지 흘러가면서 소리 죽여 울었다.

봄이 되면 지리산과 백운산의 진달래가 붉게 피어나고 가을에 단풍이 피처럼 붉게 물드는 것은 그 아픈 역사들을 다시금 재현해놓은 벽화였다. 장마 통에 붉덩물이 소쿠라지고, 평소에 미치도록 시퍼런 물살이 출렁이는 것은 그 슬픈 역사를 잊지 말라는 수많은 중음신들과 넋들의 아우성이었다.

나는 섬진강을 따라 내려가면서 무엇인가 끝없이 울부짖는 소리를 들었다. 그 소리는 왜구를 물리치기 위해 몰려나왔다는 전설 속 두꺼비들의 울부짖음이었다. 독도 문제, 위안부 문제, 역사 왜곡 문제 등이 올바로 해결되지 않는 한 그 두꺼비들의 울부짖음은 결단코 멈추지 않을 것이다. 그래서 우리의 영원한 수호신, 두꺼비 섬蟾자의 섬진강이 오늘도 "꽈악! 꽈악!"울며 흘러내리고 있는 게 아닐까.

예로부터 시인묵객들이라면 누구나 다 이 섬진강을 사랑하지 않고 배길 수 없었다.

다산 정약용은 섬진강 하구에 있는 하동 백사장의 송림을 보며 "따뜻한 백사장에 이제 막 장이 서니/부엌마다 연기 나고 술과 고기 벌여 있네/언덕엔 마소가 서로 얼려 희롱하고/포구엔 돛배들이 엮은 듯 총총하네.//"라고 아름다운 풍경을 읊었다.

고은 시인은 "뼈저리게 서럽거든 저문 강물을 보아라/나는 그냥 여기에 서서/산이 강물과 함께 저무는 큰일과/그보다는 강물 가장자리에 은어 떼 헤매는 일과/화엄사 각황전 한 채 싣고 흐르는 일을 볼 따름이구나……."라는 시를 통해 자연을 관조觀照:지혜로 모든 사물의 참모습과 영원히 변하지 않는 진리를 비추어 봄했다.

김용택 시인은 "저무는 섬진강을 따라가며 보라/어디 몇몇 애비 없는 후레자식들이/퍼간다고 마를 강물인가.//"라며 외부의 위협에도 굴복하지 않는 민중의 건강하고 강인한 생명력을 섬진강에 비유하여 노래했다.

백운산 아래에서 생명을 얻었고 지리산 아래에서 뼈가 굵었고 섬진강의 흐름을 보며 지혜를 얻었던 매천이 섬진강을 그냥 지나칠 리 없었다. 그의 나이 45세였던 어느 가을날에 광양으로 가면서 칠언절구 2수를 지었다.

벌레 먹은 이파리가 말려 나니 촌길이 깊고

강가의 돋는 해 칙칙한 나무로 으스스 춥네

서리 바람이 벌써 급하게 부니 황국화 소식이

빈 갯가 갈대밭에 붙었다 끊겼다 하네.

강물 흘러 홀연히 움푹 패어 푸른 연못 되니

물가 모래톱에 잔잔한 물 흠뻑 적시어 있네

해 반짝이는 맑은 물에 고기가 놀고 있고

좋구나, 흔들고 부서지며 언덕의 단풍이 한창이네.

나도 매천의 발자국을 밟으며 섬진강을 따라 광양을 향해 아래로 내려갔다. 구례군 간전면과 토지면에 걸쳐있는 간전교를 건너 왜구를 방어했던 석주관, 고광순 의병장이 장렬하게 순절했던 연곡사 골짜기, 화개장터, 악양 평사리, 하동 송림 등을 둘러보고 싶었지만 다음 답사지로 남겨 두었기 때문에 미련을 버렸다.

섬진강을 건너지 않고 간전면 대평마을의 삼거리에서 우회전하여 백운산 밑으로 놓인 섬진강변 길, 861번 지방도로를 타고 아래로 내려갔다.

그 당시 매천은 신체적으로 나약했으며, 교통사정이 몹시 불편했음에도 불구하고 여행을 많이 다녔던 모양이었다.

그는 이건창이나 김택영과의 교류로 인해 서울 나들이를 자주 했으며, "이미 만 권의 책을 읽었으니 또한 사방으로 돌아다닐 만하네旣已破萬卷 亦可橫四方"라고 시를 읊은 뒤 금강산 여행을 떠났으며, 월출산에 가서 "오랜 명산이 비녀 꽃 모습이어라千古名山萬玉簪"라고 읊었으며, 낙동강을 건너며 "산과 물 겉과 속에 비단조각 잘라 놓은 듯表裏河山金片裁"으로 표현했으며,

가야산의 홍류동 농산정에서 고운 최치원을 생각하며 "산은 스스로 고운의 시로 더욱 뚜렷하다山自孤雲詩盆著"라고 노래했으며, 이건창이 별세하자 멀리 강화도 6백 리 길을 걸어가서 문상하며 "돌아보니 하늘의 운명 끝내 간직할 수 없다溯着天風不滿巾"라고 슬퍼했으며, 이충무공이 왜적들을 물리쳤던 진도 벽파진을 찾아가서 "혓바닥 깨물며 명량대첩 옛 비를 가리키누나咋舌鳴梁指古碑"라고 탄식하는 등 전국 방방곡곡 돌아다니지 않은 곳이 없을 정도였다.

매천이 이처럼 호연지기를 키우며 수많은 여행을 감행했기 때문에 전국 곳곳에 그의 자취가 서리지 않은 곳이 없었다. 그래서 그의 자취를 모두 찾으려면 전국일주를 감행해야겠으나 그렇게 하는 것은 무리로 보았다.

나는 백운산과 지리산 그리고 섬진강 일대만큼은 철저하게 답사할 계획을 세워놓았으며, 섬진강을 타고 내려가는 참에 광양시 진상면 비촌을 찾아가서 그의 자취를 더듬어볼 요량이었다.

비촌은 백운산 어치계곡 안에 있었고, 내 어린 시절에 백운산으로 올라갔을 때 마주쳤던 길목 마을이기도 해서 감회가 남달랐다.

해발 1,218m의 백운산은 백두대간에서 금남호남정맥으로 갈라졌다가 구하산 합맥점에서 다시금 호남정맥으로 갈라져 팔공산, 내장산, 추월산, 무등산, 조계산 등의 산을 낳고 줄기차게 이어져 오다가 마침내 남해 앞바다에 이르러 창공으로 우뚝 솟구친 남도의 명산이었다.

백운산은 섬진강을 사이에 두고 백두대간의 끄트머리인 지리산과 연모의 정을 나누며 누천년 그 자리에 우뚝 서 있었다. 그리고 10여 km에 달하는 능선이 남쪽과 동쪽으로 구르면서 성불계곡, 동곡계곡, 어치계곡, 금천계곡, 이렇게 4대 계곡이 형성되었다.

백운산은 봉황, 돼지, 여우의 세 가지 신령스러운 기운을 간직하고 있다는 전설을 갖고 있었다.

봉황의 정기는 조선시대 중종 때 대학자였던 신재 최산두 선생이, 지혜로운 여우의 정기는 병자호란 직후 몽고국의 왕비가 된 월애부인이 이어받았다고 했다. 그리고 장차 돼지의 정기를 받아 광양 땅에 큰 부자가 나올 것이라는 이야기가 전해오는데, 광양제철과 광양항 컨테이너부두가 그런 전설을 실현시켜줄지도 모른다는 소문이 나돌기도 했다.

간전면을 벗어나 광양시 다압면으로 들어섰다. 다압중학교와 매실 장인 홍쌍리 여사가 있는 매화마을 앞을 지나고 우회전하여 불암산과 쫓비산 사이 골짜기의 오르막길을 올라갔다. 매화가 피어나는 계절이었으면 그 향기에 모든 피로를 씻어버렸을 테지만 제 철이 아니라서 아쉬웠다.

그 언제였던가. 광주 전남의 소설가들이 매화가 흐드러지게 핀 청매실 농원을 찾아갔을 때, 홍쌍리 여사가 솥뚜껑 뒤집어 해물파전을 부쳐주고 그윽한 향기 머금고 있는 매실주도 아낌없이 내놓았다. 술 좋아하는 소설가들이 많았던지라 모두 환호성을 질렀는데, 보성 출신의 작가 송기원 형이 매실주 맛을 가장 잘 알고 또 좋아하는 듯했다. 그래서 매실주 한 병 사서 선물했던 적이 있었다.

"왜 나한테 이것을 선물하는 거지?"

"제 고향이 광양이거든요. 제 고향을 방문했으니까 선물 하나 드리는 거죠 뭐."

"어허, 이 귀한 것을……."

송기원 형이 너무나 고마워하던 모습이 아직도 생생했다. 그는 나에게 문단의 선배이기도 하지만 그보다 앞서 고등학교의 선배였다.

언덕배기를 올라가자 백운산 정상인 송낙봉에서 제3맥으로 남향하다가 흡사 바구니를 엎어놓은 것처럼 높이 솟구친 억불봉일명 바구리봉이 눈으로 빨려 들어왔다. 그 봉우리 아래에 백학동과 비촌 그리고 수어호가 마치 선경처럼 펼쳐져 있었다.

그냥 내려가기 아쉬워서 잠시 멈췄다. 푸르스름한 이내와 저녁 노을빛이 한데 어울려 신령스러운 분위기마저 감도는 백운산과 수어호와 주변의 마을들은 전설적인 이상향이라고 말하는 청학동에 견주어 하나도 부족함이 없었다. 그래서 동쪽에 청학동青鶴洞이요, 서쪽에 백학동白鶴洞이라는 말이 생겨났을 터였다.

청학동이 도교의 신비주의적 색채가 짙은 이상향의 땅이기 때문에 현존하지 않고 우리의 마음속에 있는 것이라면, 백학동은 우리의 눈앞에 엄연히 실존하고 있는 장소라서 그 의미가 더욱 크다 할 수 있었다.

내가 찾아갔던 비촌은 1974년에 수어댐 건설로 주민들이 산중턱으로 옮겨가 새로운 보금자리를 꾸렸다. 그래서 옛 비촌은 수어호 속으로 수몰되어버린 셈이었다.

옛 비촌의 연혁을 기록해놓은 『광양시지』를 보면 "본래 마을은 1530년 경 창원황씨 황후현이 처음 들어와서 470여 년간 18대가 살아왔으며, 유림이 많이 배출되었고 따라서 유교사상도 뿌리가 깊어 일제강점기에 애국지사들이 많이 배출되었다"고 되어있었다. 그리고 애국지사로는 황병학, 황순보, 황채현 등이 기록되어 있었다.

매천은 바로 이 비촌에 자주 들렀으며 시를 써서 지인들에게 자주 보내곤 했다. 그리고 비촌의 황씨들은 매천뿐만 아니라 구례의 시인들과 자주 만나서 시를 짓곤 했다. 매천이 자결 순국한 후에도 매천의 문인들이 광양을 여행할 때는 필히 이 비촌에 들러 황씨들을 만났다고 했다.

1892년, 매천의 나이 38세 때였다. 그는 종이를 보내온 비촌의 황병욱에게 감사의 시를 지어서 보낸 적이 있었다. 황병욱은 토목, 영선營繕에 관한 일을 맡아보는 관청인 선공감의 가감역관이라는 벼슬을 지냈으며 상당한 재력가로 알려진 인물이었다.

그 당시 종이는 값이 상당해서 가난한 문인들에게는 귀한 물건이었다. 그래서 매천의 38세 때, 해사海事라는 호를 갖고 있는 사람에게 글 쓰는 종이를 청하면서 "구만리 동산에 글 쓰는 종이를 한번 던지시구려"라는 시구詩句를 짓기도 했다.

그런데 내가 '해사' 라는 호를 갖고 있는 사람을 찾으려고 여러 문헌을 뒤적거리던 중에 그가 곡성 출신의 안중섭安重燮이라는 것을 알게 되었다.

안중섭은 자가 성심이고, 진사를 지냈는데, 매천이 형으로 모셨던 사람이었다. 그리고 시문 짓는 일을 정밀하게 하고 경세제민을 잘했다. 병신년에 기송사奇松沙와 더불어 창의倡義했고 임인년에는 영호남의 선비들과 더불어 주자의 진영을 도동묘에 모사하여 걸어두게 하여 후생이 귀의하는 곳으로 만들어 주었다. 병오년에 면암 최익현이 의병을 거느리고 군郡에 이르렀을 때 기무육조機務六條를 아뢰었던 인물이었다.

아무튼 황병욱은 매천의 어려운 처지를 잘 알고 있었을 뿐만 아니라 그의 문재와 기개가 출중함을 알고 있었기 때문에 귀한 종이를 선물로 보냈을 터였다.

그 당시 매천은 종이 선물을 받고,

"아침 창가에서 까치가 울면 반가운 일이 생긴다는 말이 틀리지는 않은지/열 폭의 고운 종이를 그대의 편지와 함께 가져왔네/받아들자마자 봄날의 시를 흔쾌히 쓰니/붓을 든 처음부터 산바람이 일어나네//고기와 벼가 풍부한 고향 수죽원/강호에 좋은 복 몇 사람이나 있으리오/그대는 열 살에 도서실에 살고 있고 / 구름 산 도지촌이 가까워 부럽기만 하네//" 라는 칠언절구 2수를 지어 황병욱에게 보냈다.

또 1897년, 매천의 나이 43세 때에는 그가 이 마을을 지나가면서 '과비촌過飛村 : 비촌을 지나며'이라는 제목으로,

"차갑고 차가운 산골 물이/옛집을 닿아걸고/이끼 낀 푸른 길이 울타리를 거칠게 싸고도네./칙칙한 대 숲에서 닭이 우니 가을 산이 멀고/성긴 홰나무의 매미 소리 그치니 지는 해 길도다./남쪽으로 건너는 의관이 초금 겁을 일으키고/ 백년 된 화석이 오히려 향기가 남아도네./몇 번이나 말을 문 앞의 터에 매었던가./변함없는 것은 푸른 줄 사철나무 담장이네.//"

라는 칠언율시 1수를 남겼다.

이외에도 매천은 아끼는 후배였으며 그의 문인이었던 비촌 황병중의 시를 차운次韻하여 시를 짓거나, 주경야독하는 그를 좋아하며 시를 써서 보내기도 했다. 그리고 황병중이 후학을 가르치기 위해 '고암서실' 혹은 '운수장'이라는 숙사를 지었을 때 기문記文을 지어주는 관심과 열의를 보여주기도 했다.

농익은 저녁노을이 수어호에 온새미로 풀려 천상天上의 색조를 연출하자 나는 황홀경에 빠지고 말았다. 그 수어호 속에는 산 그림자 짙게 드리우던 백운산도, 여유롭게 날던 백학도, 천년을 쉬지 않고 불어오던 바람도, 마침내 그 수어호마저도 자신의 몸속으로 가라앉아버리고 아무것도 없었다. 백운산을 한 바퀴 허위허위 돌았던 나도 거기에 없었다. 오로지

나의 어린 시절 추억만이 그 수어호 위에서 헤엄치고 있었다.

수어댐이 축조되기 전이었다. 지금은 수몰이 되어 그 위치를 가늠하기 힘들지만, 용계마을의 공실바구에는 '백학동'이라는 글씨가 새겨져 있었고, 수어천의 맑은 물길과 너무나 잘 아우러지는 '운고정'이란 현판이 붙은 고풍스러운 정각 하나가 자리 잡고 있었다. 그리고 잔잔한 수어천 물결 위에는 백운산 산 그림자가 늘 찾아와서 놀곤 했다.

나는 여름이면 동네 개구쟁이들과 함께 이곳을 찾아와서 헤엄을 쳤다. 그리곤 깊은 물속으로 무자맥질하여 예쁜 돌맹이 하나를 주워 나왔고, 가쁜 숨을 내쉬며 수어천 상류에 우뚝 서있는 억불봉을 올려다보곤 했다.

백운산은 우리 모두에게 신비의 덩어리였고 경외의 대상이었다. 아름다운 무지개와 흰눈 그리고 인정사정없는 태풍이나 두려움에 늘 떨곤 했던 천둥벼락은 말할 것도 없이 세상의 모든 조화들은 그 산에 비롯되는 것이라고 믿었다. 그리고 그 산에 올라가면 하느님이나 신선이나 선녀들을 만날 수 있을 것 같았다. 그러니까 나에게 그 산은 미국의 소설가 너새니얼 호오손의 '큰 바위 얼굴'이나 다를 바 없었다.

그런데 더욱 신기했던 것은 그 산이 날이 가면 갈수록 자꾸만 키가 커진다고 믿었으며, 내 몸속에서 뭔지 모를 무엇인가가 자라나고 있다는 것을 느꼈다는 점이었다. 그런데 어른이 된 후에도 내 몸속에서 항상 자라고 있었던 그 정체가 무엇인지 여태 알아내지 못하고 있었다.

백운산 자락에서 벗어나기 시작했다. 떠난다는 것은 돌아온다는 것을 예비豫備하는 것이요, 다시 돌아올 것임을 굳게 약속하는 것이었다.

그는 아직 오지 않았다.

그가 아직 오지 않은 대신에 광양시 진월면 망덕포구에 둥근달이 찾아왔다. 망덕포구와 둥근달은 아주 잘 아우러지는 풍경을 연출했다. 어느 포구인들 둥근달이 떠오르면 멋이 없을까마는 섬진강 하구에 있는 망덕포구라서 더욱 잘 아우러졌다.

섬진강을 우리말로 풀이하자면 '두꺼비 나루 강'이었다. 그리고 고구려 고분벽화에서 보듯이 삼족오는 태양을, 두꺼비는 달을 상징했다. 그래서 섬진강 하구인 망덕포구는 '달의 포구'였으며, 달과의 조화가 기막히게 멋들어졌다.

나는 그 달을 바라보면서, 매천의 '월야月夜'라는 칠언절구 1수를 떠올렸다.

> 흰 나무 깨끗한 백사장이 있는 골짜기 서동쪽에
> 오랜만에 비 개이니 그 경지가 쓸쓸하네.
> 찬 달빛이 주렴에 넘치니 사람들 잠 못 이루고
> 사방 이웃이 모두 물소리 가운데 있더라.

망덕산에 올라 둥근달을 더욱 가까이 맞이하면서 배알도와 태인도 너머의 저 먼 바다까지 한눈에 바라볼 수 있다면 내 주변을 견고하게 에워싼 무형의 껍질을 단숨에 부셔버리고 한 소식할 수 있을 것 같았다.

달은 차고 기우는 변화를 통해 환생과 윤회를 말해주는 법언法言이었다. 모든 삼라만상이 만년晚年:나이가 들어 늙어가는 시기이 되면 찾아와서 잠시 머물며 안식을 취하는 곳이 바다였다. 그리고 그 바다는 삼라만상이

고고한 울음소리를 터트리며 새롭게 태어나도록 해주는 생명의 위대한 자궁이며 고향이었다.

노자의 『도덕경』에서 "최상의 선은 물과 같다"고 했다. 그런데 바다는 가장 낮은 곳에 위치하며 삼라만상을 포용할 줄 아는 큰 그릇을 지녔으니 모든 물 가운데에서 그만한 것이 또 어디에 있을 것인가. 더군다나 그 바다가 거울처럼 잔잔하고, 둥근달 또한 휘영청 밝아서 자아自我를 잘 비춰볼 수 있을 터이니 얼마나 좋은가.

나는 그 바다에 내 자신을 비춰보며 어린 시절부터 내 마음 속에서 은밀하게 자라고 있던 것의 정체가 도대체 무엇인지 알아보고 싶었다.

송수권 시인의 시처럼 "섬진강의 그 힘센 물줄기가 남해군도 여러 작은 섬들을 밀어 올려" 휘영청 달 밝은 밤에 여기저기 꽃처럼 피어났고, 꽃다발 같은 그 섬들이 달빛을 타고 하늘로 연신 떠오르고 있었다.

물위에 떠있고 하늘로 떠오르는 것처럼 보이는 섬들이 외로움에 젖어있는 듯했다. 하지만 그게 아니었다. 그 섬들의 뿌리는 백두대간의 지맥과 단단히 연결된 채 그리움을 무시로 키웠을 뿐이었지 결코 외로워하지는 않았다.

몇 시나 되었는지 살펴보았다. 그와 약속한 시각은 아직 되지 않았다. 인생은 기다림의 연속이며, 기다림이란 가슴 속에 둥근달 하나를 키우는 것인지도 몰랐다.

망덕포구 언저리에 청처짐하게 주저앉았다. 모든 짐을 다 부려놓은 듯 편안했다. 그동안 매천에 대해 공부했던 내용과 오늘의 답사 과정을 복귀할 수 있는 짬이 나서 다행이었다.

매천의 자결 순국.

사람들은 의병으로 나서지 않았던 매천의 소극적인 자세를 아쉬움으로 지적했다. 한 술 더 떠서 박노자 교수는 매천의 자결을 순국으로 보기에 무리가 있다고 주장했다.

박노자 교수는 매천의 '유자제서'를 거론하면서 그 자결이 순국이라기보다 자신의 도덕과 자존심을 지키기 위함이라고 했다. 그러니까 매천의 '유자제서'에서 "충을 위해 죽는 것이 아니라 인을 위해 죽는다"라고 했기 때문에 순국으로 보지 않았던 모양이다.

그러나 결론부터 말하자면, 박노자 교수는 하나만 알고 둘을 알지 못하는 어리석음을 범했다는 것이다.

박노자 교수의 말대로라면 '충忠'만 순국이고 '인仁'은 순국이 아닌 셈이 된다. 그래서 '충'과 '인'이 각각 무슨 뜻을 갖고 있으며, 그 상관관계가 어떻게 되는지 짚어보고 넘어가야만 했다.

'충忠'은 임금이나 국가 따위에 충직한 것을 말했다.

'인仁'이란 공자가 주장한 유교의 도덕 이념이었고 또 정치 이념이기도 했다. 그리고 윤리적인 모든 덕德의 기초로 인을 확산시켜 실천하면 이상적인 상태에 도달할 수 있다고 했다.

이런 두 가지를 놓고 살펴볼 때, '인'이 없는 '충'은 있을 수 없는 노릇이며, 두 가지는 상호불가분의 관계에 놓였다고 보는 것이 현명한 판단일 것이다.

그리고 어떤 선비가 죽음을 앞두고 '충'을 위해 자결하는 거라고 감히 말할 수 있었을까? 조선왕조 500년 동안에 수많은 선비가 나라를 위해 목숨을 버렸는데, 그들은 '충'을 위해 죽으면서도 차마 그런 말은 하지 않았다. 그 선비들은 유교사상에 깊이 젖어 있었고, 맹자의 4단설인 측은지심,

수오지심, 사양지심, 시비지심이 몸에 깊숙이 배어 있었기 때문이다.

또 하나, 우리가 매천의 자결 행위는 '순국'이었느냐, 박노자 교수의 주장처럼 '자신의 도덕과 자존심을 지키기 위함'이었느냐를 판가름하려면 매천의 사상과 생전의 활동상에 대하여 깊이 살펴보면 그 해답이 나올 터였다.

그래서 나는 박노자 교수에게 "매천의 수많은 우국시憂國詩와 그의 야록에서 의병들의 항쟁을 크게 평가하며 '의보義報'란을 따로 특별히 만들어서 활약상을 세세히 기록했던 것은 '도덕과 자존심' 때문이었을까, '충' 때문이었을까?"라는 질문을 던져보고 싶다.

나는 매천을 영웅으로 추대하거나 우상화시키려는 맹목적인 사고를 갖고 있지 않다. 매천의 모든 행적이나 전후 사정으로 미루어볼 때 그의 자결은 분명히 '충'이었으며 순국이었다고 확신하기 때문에 박노자 교수의 주장에 강한 반론을 폈던 것이다. 물론 매천은 '충' 외에도 박노자 교수가 말했던 것처럼 '자신의 도덕과 자존심을 지키기 위해' 자결했을 것이다.

나는 매천의 자결을 순국으로 단정하고 나서 또 다른 문제점을 풀어내기 위해 골몰했다.

매천을 자결 순국의 길로 가게 만들었던 계기는 무엇이었을까? 그리고 매천은 꼭 그 길밖에 선택할 여지가 없었던 것일까?

매천은 생전에 뉘우치고 한탄하는 자신의 모습을 여러 편의 시로 표현했다. 그의 절명시 4수에서 "참으로 지식인 노릇하기 힘들구나"라고 마음속에 품은 생각을 말했는데, 그와 비슷한 경우는 매천이 자결하기 3년 전, 고광순 의병장이 연곡사 골짜기에서 장렬하게 전사했을 때 지었던

'연곡전장 조고의광순燕谷戰場 弔高義光洵'이라는 만시輓詩에서도 이미 등장했다.

칠언율시인 그 만시를 보면 "문자한다는 우리들은 끝내 어느 짝에 쓰리오我曹文字終安用"라는 구절이 있는데, 그것은 곧 의병활동에 직접 나서지 못하고 있는 자신의 괴로운 심정을 읊은 것이었다.

매천 자신이 문약한 선비라는 것을 깨닫게 되었던 결정적인 계기는 아마 고광순 의병장의 장렬한 산화 때문이었을 것이다. 왜냐하면 고광순의 순국 이후부터 매천이 자결 순국할 때까지 고통으로 세월을 보냈다는 기록이 남아 있었기 때문이다.

그렇다면 매천은 왜 고광순처럼 의병을 일으키지 않고 자결하는 길을 택했던 것일까? 아무리 생각해보아도 그 이유를 알아내기 힘들었다. 그래서 매천의 발자취를 찾아가며, 또 그때 그 시절로 시간여행을 떠나며 그 내막을 밝혀내려고 노력하는 중이었으나 쉽지만은 않았다.

나는 매천이 자결했던 내막을 밝혀보는 문제는 잠시 접어두기로 하고 또 하나의 의문을 풀기 위해 깊은 생각에 잠겼다.

을사조약 이후에 수많은 사람들이 순국했는데, 매천이 세상에 가장 널리 알려지게 된 이유는 무엇이었을까?

나는 『국역 황매천 및 관련인사 문묵췌편文墨萃編』에서 1913년 6월 22일, 장익상이 석전 황원에게 보낸 편지 '여황원서與黃援書'에서 약간의 실마리를 찾을 수 있을 것 같았다.

호남과 영남이 멀리 떨어져 귀댁과 시를 읊은 일이 없었고, 또 한 장의 편지도 드리지 못했습니다. 스스로 돌아보건대, 정성이 부족하여 낮은 곳에 있기를 달게 여긴 것이 항상 한이 되었는데 며칠 전에 경남일보사 장지연 씨가 우편으로 선백씨先伯氏의 유집 3권을 보내와서 분향하고 초상에 절하며 공손히 책을 펴보니 창강과 지기였고, 영재와 신교神交가 있었더라. 그 사람을 보지 못했거든 그 친구를 보라 한 것이 어찌 우리를 속이는 말이겠습니까?

매천공의 충의는 문장이 아니면 후세에 전하는 말이 없게 되고, 문장은 충의가 아니면 앞으로 빛나게 할 공功이 적음은 분명합니다…….

〈하략下略〉

장익상은 이 편지로 매천의 순국이 '문장과 충의' 때문에 세상에 널리 알려졌다는 이야기를 직간접적으로 설명하고 있었다.

나는 장익상의 편지와 그 속에 담긴 의미에 토를 달 이유가 전혀 없지만, 매천이 세상에 널리 알려진 이유로는 뭔가 조금 미흡하다는 생각이 들었다. 왜냐하면 그 당시 순국했던 수많은 사람들 중에서 매천만 '문장과 충의'가 있었고 다른 사람들은 아니었다고 말할 수 없기 때문이다.

매천이 무려 1,051수의 시를 지었다고 하지만 다른 애국지사들도 그에 버금할 만큼의 시를 지었던 것이 사실이었다. 그리고 모두다 충의 때문에 순국의 길을 걸었던 것이다.

그렇다면 매천이 후세에 널리 알려지게 되었고, 또 순국했던 분들 중에서 군계일학의 자리를 차지했던 가장 중요한 이유는 무엇이었을까?

나는 매천의 '문장과 충의'가 세상에 널리 알려지게 된 것은, 문장 중에서도 불세출의 역사비평서인 『매천야록』이 가장 큰 핵심이라고 진단하고 싶다.

물론 사건에 불과하지만, 매천이 그 야록을 기록하지 않았더라면 오늘날 이만큼 유명해지지 못했을 수 있었다는 이야기이다. 매천의 야록은 그의 모든 문장들 중에서 가장 보배로운 것이며 우리 근세사를 논할 때 불세출의 기록물이기 때문이다.

망덕포구에 찾아온 둥근달이 점점 영글며 달밤의 정취 또한 무르익어 갔다. 그런 분위기에 편승이라도 하듯 좌측 남해도의 영롱한 불빛도 더욱 아름다운 빛을 발했고, 전면과 우측으로 자리 잡고 있는 광양제철과 컨테이너 부두의 불빛들도 불야성을 이루며 화려함과 장엄미를 과시하고 있었다.

예로부터 광양 땅은 어염시초가 풍부했다고 하며, 어사 박문수가 "호남에서는 광양고을이 가장 살기 좋고, 광양에서는 골약이 가장 좋고, 골약 중에서도 성황이다."라고 했다는 기록이 있다.

나의 고향이 이곳이기 때문에 자신 있게 말할 수 있는데, 아주 예전의 광양 땅은 척박한 산촌이요 어촌에 지나지 않았다. 더군다나 역사를 살펴보면, 삼한시대에서 삼국시대에 이르기까지 전략적 요충지라서 전쟁으로 말미암은 피해가 극심했고, 왜구의 노략질 또한 빈번해서 수많은 고통을 항상 감내하고 살아야했던 땅이었다.

그런 지정학적인 문제가 단점이었다면, 이곳 사람들은 좋지 못한 환경을 극복하기 위해 끊임없이 노력했던 결과로 강인한 생활력과 야무진 성품을 갖게 되었던 것이다.

그런데 이런 척박했던 산촌과 어촌이 큰 활력을 얻게 되었던 것은 광양제철과 컨테이너 부두의 공이 지대했다고 볼 수 있었다. 물론 공업과 도시화의 물결이 광양의 순박했던 모습을 앗아가버리는 폐단으로도 작용

했지만, 하나를 얻게 되면 다른 하나는 잃게 되는 것이 세상사의 이치였기 때문에 너무 아쉬워할 일만은 아닌 듯했다.

"여기 있었네. 그런데 전화는 왜 안 받았어?"

친근한 목소리가 깊은 생각에 잠겨 있던 나를 깨웠다.

여태 기다리고 있었던 친구가 나타났다. 그는 광양읍내에서 '차소아청소년과'를 운영하는 나의 막역한 친구, 차동민이었다.

친구는 내가 매천의 자취를 찾아 백운산 일대로 답사여행 나왔다는 것을 알고 여기에서 만나자는 제안을 했다. 모처럼 고향을 찾아왔던 나에게 망덕포구의 유명한 전어 맛을 보여주겠다는 것이 그 이유였다.

나는 깊은 생각에 빠져 있었던지라 전화벨소리가 울렸어도 알아차리지 못했던 모양이었다. 약간은 미안한 생각이 들어서 포구 위에 뜬 달을 가리켰다.

"저 달 환장하게 좋지?"

"그래, 선경이 따로 없다는 생각이 들어. 마치 우리가 신선인 것 같아."

우리는 망덕포구에 뜬 둥근달을 바라보며 함박웃음을 헤프게 날렸다. 바다가 잔잔해서 달그림자가 선명했다. 우리의 헤픈 함박웃음이 달그림자를 들뜨게 만들었다.

포구에 달이 떴고, 절친한 친구가 있고, 망덕포구의 그 유명한 전어 안주에 술이 있었으니 더 이상 무엇을 필요로 할 것인가.

포구의 횟집으로 들어갔다. 추석이 되려면 아직 멀었으나 전어 맛이 제법 들어서 입을 즐겁게 만들어주었다. 달짝지근하면서 고소한 그 전어 맛은 예나 지금이나 변한 것이 하나도 없었다.

수년 전, 광양시로부터 외지에 나가있는 광양 출신 문인들이 초대를 받아 매천 생가를 답사하고 광양제철을 견학하고 바로 이 망덕포구로 찾아와서 저녁식사를 하게 되었다. 그리고 백운산 옥룡계곡의 어느 산장에 숙소까지 잡아주어서 하룻밤을 잘 지낼 수 있었다. 그때 동행했던 이성웅 광양시장이 전어회를 사주었는데, 일행들 모두 다 이게 바로 고향의 맛이라며 감탄했던 추억이 오롯하게 되살아났다.

광양의 음식 맛은 어느 곳보다 월등했다. 이곳 사람들의 말에 따르면, "전주 음식이 좋다고 하나 광주 음식만 못하고, 광주 음식이 좋다고 하나 광양 음식을 못 따라온다."라며 자랑하곤 했다.

광양 숯불구이는 전국에서 알아주는 별미였으며, 미식가들은 섬진강 은어와 재첩 그리고 참게를 앞에 놓고 엄지손가락을 꼿꼿하게 치켜세웠다. 광양만에서 채취되는 김이나 백합과 백운산의 속살에 뿌리를 내리고 자라났던 달래, 냉이, 쑥부쟁이, 고사리, 두릅 등의 산나물은 우리의 식탁을 풍성하고 행복하게 만들어주곤 했다. 그리고 방앗잎배초향과 젬피산초는 광양의 독특한 맛이기도 했다.

광양 사람들의 음식자랑이나 자부심은 대단했다. 그래서 "벌교 꼬막은 껍질에 난 골이 스물한 줄인데, 광양 꼬막은 열아홉 줄"이라서 맛이 유별나다고 말할 정도였다.

"어이 친구, 강릉 경포대에만 달이 많은 게 아니라 망덕포구에도 달이 많아. 저 하늘에 하나, 바다 위에 하나, 술 잔 속에 하나, 우리 마음속에 하나. 자 건배!"

친구가 술잔을 부딪쳐왔다.

"좋지, 삼배통대도요, 일두합자연이라 했거든."

삼배통대도三杯通大道 일두합자연一斗合自然이란 내가 즐겨 부르는 권주가나 마찬가지였다. 그 말은 석 잔은 대도大道와 통하고, 한 말은 자연과 합일合一이라는 뜻을 갖고 있었다.

술의 성질은 호방豪放과 맹렬猛烈이었다. 그런데 망덕포구의 달빛 아래에서 마시는 술은 침잠沈潛이었다.

나는 백운산 아래에서 성장했던 어린 시절부터 여태까지 내 안에서 은밀하게 자라나고 있던 그 무엇인가의 정체를 알아보기 위해 골몰하고 있었다.

"내 안에서 무엇인가가 은밀하게 자라나고 있거든. 그런데 그 정체가 무엇인지 알 수 없어."

나의 돌연한 이야기에 친구가 깜짝 놀랐다.

"대학병원에 가서 진찰해봐. 혹시……."

"그런 게 아니고 상상 속의 무엇인가가 자라나고 있는데 도대체 그게 무엇인지 알 수 없으니 말이야."

나는 어린 시절에 백운산을 바라볼 때마다 정체불명의 무엇인가가 은밀하게 자라난다고 느꼈던 감정과 어른이 된 후에도 그것이 계속 자라나고 있는 상황을 설명했다.

친구는 내가 술의 힘을 빌려 허황된 이야기를 늘어놓는다는 표정을 짓더니 이내 정색하기 시작했다. 나의 이야기가 그만큼 진지해서 그랬던 것일까?

친구가 한참이나 침묵을 지키고 있다가 갑자기 입을 열었다.

"산의 정기라는 게 있다잖아. 그게 은밀하게 자라나고 있었던 것은 아닐까?"

친구는 풍수지리학 이론 중의 하나인 '인걸지령人傑地靈:사람은 자기가 사는

^{땅의 기운을 받는다는 뜻}'을 거론하고 있었다.

"산의 정기? 그렇다면 백운산의……."

"그래, 백운산의 정기였을지도 몰라. 그런 힘에 이끌려 공학도가 소설가의 길을 걷게 되었고, 뭐 그럴지도 모른다는 이야기지."

나는 원래 문학과 동떨어진 공학도였다. 그래서 전공에 따라 대한석탄공사에서 근무했던 적이 있었다. 그런데 정체를 알 수 없는 힘에 이끌려 평생의 직장일 수도 있었던 그 회사를 버리고 전업 소설가의 길로 뛰어들었다. 친구는 그런 내막을 누구보다 잘 알고 있었다.

"그래, 그렇다니까. 백운산의 수많은 기운 중에서 문학적인 기운이 은밀하게 자라나고 있었을 거야. 그래서 미리 계산하지도 않았던 작가의 길로 성큼 뛰어들었을 수도 있었고, 아직도 그런 기운이 자라나고 있고 말이야. 그러니까 더 열심히 쓰면 장차 훌륭한 작품을 후세에 길이 남길 수 있을 거야."

친구가 환자를 진단하고 처방하듯 이야기했다.

나는 친구가 말했던 '백운산의 문학적인 기운'이라는 단어가 매우 황송하게 느껴져서 겸연쩍은 웃음을 날렸다. 하지만 틀린 말이 아닐지도 몰랐다. 광양 사람들은 어느 누구나 백운산의 정기를 받았음에 틀림없었다. 다만 백운산의 어떤 정기를 받았느냐만 차이가 있을 뿐이었다.

그리고 내가 최선의 노력으로 작가의 길을 걸어 명작을 남기게 되면 백운산의 정기를 제대로 받은 것일 테고, 그렇지 않으면 친구가 나에게 힘을 불어넣어주기 위해 했던 소리였을 테니까 황송하거나 겸연쩍어할 필요는 없었다.

흔히 말하기를 고난의 길이라고 하는 전업 소설가로 버틸 수 있었던 것은 주변의 정 많은 지인들 덕택이었다.

자본의 논리에 따르면, 작가는 비효율적이거나 비생산적인 직업이었다. 하지만 차동민 친구가 포함된 6인회의 모임을 비롯하여 광양시의 문화발전에 남다른 열정을 갖고 있는 이성웅 시장까지 항상 격려를 아끼지 않았다. 특히 이성웅 시장은 그의 조부인 이수익과 광양시 진월면 차동의 안경진이 매천 문하에서 공부를 했다는 이야기와 사료편지를 보여주기도 하는 등 여러 모로 도움을 주기도 했다. 그래서 나는 그분들의 기대를 저버리지 않고, 또 그분들 앞에서 당당해지기 위해서라도 나의 길을 열심히 가고 있는 중이었다.

망덕포구의 둥근달이 가슴속으로 헤엄쳐 들어왔다. 백운산의 둥근달이 가슴속으로 굴러들어왔다. 나는 마음이 달밤처럼 부드럽고 편안해졌다.

매천이 다시금 생각났다. 백운산의 정기를 받고 성장했던 그의 젊은 시절은 어떠했을까? 또 지리산의 정기를 받고 지냈던 만년의 생활은 어떠했을까?

나는 100여 년 전으로 시간여행을 떠나고 있었다. 한 줄기 빛이 시간여행의 어두운 터널을 밝혀주며 내 앞길을 인도해주었다. 그 빛이란 매천의 형형하고 결연한 눈빛이었다.

제 2 장

광양의 황신동(黃神童)

1

조선시대 철종 13년, 그러니까 임술년1862년이었다.

광양 백운산의 온갖 초목들이 들썩거렸다. 며내면지금의 봉강면 일대의 마을에서 울리는 풍물소리가 성불계곡을 타고 송낙봉까지 치솟았기 때문이다. 며내면 사람들이 마지막 김매기인 만도리를 끝내고 풍물굿을 준비했으며, 수십 명의 농군들이 풍물패 복장을 갖추고 마을끼리 풍물굿 접전을 벌이기 시작했던 것이다.

풍물패들이 당산나무가 있는 공터에서 두 편으로 나뉘어 용기龍旗를 앞세우고 각각의 진지를 만들었다. 그 용기에는 연한 하늘색 구름 위에서 청룡과 황룡이 여의주를 두고 서로 다투는 그림이 그려져 있었는데, 마치 살아서 꿈틀대는 듯했다.

그 용기의 크기가 커다란 덕석멍석만해서 장관이었다. 그 용기를 '덕석기'라고 부르기도 했다. 그 용기는 매우 컸다. 그래서 중앙의 한 사람이 용기가 매달린 장대를 잡으면 세 사람이 주위에서 보조해주어야만 제대로 움직일 수 있을 정도였다.

각 편의 나발 소리가 청룡과 황룡이 뒤엉키듯 요란을 떨었다. 그 나발은 놋쇠로 만들어진 긴 대롱에 끝이 퍼진 형태로 되어있었는데, 낡은 기와를 곱게 빻고 그 가루를 지푸라기에 묻혀 공들여 닦아 놓아서 눈이 부실 정도로 금빛이 번쩍거렸다.

굿판 중에서 가장 돋보이는 것이 뭐니 뭐니 해도 버꾸북놀이였다. 버꾸

잽이들이 마치 승무 법고 가락을 두드리듯 북채로 테두리를 "딱!" 하고 울리고 내려 누벼 치면 풍물패나 구경꾼들 할 것 없이 제멋대로 내쉬던 호흡을 일제히 하나로 모아 전투 신명을 끌어올렸던 것이다.

이런 날이면 풍물패들의 신명보다 구경꾼으로 졸졸 따라나섰던 아이들의 신명이 더욱 거방졌다. 아이들은 짚신 두 짝이 귀찮아서 아예 양손에 한 짝씩 들고 풍물패들을 뒤따라 다니며 환호성을 지르곤 했다.

한여름이 살짝 비껴갔다고 하지만 땡볕이 요란스럽게 쏟아져서 이마가 훌러덩 까질 정도로 무더웠다. 아이들은 그런 것쯤이야 아랑곳하지 않았다. 아이들의 얼굴은 땀방울과 흙먼지로 뒤범벅되어 있었고, 신명을 주체하지 못하여 벌어진 입이 귀 밑에 걸려 있어서 마치 옴중 탈바가지라도 둘러쓴 꼬락서니였다.

"야, 버꾸놀이 환장허것다잉."

"그렇께 말이여. 나도 크면 저 아재처럼 버꾸 놀란다."

"나는 버꾸도 좋지만 꽹쇠를 치고 싶당께."

풍물패를 쫄랑쫄랑 따라다니던 아이들이 일제히 입을 맞춰 풍물의 휘모리 가락을 흉내 내기 시작했다. 그것이 곧 입풍물굿이었다.

"청 천지 북가죽/조선 천지 북가죽/북가죽가 북가죽/지름 볼라 개가죽/푹 푹 쑤셔라/덤빌 려면 덤벼라/덤벼라 덤벼라/죽을 려면 덤벼라.//"

어른들이 날을 잡아서 아이들에게 풍물 기예를 특별히 가르치지 않았다. 이처럼 아이들이 어른들의 굿판을 따라다니며 구경하게 되면 그 기예와 가락이 몸에 저절로 배이기 마련이었다. 그리고 훗날 어른이 되면 풍물패에 자연스럽게 끼어들었다. 때로 풍물굿판에 깊이 사로잡힌 아이들은 어른들 몰래 풍물을 잡고 연습을 하는 경우도 있긴 했다.

아이들이 이렇게 풍물패를 따라다니는 것은 신명 외에도 또 다른 이유가 있었다. 마을 공동으로 만든 제물에 군침을 흘렸기 때문이었다.

풍물굿판이 끝날 때쯤이면 제물로 장만했던 음식들을 너나할 것 없이 공평하게 나누어 먹었다. 그때 운이 좋은 아이들은 손바닥만 한 돼지고기 앞다리 부분을 차지한다거나 잘 말려서 구워놓은 대구 반 마리 정도를 손에 넣을 수 있었다. 평소에 배불리 먹지 못했던 아이들이었기에 그런 수확은 횡재나 다름이 없었다.

"야, 아그들아, 우리 운경이 봤냐잉?"

풍물굿판 안쪽을 흘낏흘낏 남상거리던 아낙네, 풍천노씨가 벌 떼처럼 몰려다니는 아이들에게 물었다.

풍천노씨가 거론했던 '운경'은 매천 황현의 자字였다. 그래서 어린 시절에는 운경이라고 불렀다.

"코빼기도 못 봤는디요?"

한 아이가 풍물굿판에 고개를 처박은 채 성의 없이 대답했다. 그 아이는 여름 감기라도 걸렸는지 코를 연신 훌쩍거렸지만 그런 것쯤이야 대수롭지 않다는 듯 풍물굿판과 제물상에 시선과 정신이 온통 쏠려 있었다.

"아따, 우리 운경이가 애가심을 또 태우네잉. 오늘 같은 날은 버꾸놀이 귀경이라도 허면 좋을 것인디 또 방안퉁수처럼 처박혀 있는갑네잉. 여그 나오면 묵을 것도 천지박카리아주 많이 널려 있는디 말이여."

풍천노씨가 풍물굿판을 다시 한 번 남상거리더니 서석촌을 향해 종종 걸음을 했다. 점심때가 조금 지난 시각이었다. 아들, 운경이가 끼니를 어떻게 해결했는지 걱정이었다. 마음 같아서는 굿판에서 떡이라도 한 주먹 집어갔으면 했다. 하지만 아직 풍물굿판이 끝나지 않았기에 체면을 구기거나 다른 아낙네들에게 눈 흘김까지 당하면서 떡을 집어갈 수 없었다. 안타깝지만 어쩔 수 없는 노릇이었다.

서둘러 가기 위해서 좋은 길을 놔두고 집으로 곧장 향하는 논둑길을 따라갔다. 다른 때 같았으면 개구리들이 논물 속에서 툭 불거진 눈만 내놓고 껌벅거리다가 질겁하며 도망쳤을 것이다. 그런데 요란스럽게 몰아치는 풍물소리에 놀라 어디로 숨어버렸는지 잘 보이지 않았고, 개구리밥만 한가롭게 둥둥 떠다니고 있었다.

"아따, 이 논은 김을 칼칼이 맸네잉. 올해는 대풍을 꼭 봐야 헐 것인디 말이여."

풍천노씨가 혼잣말로 중얼거리며 마을 쪽으로 시선을 돌렸다. 자기 집이 약간 높은 언덕배기에 자리 잡고 있었지만 다른 집들에 가려서 잘 보이지 않았고, 마을 안으로 들어가는 고샅길과 돌담장만이 두드러지게 보였다.

마을은 휑하니 비어서 폐촌처럼 조용하고 을씨년스러운 분위기까지 감돌았다. 그도 그럴 것이 풍물굿판이 벌어졌으니 구들더께늙고 병들어서 방 안에 들어박혀 있는 사람을 놀림조로 이르는 말가 아니라면 집에서 얼쩡거릴 자가 있을 턱이 없었다.

"어! 혹시 누가 풍물굿판이 벌어진 틈을 노리고……."

풍천노씨 입에서 놀란 목소리가 튀어나왔다.

어떤 사내가 마을의 고샅을 잽싸게 빠져나오고 있었다. 깜짝 놀란 탓에 풍천노씨가 오른발을 헛디뎌 논 펄에 빠지고 말았다. 자세를 낮춰 균형을 잡고 한 손으로 짚신을 잡고서 발을 빼냈다. 그렇게 하지 않으면 짚신이 펄 속에 처박힌 채 발만 쏙 빠져나오기 십상이었다.

풍천노씨는 발을 빼내면서도 고샅을 빠져나와 잰걸음으로 가고 있는 사내의 정체를 파악하려고 눈을 연신 끔벅거렸다.

풍물굿판에 모든 사람들이 몰려가버려서 마을에 도둑이 들 가능성이 있었다. 하긴 모두 가난이 그만그만한 살림들이라서 도둑맞을 것은 딱히 없다고 하지만 자기 집에 도둑이 들었다면 그건 큰 문제였다. 다른 것은 몰라도 천여 권에 달하는 서책을 도둑맞는다면 시아버지를 뵐 면목이 없었다.

시아버지는 선조 대대로 거주했던 남원에서 식솔들을 거느리고 이곳 광양 며내면지금의 봉강면 서석촌을 찾아와서 정착했다. 그리고 양반 집안의 체통쯤이야 헌 짚신처럼 팽개쳐버리고 돈 모으는데 열중하여 한때는 700석지기에 달하는 재산을 모았다.

시아버지는 몇 대에 걸친 가난이 사무치도록 싫었고, 그 가난 때문에 자신이 배우지 못했던 게 한이 되었다. 그래서 자식이라도 잘 가르쳐보려고 애바르게 돈을 모았으나 기대했던 장손이 일찍 사망하자 차남이 낳은 장손이며, 시아버지에게는 손자인 운경에게 모든 기대를 걸고 천여 권의 책을 사들여 공부에 전념할 수 있도록 해주었다. 그런데 시아버지는 운경이 아주 어렸을 때 그만 세상을 떠나고 말았다.

"오메, 저건 길보 아니여잉."

풍천노씨의 눈동자가 커졌다. 고샅을 빠져나와 잰걸음을 놀리고 있는 사내는 자기 집에서 종살이를 하고 있는 길보가 틀림없었다. 그렇다면 도둑이 들지 않아서 다행인 셈이었다. 풍천노씨가 걱정을 놓으려던 순간에 다시금 놀랄 만한 일이 벌어졌다.

마을 제일 위쪽에 살고 있는 '작은년'이라고 부르는 처자가 고샅에서 나오더니 길보와 바투 붙어서 다정하게 걸어갔다. 그리고 돌담 으슥한 곳에 이르자 몸을 바짝 껴안고 해괴한 짓거리를 하기 시작했다.

풍천노씨는 낯 뜨거워서 더 이상 바라보지 못하고 고개를 돌린 채 고양이걸음으로 집을 향해 걸어갔다.

길보와 작은년이가 정분났던 게 틀림없었다. 그들은 마을이 텅텅 비어 있어서 아무런 거칠 것이 없다고 생각한 모양이었다. 그래서 마음 놓고 애정행각에 빠져들었을 터였다.

풍천노씨는 지금쯤이면 그들이 어디론가 사라졌겠지 하는 생각에 고개를 돌려 돌담 쪽을 흘끗 바라보았다.

그 순간, 아직도 해괴한 짓거리를 하고 있던 길보와 눈이 마주치고 말았다. 그와 동시에 길보가 화들짝 놀라며 작은년이를 밀쳤다. 눈치를 챈 작은년이가 강아지에 쫓기는 암탉처럼 돌담 뒤편으로 잽싸게 내뺐다.

"웬일로 볼쎄 집으로 들어오십니까요?"

"자네야말로 풍물굿판에서 놀지 않고 여기는 웬일인가?"

"어르신네 심바람 땜시 들어왔습니다요."

길보는 면무안이라고 해보려고 머리를 긁적거리다가 '심부름'이라는 말에서 목청을 높이며 기를 되살렸다. 자신이 풍물굿판에 있지 않고 여기에 있을 만한 정당한 이유가 있으므로 나름대로 떳떳하다는 투였다. 그리고 조금 전의 애정행각을 은근슬쩍 감추려는 듯 풍천노씨의 손에 들린 논펄 묻은 짚신을 이리저리 기웃거리며 실실 웃었다.

"헤헤, 어쩌다가 풍덩 빠졌습니까요?"

"그건 알 것 없네. 도대체 무신 심바람이던가?"

"도련님한테 갖다드리는 떡 심바람이었습니다요. 풍물굿판에 나가셨던 어르신께서 어뜨큼 구했는지 모리지만 이만치나 싸서 소인한테 들려 보내셨거든요."

길보가 두 손을 펼쳐 애호박만 하게 만들어 보이더니 실실 뒷걸음질 치며 풍물굿판이 벌어진 곳으로 걸어가기 시작했다.

풍천노씨는 오늘 같은 날에 길보를 잡도리할 건더기가 없다고 생각했다. 오늘은 풍물굿판이 벌어져 마을 전체가 잔치 분위기였다. 게다가 그도 이젠 장가갈 때가 가까워졌으니 작은년이와 정분난 것을 두고 이러쿵저러쿵 할 사안이 전혀 못 되었던 것이다.

풍천노씨가 잰걸음으로 고샅을 지나 자신의 집 대문 앞에 섰다. 운경이의 책 읽는 소리가 밤에 흘러내리는 여울물 소리처럼 낭랑하게 들려왔다.

"아따, 내 자석 징허네. 아따, 오진 거."

입에서는 내 자식이 징그럽다는 소리가 튀어나왔지만 표정은 전혀 딴판이었다. 흡사 비단옷 입고 어깨 올라가듯 입이 위로 헤벌어져서 귀에 걸리고 말았다.

어린 시절의 매천은 보통 아이들과 뭔가 달라도 한참이나 달랐다.

기골이 장대하지는 않았지만, 공부에 열중하는 모습을 보면 믿음직스럽기 그지없었다. 어떤 글이라도 한 번 보면 잊어버리지 않는 타고난 기억력을 지녔고, 공부에 몰두할 때면 천둥벼락이 쳐도 꿈쩍하지 않는 집중력이 있었다.

매천은 다른 아이들이 사략史略을 읽을 때 통감統監을 배웠고, 통감을 읽을 때 맹자孟子를 떼어 서당으로 책거리 떡과 술만 해도 부지기수로 날라야 했다. 그뿐만 아니라 언제부터인지 어린 나이였음에도 불구하고 또래를 가르칠 수 있을 만큼 학식이 풍부해져 있었다.

풍천노씨가 대문 안으로 들어갔다. 사랑채 툇마루에 떡이 동그마니 놓여 있었다. 남편이 아들을 생각해서 길보에게 특별히 심부름 보냈다던 떡이었다. 그런데 아들은 독서삼매경에 빠져 길보가 가져왔던 그 떡을 거들떠보지도 않았던 것 같았다. 길보 역시 떡 가져왔다는 말을 몇 번쯤 건네다가 아들이 아무런 반응을 보이지 않자 툇마루에 떡을 올려놓고 그냥 밖으로 나왔을 터였다.

"운경아! 운경아!"

떡을 손으로 집어 들고 아들을 불러보았으나 대답이 없었다. 어쩌면 아들이 자신을 놀려주기라도 하듯 목청을 더욱 높여 서책을 읽고 있을 뿐이었다.

"쯧쯧쯧, 몸도 나약헌디 저러다가 지쳐 쓰러지면 어쩔꼬."

풍천노씨가 혀를 끌끌 찼다.

사랑채 방문을 열었다. 서책 냄새가 훅 밀려왔다. 방안은 서책 천지였다. 아들은 어른스럽게 가부좌를 틀고 그 서책 더미에 파묻힌 채 어느 누가 찾아왔는지, 문이 열렸는지, 전혀 인식하지 못하고 독서에 열중이었다.

"운경아, 떡 가꼬 왔다. 네가 좋아허는 떡이란마다. 언능 묵고 나서 공부해라잉."

풍천노씨가 떡을 방안으로 밀어 넣었다. 그래도 아들은 귀먹은 중 마냥 독서에 열중할 뿐이었다. 방해가 될까봐 문을 조용히 닫으며 흡족한 웃음을 소리 없이 날렸다. 장차 아들이 과거시험에 장원으로 급제하여 삼현육각을 앞세우고 금의환향하는 모습이 상상되자 온 몸에 끙끙거리며 달라붙어 있던 풍물굿판의 신명이 시시하고 허접스럽게 느껴졌다.

조선시대 태종 13년에 광양현을 설치했는데, 광양읍성은 그 이전부터 만들어져 있었다. 그런데 그 이전의 것은 목책성木柵城이었다.

세종 12년에는 전라, 충청, 경상, 삼도의 각 고을에 있는 성을 그대로 두고 헐어진 것을 고쳐 짓거나 보수하든지 아니면 새로 축조할 성을 마련하라는 지시가 내려왔다. 그래서 광양읍성을 돌로 다시 쌓았다.

광양읍성에는 남문, 동문, 서문이 있었다. 북쪽은 풍수지리설에 따라 문을 내지 않고 일곱 개의 동산을 만들었다. 읍성 중앙에는 관아의 중심 건물인 객사가 있었는데 당호는 광양의 옛 지명을 딴 '희양관'이었다. 그 밖에도 북동쪽에 있는 동헌을 비롯하여 향청, 질청, 감옥 등이 읍성 안에 들어서 있었다.

객사는 좌우에 날개 채가 붙어 있었으며 가운데 채는 한 단계 높게 건축되어있어서 매우 권위 있게 보였다. 그 가운데 채에는 임금의 전패와 궐패가 모셔져 있었는데, 수령 이하 아전들이 매월 초하루와 보름마다 모여서 삭망례를 치르며 충성을 다짐하곤 했다.

삭망례朔望禮란 지방의 수령들이 임금을 직접 배알하지 못하기 때문에 객사에 모셔놓은 전패와 궐패를 향해 절을 올리면서 예를 갖추는 행사였다.

또 객사 앞마당에 나와 대궐 쪽을 바라보며 예를 갖추는 '망궐례望闕禮'라는 것도 있었는데, 수령이 부임할 때와 평소 고을을 떠날 때나 돌아올 때에 수시로 올리는 문안례를 말했다.

지방의 수령은 이런 삭망례나 망궐례를 필히 올려야했으며, 수령칠사守令七事라고 하는 임무를 수행하고 그 평가를 받아야 했다.

수령칠사, 즉 수령이 해야 할 일곱 가지 임무는 다음과 같았다.

농사와 누에치는 일을 잘 돌볼 것, 인구를 늘릴 것, 교육을 진흥시킬 것, 군대에 관한 사무를 바르게 할 것, 부역을 균등히 할 것, 민사의 소송을 바르게 할 것, 간교하고 교활함이 없도록 하는 것이었다. 그리고 지방 수령의 치적은 매년마다 관찰사를 통해 임금에게 보고되곤 했다.

아전들이 광양읍성의 객사 앞에 도열하여 지난 8월에 부임했던 김현문 신임 현감이 밖으로 나오기를 기다리고 있었다.

현감이 밖으로 나왔다. 전립을 쓰고 동달이라는 두루마기에 조끼처럼 소매 없는 쾌자를 받쳐 입고 남전대를 맸다. 발에는 가죽으로 만든 목화를 신었다. 그리고 손에는 등藤채를 들고 옆구리에는 환도를 비껴 차고 있었는데 엄숙하고 위엄스러운 모습이었다.

"사또, 모든 준비를 완벽하게 마쳤사옵니다. 그리고 분부하셨던 대로 가마 대신에 말을 준비해놓았사옵니다."

이방이 머리를 조아렸다. 현감이 고개를 가볍게 끄덕이고 나서 북쪽을 향해 읍揖자세를 취했다. 일종의 망궐례였다. 이어서 도열해있던 아전들을 둘러보았다. 모두 정중한 자세를 취하고 있는 것으로 보아 자못 심각한 상황이라는 것을 어느 누구나 알아차릴 수 있을 정도였다.

"며내면 일대의 촌락이라고 하였더냐?"

현감이 이방에게 물었다.

"그렇사옵니다."

"매사에 신중을 기하고 몸가짐을 바르게 해야 할 것이야."

"알아 뫼시겠사옵니다. 그리고 만약을 위해서 건장하며 바람처럼 날랜 나졸들이 호위를 할 수 있도록 이미 대령시켜 놓았습니다."

말을 끝낸 이방이 서문 쪽으로 고개를 돌렸다. 그곳에는 나졸 한 명이 수령의 행차를 알리는 깃발을 높이 치켜들고 있었다. 무장을 갖춘 십여 명의 나졸들은 깃발 든 나졸의 양쪽으로 도열해 있었다. 그 뒤쪽에는 이번 행차를 뒤따라갈 관기와 관노비들이 모여 있었다.

"그럼 출발하도록 하자."

현감이 하마석 옆에 대기하고 있던 말을 향해 걸어갔다. 말이 주인을 반기듯 앞발을 치켜들며 소리를 질렀다. 말고삐를 잡고 있던 나졸이 깜짝 놀라며 말을 진정시켰다.

말의 머리에 붙어 있는 광못_{동그란 쇠} 장식이 땡볕을 받아서인지 유난히도 반짝거렸다. 털빛이 맑고 깨끗했으며 골격이 좋아서 혈통이 좋은 말이라는 것을 한눈에 알아차릴 수 있었다. 게다가 치장과 관리를 잘 해놓아서 어느 누구나 욕심날 만큼 훌륭한 말이었다.

현감이 말을 타고 출발하자 그 뒤를 아전들이 따랐다. 건장한 나졸들이 그 일행을 호위하며 광양읍성 서문 밖으로 나섰다. 끄트머리에는 관기와 관노비들이 줄을 이었다. 그 행렬은 수령의 평상시 행차에 비교하면 규모가 아주 큰 편이었다.

서문 밖에는 며내면_{지금의 봉강면} 조령에서 발원하여 광양지역의 논밭을 흥건히 적시며 흘러내리는 서천이 가로놓여 있었다. 현감 일행이 그 서천을 건넌 다음에 앞으로 계속 나아가다가 우측으로 꺾어 들어갔다. 경사가 그렇게 급하지 않은 언덕길을 오르던 중에 현감이 소리쳤다.

"여기서 잠깐 멈추도록 하여라!"

"사또, 무슨 특별한 분부라도 있으신지요? 이대로 행차하시어 한 식경 정도만 더 가시면 풍물굿판이 열리고 있는 곳에 도달하오니 그곳에 가서 쉬도록 명하심이 어떨지요?"

이방이 쪼르르 달려와서 말했다. 그는 읍성에서부터 기껏해야 시오리쯤 떨어진 곳에 왔을 뿐인데 휴식을 취하자고 하니 뭔가 이상하다고 생각했던 것이다.

"아니다. 날씨가 무척 더우니 저 그늘 밑에서 잠시 쉬면서 숨이라도 돌리고 길을 다시 떠나는 게 좋을 듯하구나."

현감이 말 위에서 내렸다. 나졸 한 명이 쪼르르 달려와서 승상繩床 : 걸터앉기 위해서 가지고 다니는 접었다 폈다 하는 걸상을 펼쳤다. 그가 승상 위에 앉아 눈을 잠시 감고 깊은 생각에 빠져들었다.

관할지역인 며내면 일대의 마을에서 농부들이 풍물굿판을 벌인다는 보고를 받고 그곳으로 찾아가는 중이었다. 그 이유는 부임한 지 얼마 되지 않았기 때문에 며내면 일대의 생리와 인심을 살펴보고 농부들의 속내도 떠볼 요량이었다. 그런데 그곳이 가까워지기 시작하자 행차를 나섰던 것이 잘하는 일인지 못하는 일인지 판단하기 어려웠을 뿐만 아니라 불현듯 두려움까지 스멀스멀 피어났던 것이다.

"이방, 게 있는가!"

"대령했사옵니다. 무슨 분부라도 있으신지요?"

"며내면 일대의 생리와 인심은 어떠하느냐?"

"일찍이 대학자 최산두 사인이 출생한 곳이라서 문향 고을이옵고, 임란 때 강희열 강희보 의병장이 출생한 곳이라서 의향 고을이기도 하옵니다. 넓은 들녘이 없어서 궁벽한 산촌 취급을 받습니다만, 인심은 좋은 편이옵니다."

현감이 그 말을 듣고 고개를 가볍게 끄덕거렸다. 하지만 먹구름처럼 끼어 있는 불안감을 완전히 지워낼 수 없었다.

올해 2월 4일이었다. 지리산 자락에 위치한 경상도 단성이라는 곳에서 농민들이 환곡還穀:양곡 대여 등의 폐단에 불만을 품고 민란을 일으켰다. 사태의 심각성을 알아차렸던 현감이 도망치다가 민란을 주도했던 자들에게 붙잡혔고, 아전들의 집이 불태워지는 참사가 벌어졌다.

마침내 단성을 장악한 사족들이 조정에 나아가 엎드려 상소하고, 비변사에 호소하고, 감영에도 환곡 폐단의 해결을 요구했다. 하지만 나라에서는 민란 주모자들을 처벌해버렸다. 그렇게 함으로써 그 사건이 봉합되는 듯했다.

그런데 민란은 거기에서 그치지 않고, 같은 달 28일에 경상도 진주에서 또 발생했다. 이번에도 가혹한 수탈과 삼정의 문란을 주장하며 난을 일으켰던 것이다.

현대의 역사 기록을 보면, 이 '진주민란'은 '진주농민항쟁'이라고 지칭하며 다음과 같이 적혀 있다.

진주농민항쟁은 1862년 2월 18일에 경상도 진주에서 발생한 농민운동을 말한다. 당시 삼정의 문란전정, 군정, 환곡의 세 가지 재정 행정을 둘러싼 정치 부패 등 국내 정치의 혼란과 병사 백락신의 가혹한 탄압과 수탈을 견디지 못한 농민대표 류계춘, 김수만, 이귀재, 박수익, 정순계 등이 주도하여 농민들을 끌어 모아 2월 18일 마동과 원당을 거쳐 수곡장시를 휩쓸고 덕산장시로 몰려갔다. 여기에 모인 농민들은 철시撤市를 강행한 후, 그 여세를 몰아 진주성에 이르니 이제까지 잠잠하던 북, 동, 남쪽 방면의 농민들이 즉각 이에 가담함으로써 봉기대는 기세를 더욱 떨치게 되었다.

이 농민항쟁은 농민운동사에 가장 주목받는 것의 하나가 되었다. 이 항쟁이 발단이 되어 진주를 기점으로 40여일 만에 삼남 일대 거의 전역에서 농민항쟁이 일어났고, 전국적으로 파급되어 갔다.

농민항쟁은 그들이 지향했던 궁극적인 목표가 이루어지지 못한 채 끝나버렸지만, 이러한 항쟁의 경험을 기반으로, 농민층의 사회변혁을 위한 투쟁은 지속적으로 이어져서 1894년에는 한 단계 발전된 농민운동이라고 할 수 있는 전국적인 동학농민혁명이 벌어졌다.

현감이 마음을 진정시키려고 헛기침을 연신 터트린 뒤에 수염을 쓸어내리며 짐짓 위엄을 갖춰보려고 애썼다.

그래도 다행이라면, 진주민란이 삼남 일대에서 시작되어 전국으로 퍼져갔지만 자신이 이번에 부임했던 광양 땅만큼은 아무런 탈 없이 비켜지나갔던 것이다. 그렇지만 언제 이곳에서도 그런 비슷한 사건이 발생할 줄 모르는 터라 불안한 마음을 쉽사리 잠재울 수 없었다.

"사또, 저 백운산을 보시옵소서. 하얀 뭉게구름이 산꼭대기에 걸려 있어서 풍광이 그만이옵니다. 풍물굿판을 잠시 둘러보신 다음에 최산두 사인이 유년시절에 학문을 닦았다고 전해오는 옥룡계곡의 학사대를 구경해 보시겠습니까? 그곳에 가시면 백운산의 절경을 얼마든지 만끽하고도 남음이 있을 것이옵니다. 그리고 임란 때 의병과 승병의 훈련장으로 쓰였던 중흥산성에 한 번 올라가보시는 것도 괜찮을 것이옵니다. 그 산성 안에 가면 삼층석탑과 쌍사자석등을 구경하실 수 있사옵니다. 그런데 그 쌍사자석등이야말로 빼어난 아름다움을 자랑하고 있어서 보물 중의 보물이라고 해도 과언은 아닐 것입니다. 사또께서 직접 보시면 아마 감탄을 금치 못하게 될 것이옵니다."

이방이 쌍사자석등의 아름다운 모습을 표현하느라 손짓으로 야단을 피웠다.

광양 중흥산성의 쌍사자석등.

훗날 일제강점기에 발생했던 일이지만, 일본인 어떤 부호가 중흥산성 안에 있는 쌍사자석등을 자신의 정원에 놓아두려는 욕심이 생겨서 무단으로 반출하여 옥룡면사무소 앞까지 실어다 놓았다. 그런데 이런 사실을 관청에서 알고 그 쌍사자석등을 회수하여 도지사 관사로 옮겨놓았다가 1937년에 서울의 경복궁으로 다시 옮겼다.

이 쌍사자석등은 예술미가 아주 빼어났던지라, 이승만정권 시절에 경복궁에서 경무대로 옮겨갔다가 그 이후에 다시금 덕수궁으로 또 국립중앙박물관으로 계속 옮겨 다니는 신세가 되었다. 그러다가 마침내 1998년에 국립광주박물관 중앙 홀로 옮겨 현재까지 그곳에 전시되어 있는 중이었다. 현재 광양 사람들은 그 쌍사자석등을 원래 있었던 광양으로 되돌려주기를 간절히 원했다.

이 쌍사자석등은 큼직한 연꽃이 둘러진 아래받침돌 위로 가운데기둥 대신에 사자 두 마리를 조각한 것이 특징이었다. 그 두 마리는 아기사자처럼 귀엽게 생겼는데, 뒷발로 버티고 서서 가슴을 맞대어 위를 떠받치고 있는 형태를 취하고 있었다. 그리고 통일신라시대의 작품으로 추정되며, 그다지 크지 않으면서도 뛰어난 조각기법과 아름다운 조형미를 보여주고 있어서 걸작이라는 평을 받고 있으며, 현재 국보 103호로 지정되어 있었다.

"쌍사자석등이 그렇게 보물이더란 말인가? 비록 오늘은 가보지 못할지라도 가까운 시일 내에 찾아가서 그 모습을 꼭 구경하고 싶구나."

현감은 쌍사자석등에 관한 이야기를 듣는 동안 마음이 어느 정도 진정되어서 너털웃음까지 날렸다. 그리고 자리에서 일어나 길을 떠나기 시작했다.

일행들이 산굽이를 돌고 나지막한 언덕배기에 올라서자 풍물소리가 파도처럼 밀려왔다. 현감의 가슴이 덜컹 내려앉았다. 그 풍물소리들이 전쟁을 감독하고 사기를 북돋아주기 위해 울리는 소리처럼 들려왔기 때문이었다.

"여봐라! 냉큼 달려가서 풍물굿판에 무슨 사달이라도 발생했는지 살펴보고 오도록 하여라."

현감이 이방에게 소리쳤다.

이방이 사또의 얼굴을 우두망찰 바라보다가 이내 정신을 차렸다. 곧이어 나졸을 불러 풍물굿판을 정찰하고 오라는 지시를 내리고 나서 사또에게 곧바로 물어보았다.

"사또, 저 풍물굿판에서 미심쩍은 낌새라도 느꼈습니까?"

"이방은 저 풍물소리를 듣고도 예사롭지 않다는 것을 전혀 느끼지 못했더란 말인가?"

"글쎄요……."

"어허, 전투적인 신명을 쏟아내고 있는 저 풍물소리는 독전을 하는 소리와 똑 같으니라. 필경 무슨 사달이라도 일어났던 것일 게야."

"독전을 하는 소리라굽쇼?. 사달이 일어났다굽쇼?"

이방은 현감이 했던 말을 반복하면서 그 의미를 되새겨보았다.

독전이라면 전투를 감독하고 사기를 북돋는 일이었고, 사달이 일어났다는 것은 사고나 탈이 발생했다는 것을 의미했다. 그러니까 현감의 말대로라면 지금 풍물굿판에서 무슨 탈이 났다는 것이었다. 이방이 풍물굿판 쪽으로 귀를 기울였다. 하지만 풍물소리가 평소처럼 신명나게 울리고 있을 뿐 아무런 이상 징후도 포착되지 않았다.

"근자에 며내면 일대에서 삼정이 문란했던 적은 없었느냐? 특히 환곡 때문에 불만을 품은 자는 없었느냐?"

"그런 일은 없는 것으로 알고 있사옵니다."

"그렇다면 왜 저처럼 전투적 신명을 끌어올리며 발광을 하는지 모르겠구나."

현감이 등채를 들어 풍물소리가 들려오는 쪽을 가리켰다. 그 등채에 매달려 있던 오방색의 술장식으로 달아놓은 여러 가닥의 실이 바르르 떨리고 있었다.

이방이 풍물굿판을 다시금 바라보다가 실실 웃었다. 외지에서 온 신임 현감이라서 광양의 풍물굿에 대해 소상히 모르고 있다는 것을 그때서야 눈치 챘던 것이다.

"사또, 사또, 정찰 나갔던 나졸이 돌아오면 소상하게 밝혀지리라 생각되옵니다만, 저 풍물굿판에는 아무런 사달도 일어나지 않았을 것입니다. 이 고을의 풍물놀이는 원래 군악처럼 전투적인 신명을 북돋우는 특징이 있사옵니다. 그 이유는 다른 고을에 비해 버꾸놀이가 강하기 때문입죠."

이방이 광양의 풍물놀이에 대해 세세하게 설명하기 시작했다.

광양지역은 삼한시대부터 전략적 요충지였고, 왜구의 침범이 빈번했던 지정학적인 특수성 때문에 풍물굿이 일종의 '싸움굿' 형태를 취하고 있었다. 그래서 큰 풍물굿판이 벌어질 때는 현감의 입회하에 덕석기를 각각 꽂아두고 진영을 나누었으며, 줄다리기 시합과 함께 벌어졌다. 그리고 광양의 풍물굿판에서는 '북 놀음'이 유독 강했는데 그게 곧 군악처럼 전투를 감독하고 사기를 북돋아주는 분위기를 자아냈다.

이방의 설명이 채 끝나기도 전에 정찰 나갔던 나졸이 헐레벌떡 뛰어와서 보고를 올렸다.

"사또 나리, 풍물굿판에는 아무런 사달도 벌어지지 않았사옵니다."

"정말이더냐?"

"쇤네가 자세히 살펴보았습니다만 그런 낌새는 전혀 없었고, 굿판이 신명나게 춤을 추는 맘판으로 치달아 너와 내가 없는 지경에 이르렀을 뿐이옵니다."

현감은 이방의 이야기와 나졸의 정찰 보고를 종합하고 나서 옥죄었던 가슴을 풀어 내릴 수 있었다.

다시금 길을 재촉하여 풍물굿판이 벌어진 곳으로 향했다. 차 한 잔 마실 시간이 흘러서 풍물굿판이 한눈에 훤히 내려다보이는 언덕배기에 도달했다. 현감이 일행을 정지시키고 먼발치에서 풍물굿판을 구경하기 시작했다.

당산나무 아래의 공터에서 벌어지고 있는 풍물굿판에서는 꽹과리, 징, 장구, 북이 저마다 독특한 소리를 내면서도 하나로 아우러진 채 그 소리가 천지 사방으로 날아가고 있었다. 그 중에서도 북소리가 유난히 도드라졌다.

풍물굿은 발뒤꿈치로 친다는 말처럼 잽이들이 두 발을 자그똥, 자그똥, 움직이면서 신명을 부채질했다. 구경꾼들도 신명을 한 아름씩 안고 어깨를 움찔움찔, 두 팔을 깐닥깐닥하면서 보릿대춤을 추고 있었다. 그들의 짚신 아래에서 부옇게 피어오른 황토먼지로 인해 당산나무가 노을빛을 받았거나 단풍든 것처럼 붉게 물들어 있었다.

구경꾼들의 춤사위가 타 지역보다 훨씬 활력적이었다. 그들의 땀 냄새 뿐만 아니라 거칠게 뿜어내는 들숨과 날숨소리가 먼발치에서도 확연히 들리는 듯했다. 역시 먼발치에서 느꼈던 것이지만 굿판을 주도하는 사람들 모두 다 씨억씨억성질이 굳세고 활발한 모양하여 이곳 사람들의 성질이 야무지다는 것을 짐작하고도 남음이 있었다.

현감은 노송의 그늘 아래에 앉은 채 풍물굿판을 의미심장하게 지켜보면서 대여섯 번에 걸쳐 고개를 끄덕거리거나 가벼운 신음을 토해내기도 했다.

풍물굿판에 모여든 사람들은 신명에 푹 젖어 있어서 멀리 떨어진 곳의 상황이라지만 누가 행차했는지 알아차리지 못하고 있었다. 설령 알았다고 해도 그런 신명의 불을 갑자기 끌 수 없었고 또 끄고 싶지도 않았을 터였다.

현감은 자신이 부임하기 전에 들었던 소문처럼 정신력이나 생활력이 강하고 야무진 사람들이 모여 사는 고을이라는 것을 직접 확인하게 되었다. 그리고 이런 고을에서 어설프게 다스리다가는 곤욕을 된통 치를 수 있다는 두려움도 느꼈다.

"여봐라, 이방!"

이방은 현감이 염려하고 두려워했던 모습을 은근히 보였던지라 잔뜩 긴장한 자세로 풍물굿판을 예의주시하고 있는 중이었다. 그런데 현감이 소리쳐 부르자 혹시 무슨 잘못이라도 발생했나 싶어서 재빠르게 달려왔다.

"올해 초에 삼남지방을 휩쓸었던 수많은 민란들을 익히 알고 있으렷다."

"그렇사옵니다. 그렇지만 가까운 지역에서 민란이 벌어졌어도 광양 고을만큼은 아무런 탈 없이 조용하게 지나갔사옵니다."

"그건 본관도 잘 알고 있다. 그래서 하는 말인데, 앞으로 삼정이 문란치 않도록 각별히 살피도록 하여라. 만약에 그렇지 못하여 이 고을에서 민란이라도 발생하게 된다면 걷잡을 수 없는 지경에 이를 것이야. 알겠느냐?"

"각별히 명심하겠사옵니다."

"노파심에서 하는 이야기인데, 이방은 이 고을의 사정을 잘 알고 있기 때문에 본관의 눈을 멀게 하고 사복을 채우는 횡포를 저지를 수도 있을 것이야. 만약에 그런 일이 발생하면 일벌백계로 다스릴 것이니 명심하도록 하여라. 옛 이야기에 고을을 다스리는 여섯 글자의 비결이 있다고 했는데, 그게 모두 청렴할 '염廉' 자 여섯이었느니라. 그러니까 청렴에서 밝음이 나오고 또 위엄이 나온다고 했지. 그러니까 재물에 청렴하고, 여색에 청렴하고, 직위에 청렴하면 아무런 문제가 생기지 아니 하는 법이야. 이방, 본관의 이야기를 자나 깨나 망각해서는 아니 될 것이야."

현감이 준엄한 목소리로 이방에게 일렀다.

"예, 예, 여부가 있겠사옵니까."

이방은 자신이 지금까지 저질렀던 수많은 잘못을 떠올리며 고개를 연신 굽실거렸다.

어느덧 저녁 무렵이 되었다. 당산나무 아래 넓은 공터에서 풍물굿판을 벌이던 사람들이 이번에는 마당굿이라도 펼치려는지 대오를 지어 마을 안으로 들어가기 시작했다. 구경꾼들이 풍물패 꽁무니를 뒤따라가며 덩실덩실 춤추고 있었다.

주변을 온통 벌겋게 물들였던 황토먼지가 가라앉자 정자나무의 의젓한 자태가 확연하게 드러났다. 조금 전만 해도 수많은 사람들이 뒤엉켜서 풍물을 울리고 춤을 추었던 공터였다. 그때의 광경을 다시 그려보면 무질서의 극치가 벌어졌던 것 같았으나 사실은 그게 아니었다. 무질서 속에 질서가 엄연히 존재하고 있었다.

정자나무 밑은 사람들이 모두 빠져나가서 썰물 때의 개펄이나 판이 끝난 장시처럼 삭막한 분위기만 감돌았다. 하지만 마을 안쪽에서 들려오는 풍물소리만큼은 아직도 그 기세가 전혀 누그러트려지지 않은 채 활달하고 구성지며 푸지게 울렸다. 그들은 밤이 이슥해질 때까지 풍물을 두드리며 신명을 이어갈 터였다.

현감은 한동안 생각에 빠져있느라 승상에서 일어나지 않은 채 정자나무를 우두커니 바라보고 있었다. 그 모습은 흡사 깊은 고뇌에 빠져 있는 듯했다.

아전들과 행차를 뒤따랐던 모든 사람들은 차후 행동을 어떻게 해야 좋을지 몰라서 전전긍긍하며 바장이고 있기만 했다. 어떤 아전이 이방의 옆구리를 찌르며 현감이 속히 거동하도록 말씀 올렸으면 좋겠다는 뜻을 눈빛으로 건넸다.

이방은 현감에게 어떤 말부터 건네야할지 몰라서 애꿎은 손바닥을 비비며 시선을 한 곳에 고정시키지 못한 채 이곳저곳을 두리번거리기만 했다. 아무리 궁리해도 현감이 곧장 반응할 수 있을 만한 흥미로운 이야기가 떠오르지 않았다. 그래서 궁여지책으로, 관기들을 모두 불러 모아 주연을 열면 어떻겠느냐고 은근히 떠보았으나 현감은 요지부동이었다.

그때였다. 체구가 조그만 사내아이가 정자나무 아래에 나타났다. 그는 등에 바랑을 짊어지고 있었다. 그 바랑이 체구에 비해 너무나 커서 어깨가 짓눌리는 듯했다. 그런데 그 사내아이는 의젓하면서도 매우 사뿐한 걸음으로 이쪽을 향해 다가오고 있었다.

이방은 매우 이상야릇한 느낌을 받았다. 며내면 일대에 풍물굿판이 벌어졌고, 아직도 풍물소리가 힘차게 들려오는 것으로 보아 그 굿판이 끝나지 않았음은 분명했다. 그런데 그 굿판에 구경꾼으로 끼어들어서 깝죽대거나 제물로 차린 음식에 눈독을 들이며 도리깨침을 삼키고 있어야 할 사내아이가 바랑을 짊어지고 어디론가 향하고 있었으니 이상야릇하지 않을 수 없는 노릇이었다.

그 사내아이에게 무슨 사연이 있는지 알아보려고 고개를 황새처럼 뺀 채 전방을 응시했다. 그가 자드락길을 타고 점점 걸어와서 인상착의를 확인할 수 있을 정도의 거리가 되었을 때였다. 이방이 입을 동그랗게 벌리며 탄성을 질렀다. 그리고 우두커니 앉아있기만 하는 현감에게 건넬 수 있을 만한 흥미로운 이야기라도 찾았다는 듯 눈을 반짝이며 고개를 잽싸게 돌렸다.

"사또, 저 사내아이를 보십시오. 보통으로 맹랑하고 야무진 녀석이 아니옵니다."

이방의 이야기에도 현감은 아무런 반응을 보이지 않았다. 그러자 이방이 목청을 높여 호들갑을 떨었다.

"하, 이거 말입니다요, 제가 소문으로 들었던 것이옵니다만, 코흘리개에 지나지 않는 저 어린 사내아이 녀석이 사략, 통감, 맹자를 모두 독파해서 더 이상 가르칠 것이 없을 정도라고 하지 뭐겠습니까요. 또 마을 어른들이 주연을 벌이자 그 곁에서 저 코흘리개가, 거 뭐랬더라……, 그렇지! '안성초락유인석'이라는 시를 지어 좌중을 놀라게 했고, 그래서 신동이라는 소문이 광양 고을 곳곳에 짜하게 퍼져 있사옵니다. 사또께서 저 사내아이를 불러 모든 게 진실인지 문초해보시는 것도 재미있을 듯하옵니다."

안성초락유인석雁聲初落遊人席.

그 뜻은 '기러기 소리 처음 어른들 노는 자리에 들려오네.'였다.

이방이 신이야 넋이야 읊어대자 그때서야 현감이 제정신을 차리고 눈을 똑바로 떴다. 여태 시선을 그쪽에 두고 있었지만 깊은 생각에 빠져 있어서 어린 사내아이가 나타났다는 것을 전혀 인지하지 못하고 있었다. 그런데 언제 어디에서 갑자기 튀어나왔는지 모르지만 어린 사내아이가 커다란 바랑 하나를 짊어지고 정자나무 아래 공터에서 자드락길을 따라 이쪽으로 걸어오는 중이었다.

현감은 이방이 주절거렸던 이야기를 되새기면서 그 사내아이를 자세히 살펴보았다.

사내아이는 체격이 상당히 왜소했고, 용모도 준수한 편이 아니었다. 게다가 한쪽 눈의 시선이 나머지 한쪽의 눈의 시선과 서로 다른 것으로 보아 흔히 말하는 사팔뜨기임에 분명했다.

현감의 머릿속에 인물평가의 기준으로 삼는 단어가 스쳐 지나갔다.

신언서판身言書判.

중국 당나라 때 관리를 등용하는 시험에서 '신', '언', '서', '판'을 인물평가의 기준으로 삼았다. 그중에서 '신'이 가장 으뜸이라고 했다.

'신'이란 사람의 풍채와 용모를 뜻했다. 그러니까 신분이 높고 재주가 뛰어난 사람이라도 첫눈으로 보아서 풍채와 용모가 뛰어나지 못하면 좋은 평가를 받기 힘들었다.

'언'이란 사람의 언변을 뜻했는데, 뜻이 깊고 아는 것이 많아도 조리 없는 말을 한다거나 뜻이 분명하지 못하면 좋은 평가를 받을 수 없었다.

'서'는 글씨筆體를 뜻했다. 예로부터 한 인물을 평가하는데, 글씨는 매우 큰 비중을 차지했다.

'판'이란 사람의 문리文理, 곧 사물의 이치를 깨달아 아는 판단력을 뜻했다. 어떤 사람이 풍채와 용모가 좋고, 언변이 뛰어나고, 아무리 명필이라도 사물의 이치를 깨달아 아는 능력이 없으면 출중하다고 말할 수 없었다.

현감이 고개를 가로저었다. 체격과 용모가 보잘 것 없었다. 약관의 나이가 되려면 한참이나 기다려야 할 어린 사내아이가 사략, 통감, 맹자를 독파했다는 것도 믿어지지 않았다. 또 시를 지었다는 것도 어림없는 일이었다. 아마 신동이라는 소리도 헛소문임에 틀림없을 것 같았다. 우선 용모부터 기준치 이하였기 때문이었다.

"사또, 저 사내아이를 불러올까요?"

"모든 게 헛소문에 지나지 않을 것이야. 그냥 두어라."

"아닙니다요. 실로 맹랑하기 짝이 없는 녀석입니다요. 소문에 들었던 이야기이온데, 하루는 저 어린 것이 어떤 서당의 훈장에게 예물을 드리러 갔더랍니다. 그런데 그 훈장이 화로를 끌고 안은 채 추위에 벌벌 떨고 있었다지 뭡니까요. 그뿐만 아니라 불을 돋우려고 입으로 바람을 후후, 불기까지 하는 모습을 보고 그만 실망하여 뛰쳐나오고 말았다는 것입니다.

사또, 어떠하옵니까? 보통 맹랑한 녀석은 아닙죠?"

이방은 사내아이가 성리학을 낡은 학문으로 여길 정도로 맹랑하다는 이야기를 꺼내면 현감이 흥미로운 반응을 보일 것으로 생각했는데 그게 아니었다.

"어허, 저런 아이를 보려고 귀한 시간을 허비할 수 없느니라."

"사또, 사또, 저 사내아이가 신동이라는 사실을 제가 직접 목격한 적이 있습니다요. 저 아이가 자신의 또래들을 가르치고 있었는데 서당 훈장을 뺨칠 정도였습니다. 사또, 이 세상의 모든 사물들은 겉으로 보고 판단해서는 아니 되는 법이라 했고. 특히 사람은 겉으로 보고 판단하면 더욱 아니 된다고 했지 않습니까요."

"사람을 겉으로 보고 판단하면 아니 된다고……."

현감도 그런 사실을 모르는 바가 아니라서 귀가 솔깃해졌다.

"유자는 얼굴이 얽어도 제사상에 오르지만, 얼굴이 기생오라비처럼 매끄러운 탱자는 그렇지 못합니다요. 밤은 날카로운 가시가 겉을 싸고 있습니다만 속은 달고 맛있습죠. 그리고 부엉새가 아름다운 목소리로 구성지게 울어대지만 도마뱀을 잡아먹는다는 사실을 알고 있습니까요?"

이방이 사설을 읊듯 주저리주저리 늘어놓을 때 현감이 자신의 불찰을 깨닫고 사내아이를 다시금 살펴보았다. 체격이나 용모는 볼품없었지만 걸음걸이 자세가 바르고 힘이 있어 보였다. 또 날카로운 눈빛이 예사롭지만은 않았다.

"좋다. 저 사내아이를 불러오도록 하여라."

승상에 앉았던 현감이 허리를 펴고 의젓한 자세를 취했다. 이방은 나졸에게 그 사내아이를 불러오도록 시키지 않고 자신이 직접 자드락길로 내려갔다. 그리고 때마침 앞을 지나치려는 사내아이를 불러 세웠다.

"애야, 네 이름이 운경이라고 했더냐."

"그렇습니다만, 무슨 일이신지요?"

"매우 영광스럽게도 사또 나리께서 너를 부르신다. 어서 저 언덕배기로 올라가자꾸나."

어린 매천이 위쪽을 잠시 바라보더니 앞장서서 성큼성큼 걸었다.

현감은 신동이라고 하는 사내아이의 일거수일투족을 유심히 살펴보고 있었다. 아무리 살펴보아도 신동이라는 소리를 들을 만큼 뛰어나 보이지 않은 듯싶어서 괜히 시간만 낭비하는 것이 아닌가 하는 생각이 들었다.

"무슨 일로 저를 부르셨는지요?"

사내아이가 현감 앞에 도착해서 예를 올렸다.

현감이 그 모습을 보고 은근히 놀랐다. 보통 아이들이라면 고을의 수령 앞에서 기가 죽어 입 한 번 뻥긋하기 어려웠을 터였다. 그런데 이 사내아이는 무척이나 당당했다. 현감이 사내아이를 떠보기 위해 부러 목청을 높이며 위엄을 부렸다.

"너는 본관이 누군지 알고 있느냐?"

"사또 나리라고 들었사옵니다."

"그런데 어린 네가 감히 본관 앞에서 무릎을 꿇지 않는 이유가 무엇이더냐? 어서 무릎을 꿇도록 하여라."

매천은 사또의 입에서 강압적인 소리가 튀어나오자 잠시 생각에 잠겼다. 현감이 어린 자기를 불러서 시비를 걸 하등의 이유가 없었다. 뭔가 짚이는 구석이 있어서 속으로 씽긋 웃으며 말했다.

"사또께서 저에게 무릎을 꿇도록 하지 않았기 때문에 무릎을 꿇지 않겠사옵니다."

"본관이 너에게 무릎 꿇도록 하지 않았다? 감히 어느 안전이라고 억지를 쓰느냐. 본관이 방금 너에게 무릎을 꿇으라고 분명히 명령했느니라. 도대체 무슨 속셈으로 그런 거짓말을 하는 것이냐?"

"사또, 저의 말은 덕을 베풀고 그 덕에 감화되어 무릎을 스스로 꿇도록 해야 한다는 뜻이옵니다. 무례했다면 용서하십시오."

매천은 대답하는 내내 허리를 꼿꼿이 세우고 있었다. 목소리 또한 카랑카랑하여 전혀 주눅 들지 않는 모습을 보여주고 있었다.

현감은 제법 당돌한 아이를 만났다는 생각이 들었다. 하지만 그런 생각을 겉으로 전혀 드러내지 않은 채 상대의 속내를 더 드레질해 보기로 마음먹었다.

"본관이 너에게 강압적으로 무릎을 꿇으라고 했던 것이 몹시 거슬렸던 모양이로구나. 어떠하느냐? 본관이 너의 속내를 정확히 읽지 않았느냐?"

"정확히 보셨사옵니다. 사또, 그런데 노자의 말씀에 다스리는 이치는 물처럼 자연스러워야 한다고 했습니다. 사또께서 덕을 베푸시면 무릎을 꿇지 말라고 해도 모든 백성들이 저절로 꿇게 될 것이고, 그것이 곧 진정한 복종이옵니다."

"너는 어디에서 살고 있으며, 성명은 어떻게 되느냐?"

"서석촌에 살고 있으며, 장수 황가요, 이름은 옥돌 현玹자를 쓰옵니다. 그리고 자는 구름 운雲자에 벼슬 경卿자를 쓰옵니다."

"운경이라고? 운경아, 네가 나에게 베풀라고 말했던 그 덕이란 게 무엇인지 알고 있느냐?"

"저는 서책을 통해서 이렇게 배웠습니다……."

매천이 덕에 대해서 설명하는데, 덕이란 도덕적이고 윤리적인 이상을 실현해나가는 인격적 능력이며, 덕의 중심은 오상五常과 오륜五倫이라고 했다. 그리고 그 덕목은 인仁, 의義, 예禮, 지智, 신信과 의義, 자慈, 우友, 공恭, 효孝 등이라고 말했다.

현감은 어린아이의 입에서 이렇게 조리정연한 말이 튀어나올 줄 전혀 예상하지 못했던지라 당황스럽기조차 했다. 하지만 그의 총명함이 예쁘고 사랑스러워서 연이어 질문을 던졌다.

"올해 삼남지방에서 민란이 발생했다는 것을 알고 있느냐?"

"예, 소문으로 들었사옵니다."

"왜 그런 대역무도한 일이 벌어졌다고 생각하느냐?"

현감이 매천을 궁지에 몰아넣기 위해서 일부러 까다롭게 굴었다.

"사또 나리, 육도삼략에 이런 글이 있습니다. 군주가 어리석으면 나라가 위태롭고 군주가 현명하면 나라가 태평하고 백성이 평화롭게 살 수 있다고 말입니다. 그리고 모든 화복은 다스리는 자에게 달려 있는 것이지 하늘에 달려 있는 것이 아니라고 했사옵니다. 그리고 민란을 일으켰던 자들은 본래의 의도와 상관없이 나라를 위태롭게 했기 때문에 그 죄가 가볍다고 말할 수 없을 것이옵니다."

현감은 질문을 던지고 있는 것이 아니라 어린 매천에게 자신도 모르는 사이에 배우고 있다는 것을 느끼고 깜짝 놀랐다. 하지만 매천이 보배스럽고 자랑스럽기까지 하여 자존심이 상한다거나 싫지 않았다. 그래서 너털웃음을 날렸다.

"운경아, 본관은 이번에 부임한 신임사또이니라. 이 고을을 어떻게 다스려야 현명하다는 이야기를 들을 수 있겠느냐?"

"사또께서 조정의 높은 관료만 두려워하지 말고 백성과 하늘을 두려워하신다면 만대에 길이길이 칭송이 이어질 것이옵니다."

"너는 지금 무슨 일로 어디를 가는 중이었더냐?"

매천은 백운산 너머 구례에 있는 서당의 훈장에게 서책을 빌렸는데 돌려줄 약속 날짜가 되어서 가는 길이라고 했다. 그런데 놀라운 것은 불과 며칠 만에 바랑 속의 책을 다 읽었다는 점과 곧 있으면 어두워질 텐데 아무런 두려움을 느끼지 않고 백운산 자락을 넘어가려고 홀로 길을 나섰다는 점이었다.

현감은 매천과의 대화를 통해 그의 자질이 무척 빼어나다는 것을 알았다. 이 사내아이가 장차 큰 인물이 될 것이라고 믿어 의심치 않았으며, 그의 뒷바라지를 도맡아 해주고 싶은 마음이 들기까지 했다.

매천은 더 이상 지체할 시간이 없어서 현감에게 예를 올렸다.

"사또, 저는 갈 길이 바빠서 이만 물러가도록 하겠습니다."

"이렇게 헤어지다니 몹시 서운하구나. 아참, 너 혼자 저 백운산을 넘어가려면 몹시 힘들겠구나. 호랑이가 나타날 수도 있을 텐데 두렵지 않느냐?"

"무지하고 깨우치지 못한 게 두려운 것이지 백운산의 호랑이 따위야 무섭지 않습니다. 그리고 백성들은 호랑이보다 탐욕스러운 수령을 더 두려워 합니다."

"하하하, 무슨 말인지 잘 알겠다. 운경아, 관노비를 붙여줄 터이니 백운산을 넘어가면서 말동무라도 삼으려느냐?"

"감사합니다만, 저 혼자 얼마든지 갈 수 있으니 너무 걱정하지 마십시오."

말을 끝낸 매천이 총총걸음으로 자리를 떠났다.

현감은 매천과의 만남이 흡사 꿈을 꾸었던 것 같았다. 아직 어린 나이임에도 불구하고 모든 행동이 어른스러웠으며, 언변도 조리가 있어서 직접 만나지 않았으면 도저히 믿기 어려울 정도였기 때문이었다. 그렇지만 모든 것은 엄연한 현실이었다.

현감이 승상에서 벌떡 일어나 매천이 저 멀리 사라질 때까지 눈길을 붙이고 있었다. 가능하다면 매천과 함께 이야기를 나누며 백운산을 넘고 싶은 마음이었다.

백운산이 넓고 깊고 자애로운 품으로 매천을 덥석 안아버렸다. 깊은 계곡 쪽에서 새들의 노래 소리가 바람에 실려 오더니 현감의 귓전에 사뿐히 내려앉았다. 그 산에 이내해질녘의 멀리 보이는 푸르스름하고 흐릿한 기운가 감돌자 신비스러움이 극에 달하기 시작했다.

현감이 고개를 연신 끄덕였다. 인걸지령人傑地靈이라더니 틀린 말은 아니었다. 저처럼 신령스러운 정기를 듬뿍 안고 있는 명산이었기에 매천과 같은 신동을 배출할 수 있었던 모양이라고 생각했다.

2

조선시대 고종 5년1868, 그러니까 무진년이었다.

구례 방광면지금의 광의면에 있는 천변마을은 지리산 노고단에서 산줄기가 서쪽으로 뻗어 내려오다가 차일봉을 기점으로 화엄사와 천은사 사이에서 제법 높고 가파른 재를 형성하고, 다시금 인人자 형태로 전개되는 중앙지점에 자리 잡고 있었다.

이 마을은 풍수지리설의 형기론에 따르면, 선녀가 베를 짜고 있다는 옥녀직금玉女織錦 형국이라고 했고, 지천천이 마을을 활처럼 감싸고돌아서 연꽃이 물 위에 떠있다는 연화부수蓮花浮水 형국의 명당이라고 했다.

"운경 도련님, 백운산 자락을 넘고 섬진강을 건넌다는 게 엔간한 일은 아닌뎁쇼. 여기쯤에서 쉬었다 갑시다요. 인자 맥카리힘가 없어서 더 이상 걷지 못하겠습니다요."

봇짐을 둘러멘 길보는 더 이상 걸어갈 힘이 없다면서 털퍼덕 주저앉은 채 두 다리를 지게 다리처럼 벌렸다.

"토지와 마산 땅은 이미 밟았네. 목적지에 다 왔으니 어서 일어나 걸음을 재촉하게나."

매천이 쉬지 않고 계속 걸으며 길보를 채근했다.

"쉰네가 이 길을 수백 번 와봤습니다요. 아거, 눈을 감고도 천변마을까지 찾아갈 수 있을 정도로 훤해서 목적지가 가까워졌다는 것은 잘 압니다만 이놈의 두 다리가 뻣뻣해져버렸으니 소인더러 어쩌란 말입니까. 운경 도련님, 이 봇짐이 얼매나 무거운지 아십니까요? 백운산과 지리산을 한 뻔에 짊어진 것처럼 겁나게 무겁습니다요."

"어허, 큰댁에 드릴 쌀 대여섯 되하고 스승님 건강을 챙겨드릴 오리 두 마리가 그렇게 무겁더란 말인가? 큰댁에 도착하면 푹 쉴 수 있을 터이니 어서 걸음을 재촉하게나."

매천은 광양의 본가에서 백운산 자락을 넘고 또 시목나루에서 섬진강을 건너 화엄사 앞을 지나가는 중이었다. 그렇다면 이제 머지않아 구례 방광면광의면의 천변마을에 당도할 예정이었다.

천변촌에는 백모인 개성왕씨와 종형인 황담, 그리고 스승인 왕석보가 살고 있었다. 그래서 큰댁에 문안인사를 드리고, 또 근래에 병상에서 줄곧 누워있는 스승께서 좀 만났으면 좋겠다는 연락이 왔기에 찾아뵙고 문병할 계획이었다. 그리고 며칠 후면 전라감영에서 열리는 향시에도 참가할 예정이었다.

향시鄕試.

그 과거제도는 각 도에서 실시하던 문과, 무과, 생원진사시에 응시할 때 맨 처음 보는 시험이었다. 향시의 기원은 고려 후기 1369년공민왕 18에 원나라의 향시, 회시, 전시제도를 채택하면서 생겼다. 조선시대에는 각 과의 초시初試 중의 하나로 향시를 실시했다. 초시에는 관시, 한성시, 향시가 있었다.

향시의 시험관은 각 도의 감사가 문과 출신의 수령이나 교수 중에서 상시관 1명, 참시관 2명을 임명했다. 그런데 시험관 개인의 사사로운 정이 문제점으로 대두되어 경관京官을 파견하게 되었다.

"운경 도련님, 쇤네를 두고 혼자 가실 작정입니까요. 그러다가는 십 리도 못 가서 발병날 것입니다요."

엉덩이가 땅바닥에 눌어붙어버린 것처럼 질펀하게 주저앉은 길보가 아리랑 노래를 천연덕스럽게 부르기 시작했다.

"그럼 나는 먼저 갈 터이니 뒤따라서 혼자 오게나."

매천이 뒤돌아보지도 않고 계속해서 걸어갔다. 그는 평소에도 표정의 변화가 거의 없는 편이었다. 그러니까 감정의 기복이 별로 없는 편이며 냉철한 성격의 소유자였다.

"혼자 따라오라고 말씀하시다니, 어쩌면 그렇게 무정하십니까요."

길보가 볼멘소리를 토해내더니 자리에서 엉거주춤 일어났다. 봇짐을 허겁지겁 짊어졌다. 이내 잰걸음으로 다가와 매천의 뒤에 바짝 따라붙었다.

마산에서 방광면光義面까지 가는 길은 높낮이가 거의 없이 평탄했다. 가는 길의 우측 지리산 노고단의 산자락 안에는 승려 연기가 창건했다는 천년 고찰 화엄사가 있었다. 그런데 임진왜란 때 불에 타버려서 인조 8년에 벽암대사가 크게 중수했다.

매천이 화엄사를 바라보며 걷고 있을 때 길보가 코를 팽하고 풀더니 목청을 높였다.

"왜놈들은 허벌나게 승악하니까 절대로 용서해서는 안 된당께요. 그리고 앞으로도 왜놈들을 조심해야 된당께요. 들은풍월입니다만, 왜놈들이 저 화엄사를 불로 꼬실라버리고 범종을 배에 실어서 자기 나라고 가꼬갈라다가 섬진강에 풍덩 빠져버렸다더군입쇼. 아따메, 삼 년 묵은 체증이 장마철 붉덩물에 씻겨 내려가듯 해서 속이 후련합니다요. 아믄, 섬진강이 어떤 강인데 그 허벌나게 승악한 왜놈들을 그냥 두었을 리가 있었겠습니까요. 그렇지 않습니까, 운경 도련님?"

"이젠 왜놈들만 경계할 것이 아니라 서양의 무리들도 경계해야 할 세상이네."

"서양의 무리라굽쇼? 운경 도련님, 그놈들이 무슨 사달이라도 일으켰단 말입니까?"

"두 해 전에 프랑스 놈들이 군함을 이끌고 강화도에 침범하여 무기와 양식 등을 약탈해갔다네. 그런 과정에서 민가나 군영을 가리지 않고 무차별 대포사격을 하여 무고한 백성을 살상하기도 했거든."

"운경 도련님은 방안에 앉아서도 세상사를 훤하게 아는 것을 보면 천리안이라도 달려 있는 모양입니다요. 천 리나 먼 곳에 있는 강화도에서 벌어졌던 사건까지 소상하게 알고 계시다니 말입니다. 정말 대단합니다요."

길보는 프랑스 군함이 우리나라에 침범하여 만행을 저질렀다는 이야기보다 매천이 세상 돌아가는 것이라면 시시콜콜한 것까지 자세히 알고 있으며 기억력 또한 뛰어나다는 사실에 항상 놀라워 했다.

매천은 길보와 함께 있을 때면 궁궐 안에서 벌어졌던 사건을 이야기를 해준다거나 심지어는 외국에서 벌어진 사건까지 이야기해 주었다. 길보는 그런 이야기를 들을 때마다 무척 흥미로우면서도 신기할 수밖에 없었다.

현대의 역사책에서는 1866년 프랑스 군함이 우리나라에 침범한 사건을 병인양요丙寅洋擾라고 했으며, 그 기록을 요약하면 다음과 같았다.

대원군은 병인년1866 정초부터 천주교 금압령을 내려, 몇 개월 사이에 프랑스 선교사 12명 가운데 9명을 비롯하여 남종삼, 정의배 등 한국인 천주교도 8,000여 명을 학살했다.

그해 5월 조선을 탈출한 리델 신부는, 중국 천진에 주둔하고 있던 프랑스 인도차이나함대 사령관 로즈 제독에게 한국에서 일어난 천주교도 학살사건을 알렸다. 보고를 받은 북경 주재 프랑스 대리공사는 청나라 정부에 공한을 보내어 한반도로 진격할 결심을 표명했다.

동년 9월 18일 로즈 제독이 인솔한 프랑스 군함 3척이 인천 앞바다를 거쳐 양화진을 통과하여, 서울 근교 서강西江에까지 이르렀다. 조정에서는 어영중군 이용희에게 표하군과 훈국마보군을 거느리고 경인 연안을 엄중 경비하도록 명령했다. 프랑스 함대는 이러한 경비태세에 불리함을 느꼈던지, 9월 25일 중국으로 물러갔다.

10월 로즈 제독이 순양전함을 비롯하여 함대 7척과 600명의 해병대를 이끌고 나타났다. 그리고 14일 강화부 갑곶진 진해문 부근의 고지를 점거했다. 또 16일 전군이 강화성을 공격하여 교전 끝에 점령하고, 무기와 서적 그리고 양식 등을 약탈했다.

우리나라에서는 19일 프랑스 측에게 격문을 보내어, 선교사 처단의 합법성과 프랑스 함대의 불법 침범을 들어 물러갈 것을 통고했다. 26일 프랑스군 약 120명이 문수산성을 정찰하려다가 미리 잠복 대기 중이었던 우리나라 군대에 의해 27명이 사상되는 등 막대한 인명손실을 입게 되자, 민가와 군영을 가리지 않고 무차별 포격을 가했다. 이러한 만행은 황해도 연안延安에까지 미쳤다.

11월 7일 프랑스 해병이 정족산성을 공략하려다가 잠복 대기 중이었던 우리나라 군대에게 사격을 받고 사망자와 부상자를 낸 채 간신히 패주했다. 그리고 조선 침공의 무모함을 깨닫고 철수를 결정했다. 11일 프랑스군이 그동안 점거했던 강화성에서 철거하며 모든 관아에 불을 질렀다. 그리고 앞서 약탈한 은괴와 금괴 그리고 대량의 서적, 무기, 보물 등을 가지고 중국으로 떠났다. 이로써 세계정세에 어두웠던 대원군은 그 기세를 돋워 전국에 척화비를 세우는 등 쇄국양이정책을 더욱 굳히고, 천주교 박해에도 박차를 가하기 시작했다.

훗날, 매천은 야록을 집필하면서 병인양요를 이렇게 기록해 놓았다.

> 병인 9월 프랑스 군함이 강화도에 정박했으니 그것은 훈련하기 위해서 놀이 차 온 것이지 침략할 의사가 있어서 온 것은 아니었다. 어떤 이는 "장경일 등이 죽음으로 해서 서양 선박이 침입하지 못하도록 더욱 엄하게 지켰고 그러므로 와서 보고하게 된 것이다."라고 했다. 강화도 유수 이인기는 겁을 먹고 도망쳐서 성은 함락되었으며 프랑스 군인들은 열흘 동안 그곳에 있다가 약탈을 자행하고 돌아갔다. 강화도는 지리적으로 험한 곳이므로 양미糧米와 무기, 그리고 진귀한 보물을 나라에서 많이 저장해왔다. 그러나 이때에 모두 없어졌다. 〈하략下略〉

똑같은 병인양요에 대해서 현대의 역사책과 매천이 집필했던 야록이 약간의 차이를 갖고 있는 점들은 사태의 발생 원인과 진행상황에 대한 기록들의 정확성 여부일 것이다.

매천의 야록은 현대의 역사책에 비해 두 가지 모두 부족했다. 그것은 갑오 이전의 사건이었던 병인양요의 내용이 수문수록隨聞隨錄:보고 들었던 소문에 따라 기록하는 것에 따른 것이라서 당연히 그 한계점이 노출될 수밖에 없었을 것이다. 하지만 매천의 야록은 정사가 갖고 있지 못한 미덕을 갖추고 있어서 매우 훌륭하다고 말할 수 있겠다.

그 미덕이라는 것은, 편년체 서술을 기조로 하면서 중요한 사안에서는 배경과 경과까지 상세히 기술하고 또 항간에 널리 떠도는 야언野言까지도 선별하여 기술했다거나 열렬한 민족의식으로 기록했던 '의보義報'가 담겨있었다는 점 등이라고 할 수 있을 것이다.

매천과 길보가 이야기를 나누면서 화엄사 앞길을 벗어나려고 할 즈음에 가마 한 대와 마주치게 되었다. 건장한 두 사내가 보교步轎를 메고 화엄사 쪽에서 성큼성큼 내려왔는데, 좁은 길이라서 어쩔 수 없이 서로 가로막는 상황이 되고 말았다.

"비키시오! 비키시오!"

앞쪽에서 가마를 멘 사내가 눈알을 부라리며 큰소리를 쳤다. 그 사내의 얼굴은 콩마당에 넘어지기라도 한 것처럼 살짝 얽었으며 또 눈딱부리여서 성질이 고약할 것 같은 첫인상을 풍기고 있었다.

매천이 자드락길 가장자리로 순순히 비켜섰다. 그런데 가마가 지나가면서 몸에 부딪치는 바람에 매천이 그만 넘어질 뻔했다.

"어! 어!"

매천이 균형을 간신히 잡았다.

뒤따라오던 길보가 그런 광경을 보고 가만있지 않았다.

"어이, 이 사람들아. 누구네 행차인지 모리겠지만 이렇게 우악스럽게 굴면 아니 되는 법이여."

길보가 자드락길 중앙에 말뚝처럼 버티고 섰다. 심통을 부려 가마의 앞길을 막겠다는 심사였다. 그 바람에 가마가 더 이상 나아가지 못하고 그만 멈출 수밖에 없었다.

"냉큼 비키지 않으면 후회할 것이야. 이 가마에 누가 타고 있는지 알기나 하냐? 마산의 오현위 어르신의 따님이 타고 있어. 알았으면 썩 비켜!"

"흥, 그 사람이 누군지 내가 알 바 아니야. 우리 도련님이 그 가마에 부딪혀 넘어질 뻔했으니까 잘못했다고 사과만 하면 길을 비켜주지."

길보가 배꼽이 보일 정도로 배를 불쑥 내밀기 시작했을 뿐만 아니라 가랑이를 어깨 너비 두 배 이상 쩍 벌려서 자드락길을 완전히 틀어막았다.

"어라, 이게 어디서 못된 행패를 부려!"

눈딱부리 가마꾼도 만만치 않았다. 그가 가마 안쪽을 향해 잠시 뭐라고 말을 건넸다. 곧이어 가마를 내려놓더니 소매를 걷어붙였다.

길보 역시 봇짐을 부려놓고 주먹손으로 가슴을 툭툭 쳤다. 힘으로 겨루는 일이라면 자신이 있으니 얼마든지 덤벼보라고 꺼드럭거리는 자세였다.

"어허, 지금 누구 앞에서 떠세를 부리는 거여. 내가 이래봬도 지난해 백중 날 씨름판에서 판막음하여 황소 고삐를 사정없이 움켜쥐었던 놈이니께 만만하게 보다가는 코 깨질 것이여잉."

"내가 그런 시러베장단에 기가 죽을 줄 알았더냐. 오냐, 네가 길을 가로막았으니 오늘 내가 매운 맛이 어떤 것인지 확실히 보여주마."

눈딱부리 가마꾼이 앞으로 성큼성큼 나섰다.

자칫하면 몸싸움이 벌어질 판국이었다. 그런데 가마 안에서 꾀꼬리처럼 아름다운 목소리가 흘러나왔다.

"뭣들 하는가. 잘못했으면 공손히 사과하고 어서 가도록 하게나."

소매를 걷어붙였던 가마꾼들이 그 소리를 듣자마자 직수굿해졌다. 그리고 매천에게 고개를 공손히 숙이며 잘못을 빌었다.

"괜찮네. 좁은 자드락길이 잘못이라면 잘못이니 너무 미안해 하지 말게나."

말을 끝낸 매천이 몸을 돌리려할 때 가마를 두른 휘장이 바람에 살짝 날리면서 안에 타고 있던 아가씨의 얼굴이 드러났다.

그 순간 매천의 심장이 멎는 듯했다. 가마 안의 아가씨가 절세미인이라고 말할 수는 없었지만 매우 곱상한 얼굴에 순박함까지 갖추고 있었다.

가마꾼들이 가마를 메고 길을 떠나갔다. 매천은 얼음처럼 얼어버린 듯 멍하니 그 자리에 서서 가마의 뒤꽁무니를 바라보았다.

"운경 도련님, 가마를 타고 있던 그 아가씨 때문에 이러시는 거지요? 허허, 운경 도련님은 서책이 아니면 눈길을 주지 않았는데 오늘은 영판 다르네잉. 열심히 길을 가다가 이렇게 넋을 잃을 줄 꿈에도 몰랐단 말이여."

눈치 빠른 길보가 모든 상황을 다 짐작하고 히죽거렸다. 매천은 자신의 속마음을 길보에게 들켰던 것이 부끄러워서 얼굴이 화끈 달아올랐다.

"운경 도련님은 세상사를 빠삭하게 알고 있지만, 쇤네는 청춘남녀의 마음을 빠삭하게 읽어냅니다요. 이제 도련님 나이도 열넷이니 장가갈 때가 가까워졌습니다요. 어떻습니까요? 저 아가씨 집에 매파라도 넣어보라고 어르신께 말씀드려볼깝쇼?"

"걸음이나 어서 재촉하세."

매천이 몸을 돌려 잰걸음으로 나갔다. 뒤따라오던 길보는 뭐가 그렇게 재미있는지 연신 킬킬거렸다.

광양에서 구례 천변마을까지 오느라 거의 반나절이나 소요되었다. 매천은 도착하자마자 스승 왕석보의 집부터 곧바로 찾아갔다. 스승의 서재

앞 댓돌에 많은 신발이 놓여 있었다. 불길한 예감이 밀려왔다.

스승의 서재 안으로 들어갔다. 스승의 자제인 왕사각, 왕사천, 왕사찬의 3형제가 근심어린 얼굴을 하고 있었다. 그 중에서 첫째인 왕사각은 스승 대신에 매천을 가르쳐주었던 사람이었고, 막내 왕사찬은 절친한 친구로 지내는 사이였다.

그밖에도 동문수학의 인연을 갖고 있는 김봉선의 얼굴이 보였고, 육칠세 될까 말까한 낯선 어린 사내아이가 무릎을 꿇고 있었다.

김봉선金鳳善.

그는 전북 남원 출신이며, 호가 죽파였고, 고종을 가까이에서 모신 문신이었다. 훗날의 일이었지만, 1905년 을사조약이 체결되자 상소문을 올렸다. 그 이후에 정3품 당상관이 되었다가, 이어서 궁내부비서관이 되어 고종의 밀명을 수행했다.

그 밀명이란 을사조약으로 실추된 국권회복을 위한 방법 모색과 그와 관련한 정보 수집, 헤이그평화회의에 밀사 파견 등이었다. 그러나 일본의 방해로 헤이그 밀사 파견이 실패하고 고종이 퇴위하게 되자 고향으로 내려갔다. 낙향한 지 2년 만에 국권회복의 뜻을 이루지 못한 울분으로 병사했던 인물이었다.

스승은 깊이 잠들어 있었다. 스승의 얼굴을 뵌 지 얼마 지나지 않았는데 몰라보게 수척한 모습이었다. 평소 감정을 잘 노출하지 않았던 매천이었지만 스승의 그런 모습을 접하자 자신도 모르게 눈시울이 뜨거워졌다.

눈물을 흘리지 않으려고 고개를 치켜들었다. 벽에는 스승이 직접 짓고 붓으로 쓴 '방야독서方夜讀書:밤중에 책을 읽음'라는 칠언율시 한 수가 걸려 있었다.

소광疎狂한 십년 세월에 귀밑머리만 늘어나

눈 깜짝할 사이에 아침 해로 바뀌리.

붉은 잎 떨어져 누운 돌길을 지나

흰 거위 다 날아간 개울 위 다리를 건너네.

강 안개 가까우니 글방은 아름답고

저자 거리 멀어서 채소밭은 비옥하네.

무한한 시의 시름 기러기 날아오는 밤

등잔불은 자욱한 연기 속에 사그라지려 하네.

그 칠언율시는 늦가을에 밤늦도록 독서하는 정경을 묘사한 것이었으며, 인생의 무상함이 묻어나는 글이기도 했다. 붓글씨는 추사 김정희의 서풍書風을 닮아 매우 힘찼다. 그런데 이처럼 힘찬 필치를 보여주었던 스승이 이젠 수척한 모습으로 병석에 누워있다는 생각이 들자 슬픔이 더욱 부풀어 오르기 시작했다.

왕사찬이 매천에게 나지막한 목소리를 건넸다.

"먼 길 오라고 해서 미안하오. 아버님께서 운경을 자꾸만 찾으셔서 이렇게 되었소이다."

"병세가 많이 악화된 모양이구먼요?"

"며칠 사이로 급격히 나빠지셨소. 오전 내내 고통스러워하시다가 조금 전에 어렵사리 주무시기 시작했소이다."

매천은 스승께 큰절을 올리고 싶었으나 이제 막 깊은 잠에 빠져들었다고 하니 어쩔 수 없는 노릇이었다. 큰절 대신에 스승 옆에서 꿇어앉은 채 죄인처럼 고개를 한참동안 수그리고 있었다.

한 시간쯤 후에 큰 자제인 왕사각만 서재에 남고 매천을 포함한 모든 사람들이 밖으로 나왔다. 김봉선이 오랜만에 만난 매천을 덥석 껴안았다. 동문수학이라는 인연의 끈도 있었지만, 항상 서로를 격려해주고 가르쳐 주는 관계라서 도타운 우정을 갖고 있었다.

"스승님께서 운경만 찾으셨소이다. 그대는 항상 스승님의 희망이기도 하셨지요."

김봉선은 매천이 스승 왕석보로부터 가장 총애를 받았음에도 불구하고 한 번도 시기하는 법이 없었다.

"별말씀을 다 하시네요."

매천이 송구스러움을 참기 어려워 한 마디 했다.

"운경, 스승님의 병세가 가히 좋지 못하오. 왠지 자꾸만 불길한 생각이 드는 것을 어찌할 수 없소이다."

그는 말을 하면서 왕씨 형제들의 눈치를 힐끗 살폈다. 불길한 생각이 란 죽음을 의미했고, 그런 소리는 자식들에게 매우 가슴 아프게 들릴 수 밖에 없었다.

"괜찮소이다. 내 눈치 보지 마시오. 아마 아버님께서 조만간에 운명하실 것 같으오. 한 많은 세상을 살다가 돌아가시게 되면 저 세상에서는 편 안하게 지내실 수 있겠지요."

왕사찬이 주변 사람들의 마음을 편하게 해주려고 사랑채 쪽으로 걸어 갔다. 그의 발걸음에 힘이 실려 있지 않았다.

매천은 그가 '한 많은 세상' 이라고 했던 의미를 짐작하고 있었다.

조선시대 초에 개성왕씨들은 처지가 어려워서 이리저리 피신을 다녔 다. 스승님의 선조들도 마찬가지였다. 그래서 이 조그만 고을로 쫓겨 오거나 숨듯이 들어와서 살았을 터였다. 그리고 스승인 왕석보는 조정의 부패상에 환멸을 느껴 관직을 일찍이 포기하고 포의지사布衣之士로 일평생을 지내며 후학을 가르치는데 열중했던 분이었다.

모두 다 입을 다문 채 마루에 걸터앉았다. 매천은 건너편의 백운산을 우두커니 바라보았다. 그 산에 흰 구름이 걸렸다가 사라지고 또 걸리곤 했다. 아직 어린 나이였음에도 불구하고 그 구름을 보면서 인생이란 뜬구름처럼 덧없는 것이라는 생각을 하기에 이르렀다. 그리고 자신이 어렸을 때 돌아가셨다는 조부, 황직을 곰곰이 떠올려보았다.

조부는 양반가의 체통을 헌신짝처럼 버리고 돈을 모았으며, 그 돈으로 매천이 열심히 공부하여 대학자가 되기를 꿈꾸었다고 했다. 그런데 생전에 그런 꿈이 실현되는 것을 보지 못하고 덧없이 저 세상으로 떠나버렸던 것이다.

매천이 주먹을 불끈 쥐었다. 며칠 후에 있을 향시는 물론이고, 대과에 장원급제하여 그 한을 꼭 풀어드리겠다는 각오의 표현이었다. 그러다가 왠지 모를 힘에 의해 주먹이 스르르 풀렸다.

옆에 앉아 있던 김봉선이 매천의 소매를 잡아당겼다.

"운경, 얼마 전부터 스승님 밑에서 공부하기 시작했던 이 아이를 소개하지요."

김봉선의 이야기에 고개를 돌렸다. 조금 전에 스승 옆에서 무릎을 꿇고 있었던 칠팔 세 가량의 낯선 사내아이를 바라보았다. 눈이 맑고 용모가 매우 단정하여 보통내기가 아니라는 느낌이 전해져왔다. 마루에 걸터앉아 있던 그 아이가 펄쩍 뛰어내려 마당에 서더니 예를 올렸다.

"저는 나주 나가이며, 이름은 말 두斗자에 길 영永자를 씁니다."

목소리가 야무지고 대찬 기질이 느껴져서 나이보다 몇 살은 더 먹어 보일 정도였다.

나두영羅斗永.

그 이름은 어릴 때 사용했고, 차후에 인영으로 바꾸었다. 그리고 단군 교후에 대종교를 중건한 뒤에 이름을 철喆로 또 바꾸었다. 흔히 그의 호로 알고 있는 홍암弘巖은 단군교를 중광한 뒤에 사용한 도호道號였다.

훗날의 일이었지만, 그는 벼슬이 부정자副正字에 이르렀다. 1905년 을사 조약이 체결되자 의분을 참지 못하고 1907년 해학 이기와 함께 자신회를 조직하여 을사오적의 암살을 기도했다. 그러나 거사 직전에 탄로가 나서 신안군 지도에 유배되었다. 그 후, 특사로 풀려나 1909년 중광절에 대종 교를 창시하고 포교를 시작했다. 그리고 1916년 황해도 구월산 삼성사에 서 일제의 학정을 통탄하는 유서를 남기고 자결했던 인물이었다.

매천이 그의 얼굴을 꼼꼼히 살펴보다가 입을 열었다.

"두영아, 너의 고향은 어디더냐?"

"전라도 낙안군지금의 보성 벌교의 금곡마을에서 태어났습니다."

"예까지 무엇 하러 왔느냐?"

"세상의 이치를 알고 싶어서 왔습니다."

"그런 것은 알아서 무엇 하려고 그러느냐?"

"자신을 수양하고, 어지러운 세상을 바로 돌려놓고 싶어서입니다."

"그래, 그래, 기특하구나."

매천이 두영의 머리를 쓰다듬어 주었다. 그리고 자신의 어린 시절 추 억으로 빠져 들어가기 시작했다.

매천은 3살 때부터 숯 조각으로 벽에다가 글씨 쓰는 흉내를 냈다고 했다. 그리고 지금의 두영이 나이가 채 되기도 전에 서당에 다니기 시작했고, 공부를 하면 할수록 더욱 새로운 세상이 펼쳐진다는 재미를 알고 침식寢食마저 잊어버리곤 했다.

매천은 7세 때부터 이곳 천변촌에 사는 종형, 황담에게 글을 배우기도 했고, 백모 개성왕씨의 도움으로 스승 왕석보 문하에 들어갈 수 있었다. 조금 전에 자신이 두영에게 물었던 것처럼 그 당시에도 스승이 무엇 때문에 공부를 하려느냐고 물었던 적이 있었다.

또 매천이 왕석보 스승에게 글을 배울 적에 "연잎은 고기떼가 모여 노는 곳이요, 버들 숲은 꾀꼬리가 자라난 고향이다."라는 시를 짓자 스승이 깜짝 놀라며 장차 큰 인물이 될 것이라며 기뻐했던 기억이 새로웠다.

매천이 큰집을 찾아갔다. 저녁 무렵까지 스승의 집에서 기다렸다. 하지만 스승이 깊은 수면상태라서 문안인사를 올릴 기회가 없었다. 그래서 내일을 기약하고 잠잘 곳을 찾아 큰집으로 왔던 것이다.

김봉선은 근동에 살고 있었기 때문에 집으로 돌아가면서 내일 다시 만나기로 약속했다.

종형과 백모가 매천을 반갑게 맞이했다. 스승 왕석보는 종형의 외할아버지였고, 백모에게는 친아버지였다. 그래서 왕석보의 병환 때문에 침울한 표정을 짓고 있던 중이었는데 매천이 찾아오자 활짝 웃었다.

백모 개성왕씨는 남편인 황흠묵이 일찍 세상을 떠나게 되어 과수댁이 되고 말았다. 황흠묵은 매천의 큰아버지였다. 매천의 아버지 황시묵은 아들의 공부를 위해 어릴 때부터 형수인 개성왕씨의 집에 종종 맡기곤 했다. 그처럼 자주 접하다 보니 매천은 백모가 친어머니 같았고, 백모 역시 매천을 친아들처럼 여기며 아껴주었다.

"이건 저희 어르신께서 보낸 쌀입니다요."

길보가 마루 위에 쌀자루를 내려놓았다. 사실상 선물이라고 가져왔지만 하룻밤 묵는 대가에 지나지 않았다.

"너희집 형편도 넉넉하지는 않을 텐데……."

백모가 감사하다는 뜻으로 쌀자루를 하염없이 쓰다듬었다.

"운경아, 어서 안으로 들어가자."

황담이 매천의 소매를 잡아끌었다.

매천은 종형의 집에 오기만 하면 마치 자기 집에 들어선 것처럼 편안하게 느껴졌다. 게다가 종형의 방에 들어가면 서책이 빼곡히 들어차 있고, 묵향이 그윽하게 배어 있어서 마음의 고향에 온 듯한 느낌이 들곤 했다.

"형님, 여전하시네요. 그런데 저의 스승님께서 건강이 악화되어 어쩌죠?"

"그러게 말이다. 외할아버지께서는 수많은 제자들을 길러냈고, 앞으로도 그런 일을 계속 하셔야 할 분인데 회갑도 보지 못하고 저렇게 되셨으니 안타깝기 그지없다. 어떻게 손을 쓸 도리가 없으니 무척 괴롭구나."

황담이 한숨을 내쉬더니 화제를 바꾸었다.

"아참, 네가 향시에 응시한다지?"

"부끄럽습니다. 아직 학문이 게꽁지만한데 아버님께서 자꾸만 재촉해서 이렇게 되고 말았습니다."

"아니다. 너는 비록 어리지만, 조부님의 유지를 충분히 받들 만큼 학문을 열심히 닦았기 때문에 세상 사람들을 깜짝 놀라게 해줄 수 있을 것이다. 조부님이 생전에 소망했던 것처럼 입신양명하여 우리 집안을 일으켜 세워야 한다.”

매천은 종형의 ‘입신양명’이라는 소리에 가슴이 내려앉는 것을 느꼈다. 물론 입신양명하는 것이 나쁜 것도 아니었고 자신 없는 일도 아니었다. 하지만 공자님의 말씀대로라면 가슴이 무거워질 수밖에 없었다.

공자는 “옛날의 학문은 위기爲己였는데 오늘의 그것은 위인爲人이다.”라며 통탄했다. 정자 역시 “옛날의 벼슬아치들은 위기였는데 오늘날의 벼슬아치들은 위인이다.”라고 했다. 그러니까 사사로운 자기를 위해 학문을 한다거나, 남이 자신을 알아주기 위한 학문을 하지 마라는 거였다. 또 입신양명을 노리는 것이 아니라 자신의 내면을 채우고 넓히는 학문에 뜻을 두라는 이야기였다.

황담이 매천의 표정을 읽어내고 물었다.

“운경아, 무슨 어려운 점이라도 있단 말이냐?”

“아닙니다.”

“예전에 내가 너를 잠시나마 가르친 적이 있긴 하다만 이젠 내가 너에게 배워야 할 만큼 너의 학문이 대단해졌다. 그것은 너의 스승님께서도 이미 인정하고 있는 것이지 않느냐. 그까짓 향시가 별것이더냐. 최선을 다해 노력하면 좋은 결과가 있을 것이다.”

매천은 종형의 격려에도 굳은 표정을 풀지 못했다. 그건 현실과 이상의 괴리가 너무나 크기 때문이었다.

“형님, 위기지학을 생각하면 입신양명이라는 단어가 서글프며 어리석게 느껴지고, 조부님과 부모님을 생각하면 그런 약한 마음을 먹어서는 아니 되고, 이래저래 마음이 편하지 않으니 한 마디로 정리해서 낭패불감입니다."

낭패불감狼狽不堪.

여기에서 '낭狼'과 '패狽'는 본래 동물 이리의 이름이었다. 그런데 낭은 앞다리가 길고, 패는 앞다리가 짧은 동물로, 낭은 패가 없으면 서지 못하고, 패는 낭이 없으면 걷지 못하므로 반드시 함께 행동할 수밖에 없다고 했다.

'낭패불감'이라는 말은 『문선文選』 '이밀 진정표'에 나왔는데, 진나라의 정치가였던 이밀은 일찍이 부모를 여의고 할머니 슬하에서 자라나 촉한의 관리가 되었다. 그런데 촉한이 멸망하자, 진무제 사마염이 그를 태자세마로 임명하려고 했으나 거절했다고 한다. 그런데도 사마염이 계속해서 요청하자 자신의 처지를 다음과 같은 글로 써서 올리게 되었다.

"저는 태어난 지 6개월 만에 자애로운 아버지를 여의었고, 네 살 때 어머니는 외삼촌의 권유로 개가를 했습니다. 할머니께서는 저를 불쌍히 여겨 직접 길러 주셨습니다. 저의 집에는 다른 형제가 없으며, 큰 아버지나 작은 아버지도 없어 의지할 곳이 없어 쓸쓸합니다. 저는 어렸을 때 할머니가 아니었다면 오늘날 있지 못했을 것입니다. 그런데 지금은 할머니께서 연로하시니 제가 없으면 누가 할머니의 여생을 돌봐 드리겠습니까? 그렇지만 제가 관직을 받지 않으면 이 또한 폐하의 뜻을 어기는 것이 되니, 오늘 신의 처지는 정말로 낭패스럽습니다."

이 편지로 말미암아 이밀의 간곡한 요청이 사마염에게 받아들여져 관직에 나가지 않을 수 있었다고 하는데, 이런 고사에서 유래된 '낭패불감'의 뜻은 난감한 처지에 놓였음을 말하고 있었다.

황담은 매천이 '위기지학'과 '위인지학' 때문에 난감한 표정을 짓게 되었다는 것을 그때서야 확실히 알아차렸다.

"운경아, 옛말에 선비는 자기에게서 모든 것을 구하고 자기에게서 모든 것을 찾는다고 했다. 그리고 선비의 학문은 위인지학이 아니라 위기지학이라고 했다. 하지만 자기를 바로 세우는 일이 곧 남을 바르게 만들어주는 일이나 마찬가지 아니더냐. 수신修身에서 몸 신身 자는 나의 것만이 아니라 오륜五倫의 신이고, 국가의 신이고, 남을 바로세우기 위한 마음이나 마찬가지이다. 그래서 공자님께서도 위기와 위인을 합하여 수신제가 치국평천하라고 말씀하지 않으셨더냐. 아무런 걱정 말고 장차 대과까지 응시하여 남보란 듯이 장원급제했으면 원이 없겠다."

매천은 종형의 이야기를 묵묵히 듣고 있다가 말이 끝나자마자 눈빛을 날카롭게 벼리며 말했다.

"형님, 천하의 도道가 땅에 떨어졌습니다. 운현이 권력을 잡기 시작하면서 매관매직이 더욱 횡행하고, 초적의 무리들이 곳곳에서 날뛰고, 구미 열강이 조선을 호시탐탐 노리고 있지 않습니까. 이런 혼란한 시절에 입신양명을 꿈꾼다는 게 어리석은 일인지도 모르겠습니다."

열네 살의 소년이 했던 말이라고 믿어지지 않을 만큼 야무졌고, 심기도 확고했다.

여기에서 '운현雲峴'은 운현궁이며 곧 고종의 생부인 흥선 대원군을 지칭했다. 운현궁은 그의 저택이었고, 궁궐과 직통으로 연결되었으며, 이곳에서 정치를 하다가 임오군란 때 청나라 천진으로 납치되기도 했다. 그래서 '운현'이 흥선 대원군의 별칭이 되었던 것이다.

훗날이지만, 매천은 야록을 집필하면서 가장 먼저 운현궁과 고종의 탄

생부터 이야기했는데 내용은 다음과 같았다.

> 관상감은 일명 서운관이라고도 하는데 고종의 잠저潛邸는 바로 서
> 운관의 자리이며 그래서 이곳을 운현궁이라 칭한다. 철종 초에 서울
> 장안에는 관상감 터에서 성인聖人이 나온다는 동요童謠가 나돌았고, 또
> 한 운현궁에는 왕기王氣가 서려있다는 이야기가 있더니 얼마 되지 않
> 아서 지금의 왕인 고종이 탄생했다. 고종이 등극한 이후 대원군 이하
> 응은 그곳을 말끔히 치워내고, 수리數理에 달하는 담장에 네 개의 문을
> 새롭게 만들었으며 대내大內를 장엄하게 꾸몄다.

또 매천은 그의 야록에서 매관매직의 작태를 적나라하게 밝히는 글 여
러 편을 남겼는데, 그 중에서 하나를 보면 다음과 같다.

> 서울에서 상점을 경영하던 배동익이라는 자가 있었는데 돈줄이 매
> 우 확고했다. 매양 정비政批를 당할 때마다 관직을 사려고 하는 자가
> 서로 다투어 어음을 바쳤다. 이런 때면 고종은 반드시 "이것은 배동익
> 에게서 나온 어음인가"라고 물었다. 고종은 서울이나 지방의 큰 부자
> 로 이름 있는 사람들을 대부분 다 알고 있었다.

매천이 풍문으로 떠돌았던 이야기를 종형에게 해주면서 부정부패에
관련된 사건을 전할 때면 무척 분개했고, 초적의 무리가 날뛰는 이야기나
구미열강의 침탈 조짐을 이야기할 때는 나름대로 정세분석을 내놓기도
했다.

황담은 매천이 평소에도 세상사 돌아가는 일에 무척 관심이 많았고 또한 번 듣거나 읽으면 잊어버리지 않는 탁월한 기억력의 소유자라는 것을 잘 알고 있었다. 매천이 도대체 어디에서 그런 수많은 소문을 들었으며, 또 어떻게 기억하고 있는지 믿어지지 않았다. 하지만 매천의 이야기보따리가 크기를 감히 측량할 수 없을 만큼 거대하다는 것은 인정하고도 남음이 있었다.

그런 것들은 매천의 장점이면서 단점이랄 수도 있었다. 매천이 그처럼 많은 것을 알고 기억한다는 것은 신동이나 다를 바 없다는 것을 증명해주고 있었다. 하지만 궁벽한 산촌에서 자란 아이가 세상사 돌아가는 일에 너무나 매달리다보면 학문에 정진해야할 시기에 자칫하여 정신이 흐트러질 수 있기 때문이었다.

황담은 매천이 혹시나 엇길로 빠지지 않을까 염려되었다. 세상사를 보면 재주가 뛰어난 사람들이 엇길로 빠져 폐인처럼 지내는 경우가 더러 있었다. 하지만 황담은 매천을 굳게 믿었다. 불의를 보면 참지 못하는 강직한 성품에다가 의지가 강고했으며 사리 판단이 맺고 끊는 듯하여 사악한 길로 빠진다거나 스스로 무너질 염려는 없어 보였다.

"운경아, 네 심정을 모르는 것은 아니다. 하지만 지금 너는 학문에 묵묵히 정진하여야 할 때이니 너무나 오지랖이 넓어서는 아니 된다. 자, 등불을 끄고 잠을 청하도록 하자. 내일 아침 일찍 일어나서 스승님께 문안인사를 드리고 또 향시를 보러 떠나야 하지 않겠느냐."

황담이 이부자리를 깔아준 다음에 등불을 껐다.

칠흑 같은 밤이었다. 먼 곳에서 부엉이 울음소리가 구슬프게 들려왔다. 밤은 안식安息이었다. 그런데 매천은 먼 길을 걸어와서 피곤했음에도 불구하고 한 가지 생각에 빠져 쉽게 잠들지 못했다. 매천의 부스럭거리는 소리를 듣고 황담이 입을 열었다.

"왜 잠을 이루지 못하느냐? 편히 잠자야 내일이 피곤하지 않다. 무슨 걱정거리라도 있느냐?"

"아무 일도 없습니다."

"괜찮다. 어려워하지 말고 이야기해봐라."

"아무 일도 아니라니까요."

매천이 옆으로 돌아누웠다.

밤이 연출하는 어둠의 깊이는 감히 측량하기 어려웠다. 그 어둠 속을 끝없이 달려가면 어디가 나올 것인지 예측할 수 있는 사람은 아무도 없을 터였다. 밤은 그저 어둠을 몰고 온 누리를 덮었다가 동녘에서 햇귀가 솟구칠 때면 어디론가 말끔히 사라지곤 했지만 다시 밤이 찾아오면 그 어둠을 몰고 와서 소리 없이 풀어놓곤 했다.

매천은 수많은 생각들이 머릿속에서 겯거니틀거니 거듭하다가 제멋대로 흐트러져 갈피를 잡기 힘들었다. 그런 흐트러짐 속에서 아주 묘하게도 한 가닥의 생각과 환상이 새싹처럼 솟아올라 잠을 이루지 못하고 있었다.

낮에 화엄사 앞의 자드락길에서 만났던 가마가 어둠 속에 둥둥 떠 다녔다. 바람이 살짝 불어 휘장이 날리면서 아가씨의 얼굴이 드러났다. 매우 곱상한 얼굴에 순박함까지 갖춘 그 아가씨의 모습이 자꾸만 또렷하게 드러나자 심장이 북처럼 둥둥거렸다.

예전에 없던 이상한 일이었다. 애오라지 앞길만 보고 달려왔다고 말할 수 있을 만큼 공부만 했기 때문에 그런 현상은 더욱 이상할 수밖에 없었다.

매천은 여태 서책이나 세상 돌아가는 일 외에는 관심을 보이지 않았다. 또래 아이들이 종이 연을 날리거나 팽이를 치며 깔깔대도 그런 놀이에 전혀 관심이 없었다. 관심이 없었다기보다 그런 놀이에 흥미를 느끼지 못했다.

간혹 남사당패들이 마을에 찾아와서 대접을 돌리고, 땅재주를 넘고, 줄타기를 하고, 탈놀음이나 꼭두각시놀음을 하며 사람들의 혼을 빼놓았을 때도 매천은 그들에게 눈길 한 번 제대로 주지 않고 유유히 지나쳐 서당을 찾아가곤 했다. 그런데 가마에 타고 있었던 그 아가씨에 대한 생각이 온몸을 밧줄로 꽁꽁 묶어버린 듯해서 아무리 용을 쓰며 발악해도 벗어나기 힘들었다.

"아직도 자지 않느냐?"

황담의 목소리가 들리자 매천은 자신의 속마음을 모두 들킨 사람처럼 흠칫 놀랐다. 얼굴이 화끈 달아올라서 자신도 모르게 손바닥으로 얼굴을 가렸다. 칠흑 같은 어둠 속이라서 들킬 염려가 없다는 것을 알아차리고 나자 옥죄였던 마음을 풀어놓을 수 있었다.

매천은 자신에게 이처럼 소심한 구석이 있다는 것을 처음으로 느꼈다. 아이답지 않게 담대하다는 이야기를 어느 누구에게나 듣고 살아왔다. 고을의 수령 앞에서도 주눅 들지 않았고, 밤길을 갈 때도 호랑이를 무서워하지 않았다. 그런데 이상하게 변해 있었던 것이다.

종형에게 자신의 속마음을 모두 털어놓을까 말까 하는 생각이 엎치락뒤치락했다. 괜히 생머리가 어지럽기조차 했다. 이처럼 고통스러울 바에는 어둠이라는 것을 이용하여 모든 것을 털어놓으리라 마음먹었다.

"형님."

"왜 그러느냐?"

"긴히 드릴 말이 있습니다."

"뭐가 어려워서 뜸을 들이느냐. 해보아라."

매천이 칠흑으로 가득 쌓인 방안을 둘러보았다. 눈앞에 손가락을 대주어도 보이지 않을 정도였다. 종형이 목소리만 내지 않으면 어디에 누워있는지조차 짐작하기 어려울 정도였다. 어둠은 그래서 편한 것인지도 모른다는 생각을 하며 매천이 입을 열었다. 그런데 막상 튀어나온 것은 그 아가씨에 관한 이야기가 아니었다.

"형님, 마산에 오현위라는 어르신이 살고 있습니까?"

"허허, 싱겁기는. 그 양반에 대해서 물어보는 것이 뭐가 어려워서 자꾸만 뜸을 들였단 말이냐. 그래, 그 양반은 해주오씨인데, 구례에서 제법 알아주는 사람이다. 그런데 그 양반은 왜 물어보는 거냐?"

"아무것도 아닙니다. 피곤하니까 그냥 잠이나 잡시다."

"허참, 싱겁기는……."

황담이 웃었다.

매천은 이불을 푹 둘러썼다. 이불 속은 칠흑의 어둠이었다. 그리고 먼 곳에서 들려오던 부엉이의 구슬픈 울음소리마저 차단되어 그야말로 빛도 소리도 없는 완전한 어둠이었다. 그런데 그 어둠 속에서 아지랑이가 느닷없이 피어나 흐느적거렸고, 어여쁜 꽃들이 환하게 미소 지으며 그 자태를 뽐내기 시작했다. 꽃잎 위에 살포시 내려앉았던 나비들이 제 짝을 찾아가려고 날개를 나불나불 흔들며 허공으로 날아올랐다. 꽃향기가 진동하고 있었다.

매천이 왕석보에게 공손한 자세로 큰절을 올렸다.

왕석보는 와병 중이라서 몸을 스스로 가누기 힘들었다. 그래서 아들들의 부축을 받고 간신히 자리에 앉아서 절을 받을 수 있었다.

"운경아, 네 얼굴이 무척이나 보고 싶었다. 너는 뛰어난 자질을 갖고 있으며, 학문 수양의 경지 또한 탁월하다. 장차 대학자가 될 것이니 끝없이 정진하도록 하여라."

또박또박한 말투로 일렀다. 그 말투로만 보면 와병 중인 사람이라고 믿을 수 없을 정도였다.

"각별히 명심하겠습니다. 하오나 제자는 아직도 한량없이 어리석습니다. 스승님께서 하루 속히 쾌차하시어 저의 어리석음을 계속 깨우쳐 주셔야만 하옵니다."

"내가 더 이상 너를 가르칠 수 없을 것 같구나. 운경아, 공자님께서 말씀하시기를 열다섯 살에 학문에 뜻을 두었고, 서른 살에 모든 기초가 확립되었다고 하셨다. 하지만 너는 훨씬 뛰어나서 이미 기초 확립의 단계를 넘어섰느니라."

왕석보가 공자와 매천을 비교하여 말했다.

『논어』의 '위정편'을 보면, 공자가 자신의 일생을 회고하면서 학문 수양의 과정을 이렇게 이야기했다.

"자왈子曰, 오십유오이지우학吾十有五而志于學하고 삼십이립三十而立하고 사십이불혹四十而不惑하고 오십이지천명五十而知天命하고 육십이이순六十而耳順하고 칠십이종심소욕七十而從心所欲하야 불유구不踰矩호라."

그 뜻은 '나이 15세에는 학문에 뜻을 두었고, 30세에는 모든 기초가 확립되었으며, 40세에는 사물의 이치에 대하여 의심나는 점이 없었고, 50세에는 천명을 알았고, 60세에는 남의 말을 순순히 받아들일 수 있었고, 70세에는 마음이 하고자 하는 바대로 행하여도 도에 어긋나지 않았다' 라고 해석할 수 있었다.

매천은 스승의 이야기가 너무나 황송하여 머리를 크게 숙였다.

"스승님, 어리석은 저에게 과찬의 말씀이옵니다. 제자는 스승님께서 하루 속히 쾌차하시기를 두 손 모아 빌 따름입니다."

"네 얼굴을 보았으니 이젠 더 이상 바랄 것이 없구나. 어서 가보아라."

왕석보가 깡마른 손을 내밀었다. 죽기 전에 애제자의 손을 한 번 잡아보고 싶다는 뜻이었다. 매천이 스승의 손을 붙들었다. 스승의 손아귀에는 아무런 힘도 남아 있지 않았다. 하지만 뜨거운 기운만큼은 쉴 새 없이 흘러들어왔다.

매천이 큰절로 하직인사를 하고 서재를 나서자마자, 왕석보는 더 이상 앉아있을 힘이 없어서 쓰러지듯 자리에 눕고 말았다.

매천이 '천사 시고 서川社 詩稿 序' 라는 글에서 스승인 왕석보를 이야기했는데, 『국역 황매천 및 관련인사 문묵췌편』을 보면, 다음과 같았다.

호남의 동쪽에 봉성현鳳城縣:지금의 구례이 있으니, 전도全道 중에서 탄환지彈丸地만한 고을이다. 천사 왕 선생이 이 고장에서 태어나 전도가 봉성을 시향으로 추켜올렸다. 이제 선생이 돌아가신 지 이십여 년 선생을 추종하는 시파詩派의 흐름이 점점 넓어져 차차 작가의 대열에 오르니, 선생 같은 분은 풍기風紀:풍속에 대한 일정한 규칙이나 질서에 관계되는 분이라고 할 만도 하다……. 〈중략中略〉

선생은 일찍이 아버님을 여의고 어머니 모시기를 몸과 마음에 맞게 봉양했다. 처음에는 효자라고 소문이 났고, 중년에는 유학 이외의 분야에 넘나들어 임둔법王遁法과 태을太乙의 술서術書를 익혀 다시 뛰어난 재사로 소문이 났다. 늙어서는 시의 성병聲病: 결점이 있는 詩賦을 마음에 새기고 온 심력을 기울여 공교롭게 파고들어가 기이하게 표현하니, 시인으로 원근에 소문이 났으나 아무도 이의가 없었다……〈하략 下略〉

이른 아침에는 하늘이 매우 맑았다. 그런데 어느새 하늘에 매지구름비를 머금은 검은 조각구름이 깔리기 시작하더니 금방이라도 굵은 빗방울이 쏟아질 기세였다. 주변은 오전임에도 불구하고 땅거미가 진 것처럼 어둠침침해졌고, 길 우측에 있는 지리산이 구름에 온통 휩싸여 몇 개의 봉우리만이 거친 밤바다를 항해하는 돛단배처럼 위태롭게 떠 있었다.

매천이 전라감영으로 가기 위해 길을 서둘렀다. 길보와 천석이 뒤따랐다.

백모와 종형은 향시를 위해 먼 길을 떠나는 매천을 위해 자기 집에서 일하는 천석이라는 종을 붙여주었다. 매천이 사양했지만 그들의 고집을 꺾을 수 없었다.

녹음방초승화시綠陰芳草勝花時.

'우거진 신록과 향기로운 풀이 꽃보다 나은 때' 라는 말처럼 산하가 온통 초록 빛으로 물들어있는 초여름이었다. 그 신록이 하루가 다르게 연록색에서 진초록 색으로 바뀌면서 향기로운 풀냄새를 무시로 흘려보내고 있었다.

매천 일행이 남원으로 가기 위해 밤재를 넘기 시작했다. 그 일대에는 매천의 선조들이 대대로 살았던 마을이 있었다. 그 밤재를 다 넘어갈 때까지 운 좋게도 비를 만나지 않았다. 그런데 밤재에서 십 리쯤 걸어갔을 때 작달비가 쏟아지기 시작했다. 장맛비였다.

길보가 비를 이미 예상하고 매천의 것으로 갈모, 유삼油衫, 나막신을 마련해 놓았다. 그리고 길보 자신과 천석의 것으로 삿갓과 도롱이를 준비해 왔다. 하지만 비가 워낙 거세게 몰아쳐서 그런 것은 아무짝에도 소용이 없었다.

물에 빠진 생쥐 꼴이 되어버린 길보와 천석이가 하늘을 올려다보며 연이어 소리쳤다.

"어허, 하늘 밑구멍이 뻥 뚫렸나? 에라이, 이젠 엔간히 내리랑께!"

"정녕 이처럼 쏟아지려면 세상 모든 것이 깡그리 떠내려가도록 퍼부어버려라!"

그들은 비에 흠뻑 젖은 분풀이로 하늘을 향해 삿대질까지 했다.

매천은 그 비가 하늘의 통곡처럼 느껴졌다. 스승님의 신색을 살펴보니 오래 살 수 없을 것처럼 보였다. 어느 누구의 죽음이든지 그건 생의 종말이요, 다시 돌아올 수 없는 먼 이별이었다. 그래서 슬픔이 따르기 마련이었다.

천사 왕석보는 당대 호남 제일의 석학이었으며, 한시와 주역에 능통한 인물이었다. 그런 그는 젊은 시절에 과거를 보러 한양으로 갔다가 청탁이 난무하는 것을 보며 실망스러워서 낙향해버렸다. 그리고 학문 연구와 제자 양성에 일생을 묵묵히 바쳤다.

왕석보의 선조인 왕득인은 정유재란 때 섬진강을 따라 구례지역으로 침범한 왜구를 석주관에서 방어하다가 전사했던 '석주관 칠의사' 중의 한 사람이었다. 그래서 구례지역의 왕씨들은 지사적인 기질이 강했다. 왕석보 역시 그런 선조들의 피를 이어받아 학문에 열중하며 한평생을 고고하게 살아왔다.

매천은 비를 피할 마땅한 곳이 없어서 그냥 빗속을 뚫고 전라감영이 있는 전주를 향해 걸어갔다.

대오리로 만든 살에 한지를 붙이고 들기름을 먹였던 갈모가 작달비를 이기지 못하고 너덜너덜해졌다. 역시 들기름을 먹여 만들었던 유삼油衫도 그 작달비를 이기지 못해 빗물이 안으로 뚫고 들어와 온몸이 축축해졌다.

빗줄기가 매천의 얼굴을 때렸다. 비를 맞을수록 서글픈 마음이 씻겨 내렸고, 가슴도 후련해졌다. 그뿐만 아니라 비는 홍진紅塵마저 말끔히 씻어주는 듯했다.

옛말에 '장맛비는 초록비'라고 했다. 비가 내리고 나면 곡식이 쑥쑥 자라나서 논밭이 초록색으로 물들기 때문이었다. 그래서 고달프게 살아가는 빈농들에게는 더없이 감사한 단비였다.

매천은 끊임없이 쏟아지는 빗줄기를 바라보다가 문득 '은죽銀竹'이라는 단어가 떠올랐고, 당나라의 시선詩仙인 청련거사 이태백을 생각했다. 그가 이런 빗줄기를 은죽銀竹이라고 표현했다. 그의 표현대로 어스름을 뚫고 은색의 대나무가 쑥쑥 자라나는 듯했다.

"청련거사는 역시 천재성을 갖고 있는 시인이었어. 그렇지만……."

매천이 혼잣말로 중얼거리다가 갑자기 멈췄다.

청련거사가 천재적인 시인이었을망정 당나라 현종을 찬미하는 시나 쓰다가 말년에는 줄을 잘못 서서 감옥에 갇히고 결국은 투신자살하기에 이르렀다.

고사에 따르면, 현종이 이백을 총애하여 양귀비에게 먹을 갈게 하고 당대의 세도가였던 환관 고력사에게 신발을 벗기게 했을 정도였다.

사람들은 이백이 병사했다거나 아니면 술에 취한 채 달을 잡으려다가 물에 빠져죽었다고 미화해서 이야기했다. 그렇지만 위기지학을 끝내 견지하지 못하고 권력에 빌붙었던 것으로 보아 투신자살했다는 것이 논리적으로 훨씬 더 타당하다는 생각이 들었다.

이백뿐만 아니라 도연명도 비판받을 점이 있었다.

도연명은 젊어서 면학에 힘쓰다가 19세쯤에 주州의 관리로 13년간 관직생활을 했다. 그러나 입신의 뜻을 제대로 이루지 못하자 은거할 마음을 먹고 그 유명한 '귀거래사'를 지었다. 그런데 사실은 도연명이 '귀거래사'를 짓고 은거에 들어가기 이전에도 관직을 구할 목적으로 네 차례나 출사와 은퇴를 거듭했던 인물이었다.

매천이 빗속에서 이백이나 도연명을 맹목적인 비판의 대상으로 삼았던 것은 아니었다. 그들의 잘못을 타산지석으로 삼아 자신을 성찰하는 계기로 삼으려했다.

"운경 도련님, 하천이 불어나서 건너기 힘들 듯합니다요. 아마 어디론가 돌아가야 할 듯싶습니다요."

길보와 천석이 장맛비로 불어난 하천을 바라보며 전전긍긍하고 있었다.

남원에서 얼마 떨어지지 않은 지점이었다. 지리산의 구룡계곡에서 집수된 빗물이 흘러 내려와서 하천이 넘실거리고 있었다.

공자가 말하기를, 지혜로운 사람은 당황하지 않고, 어진 사람은 근심하지 않고, 용감한 사람은 두려워하지 않는다고 했다.

매천은 당황하거나 근심하지 않고 하천의 흐름 상태를 꼼꼼히 살펴보

앉다. 장맛비가 거세게 쏟아져서 하천에는 흡사 아홉 마리의 황룡이 힘차게 꿈틀거리듯 붉덩물이 소쿠라지고 있었다. 그런 광경을 잠시 쳐다보기만 해도 어지럼증이 솟구쳤다.

하천을 가로질러 드문드문 놓아두었던 징검다리의 돌들이 그 황톳물에 잠겨 형체가 확연히 드러나지 않았다. 만약에 여기서 건널 수 없다면 상류 쪽으로 거슬러 올라가서 수심이 얕은 곳을 찾아야 했다.

그런데 문제는 하천을 건널 만한 적당한 곳을 찾기 위해 얼마나 올라가야 할 것이며, 그렇게 시간을 허비하다가 향시에 맞춰 전라감영에 무사히 도착할 수 있느냐 하는 것이 걱정이었다.

잠시 하천을 살펴보던 매천이 자신의 양 팔을 좌우로 펼쳤다. 흡사 독수리가 창공으로 비상하려는 듯한 자세이기도 했다.

"여보게들! 세 사람이 손을 맞잡고 건너가면 위험하지 않을 듯싶으이. 자, 어서 손을 잡세."

매천이 전혀 두려워하지 않고 황톳물이 소쿠라지고 있는 하천을 건너자고 말하자, 두 사람의 눈동자가 휘둥그레지고 말았다. 물 깊이가 얼마나 되는지 알 수 없는데 무작정 건너다가 돌이킬 수 없는 화를 당하기 십상이었다.

"운경 도련님, 위험할 듯싶습니다요."

"황톳물이라서 바닥이 잘 보이지 않지만 저 징검다리 돌들 위로 넘쳐 흐르는 물살을 자세히 살펴보면 발목 이상 차오르지 않을 것이라는 확신이 드네. 그렇지만 우리가 여기에서 망설이며 시간을 보내다가는 머지않아 무릎 이상까지 차오르게 되어 물이 빠질 때까지 기다려야 할 것이네."

매천이 징검다리 첫 번째 돌 위로 발을 올려놓았다. 그가 말했던 것처럼 물이 발목 약간 위쪽에서 넘실거리는 상태였다. 예리한 관찰력이었다.

"시간이 없네. 어서 손을 잡세."

길보와 천석이 다가와서 매천의 좌우 손목을 단단히 움켜쥐었다.

"어허, 그게 아닐세. 내가 자네들의 손목을 잡을 테니 이 손들을 놓게나."

"쇤네들이 잡아야 위험하지 않습니다요."

"어허, 내 말대로 따르기만 하게나."

매천이 중앙에 서서 좌우 손으로 두 사람의 손목을 움켜잡았다.

"됐네. 어서 건너세."

길보가 앞장서서 징검다리의 돌을 확인하며 건넜고, 두 번째는 매천이었고, 맨 끝에 천석이 뒤따랐다.

하천의 물이 많이 불어났고 물살도 거셌다. 하지만 매천이 말했던 것처럼 하천 중앙에 도달했을 때도 발목의 약간 위쪽까지 차올랐을 뿐 크게 위험한 상황은 아니었다. 게다가 세 사람이 손을 이어 잡고 건너가기 때문에 균형을 잃고 물살에 떠내려갈 위험이 현저하게 줄어든 상태였다.

세 사람이 하천을 무사히 건넜다. 길보가 고개를 갸웃거리며 매천에게 물었다.

"운경 도련님, 쇤네들은 농사일을 많이 하여 힘이 좋습니다요. 그러니까 도련님이 쇤네들의 손목을 잡는 것보다 쇤네들이 도련님의 손목을 잡는 것이 더 안전하지 않았겠느냐, 뭐, 이런 이야기입니다요."

"모르는 소리 말게나. 자네들이 내 손목을 잡고 하천을 건너다가 만약에 어려운 지경에 처하게 되면 손을 놓아버릴 것이 아닌가. 그러면 내가 물에 떠내려가는 위험에 처하고 말 것일세. 그래서 내가 자네들의 손목을 잡았던 것일세."

매천이 웃음을 지었다. 길보와 천석은 매천이 했던 말을 잠시 더듬어보다가 그를 따라서 배시시 웃었다.

"역시 운경 도련님의 영특함은 천하제일입니다요."

길보가 엄지를 펴서 하늘로 치켜세웠다.

얼마 후에 일행들이 요천에 놓인 다리를 건너 남원 땅을 들어갔다. 뽀얀 빗줄기 속에 광한루가 동그마니 앉아있었다. 매천이 손가락으로 그곳을 가리켰다.

"저 광한루에서 비를 잠시 피했다가 길을 떠나도록 하세."

사실상 비에 흠뻑 젖은 상태라서 이젠 피하고 말 것도 없었다. 그렇지만 매천은 다른 생각을 갖고 있었다. 그 광한루는 먼 조상인 황희 정승이 유배를 왔다가 세운 것이었다. 그래서 비를 피한다기보다 조상의 음덕을 받고 싶었다.

세찬 비가 내리는 탓에 광한루에는 인적이 끊겼다. 그곳에 걸터앉아있는 매천은 흡사 황희 정승의 품에 안긴 듯했다. 열심히 노력하여 황희 정승의 명성에 부끄럽지 않는 사람이 되겠다고 각오했다.

은하수를 생각하며 만들었다는 연못에 물방울이 튀어 올랐다. 그 광경이 진짜 은하수처럼 보였다. 정원에 서있는 3백년 이상 되었음직한 버드나무가 세찬 비바람에도 의연한 모습으로 제자리를 지키고 있었다.

매천 일행이 남원과 임실을 지나 전주에 도착했다. 사흘에 걸친 여행길이었다.

장맛비에 물이 불어난 하천을 곧바로 건너지 못했으면 전라감영에서 치르는 향시에 참석하지 못할 뻔했다. 하지만 그 하천을 지혜롭게 건넜고, 나머지 여정도 무사하게 마쳐 계획했던 날짜에 무난히 도착했던 것이다.

일행들은 전주에 도착하자마자 눈이 휘둥그레지다 못해 혼이 빠질 지경이었다. 척박한 산촌에서 살았던 그들인지라 대처의 모든 풍경이 놀랍기만 했다.

전주읍성의 남문인 풍남루에는 2층으로 된 누각의 처마 밑에 '호남제일성'이라는 거대한 현판이 걸려 있었고, 그 누각 반대편에도 '풍남루'라는 현판이 걸려 있었다. 그리고 성문은 홍예 식으로 되어 있었다.

향시가 시작되려면 시간이 좀 남아 있었다. 매천은 자투리 시간을 활용하여 견문을 넓히기로 마음먹고 전주읍성 안의 여기저기를 기웃거리며 돌아다녔다.

경기전은 1410년태종 11에 태조 이성계의 어진을 봉안하고 제사하는 전각을 지어서 어용전御容殿이라고 불렀다. 그러다가 세종 때 경기전이라는 이름이 붙었는데, 정유재란 때 불에 타버려서 1614년광해군 6에 중건했던 건물이었다.

매천은 경기전을 에돌아 전주객사 앞에 이르렀다.

그 객사는 고려 전기부터 있었으며, 외국 사신이 방문했을 때 묵도록 했다. 그리고 때때로 연회를 열었던 장소였다. 조선시대에는 객사에 위패를 모시고 초하루와 보름에 삭망례를 올렸으며, 사신의 숙소로 이용하고 있었다.

전주객사의 열린 문틈으로 안쪽을 힐끗 훔쳐보았다. 광양읍성 안의 객사처럼 가운데 채가 높게 지어졌으며 좌우 채가 양쪽에 붙어있는 모습이었다. 그 가운데 채의 처마 밑에 '풍패지관豊沛之館'이라는 현판이 걸려 있었다.

'풍패지관' 중에서 '풍'은 중국의 현명縣名이고 '패' 군명郡名이었다. 한나라의 건국 시조 유방이 패군 풍현 중양리 출신이었던 까닭에 '풍패'라는 말은 건국 시조 또는 제왕의 고향을 지칭하는 말이 되었다.

전주객사에 그런 현판이 붙게 된 연유는, 중국의 사신이 이곳을 찾아와 둘러보고 나서 한고조의 고향과 흡사하다고 감탄하며 '풍패지관'이라는 이름을 지었다는 이야기가 전해왔다. 아무튼 전주객사에 그런 현판을 걸었던 것은 전주가 조선왕조의 발상지라는 뜻을 담고 있었다.

"운경 도련님, 사람들이 향시를 보려고 구름처럼 몰려들었습니다요."

천석은 전주읍성 내의 으리으리한 광경에 기가 질려서 목소리도 크게 내지 못했다.

"운경 도련님, 저기를 보시라니까요 글쎄. 어허, 당당한 기세가 하늘을 찌르고도 남습니다요. 그뿐입니까. 모두 다 학식이 풍부해보여서 야코가 팍 죽어 매카리힘가 하나도 없어지고 오금까지 저릴 정도입니다요."

이번에는 길보의 기죽은 목소리였다. 그는 사방천지에서 몰려온 양반 자제들이 활개를 치고 다니자 자신의 허리를 감히 펴기 힘들었을 뿐더러 온 몸에 힘이 빠질 지경이었다.

매천은 견문을 넓히기 위해 이곳저곳에 있는 건물을 둘러보다가 천석과 길보의 이야기를 듣고 전라감영 쪽으로 눈길을 돌렸다.

전라감영 앞에는 이번 향시에 참가하려는 사람들이 구름처럼 몰려들어 북새통을 이루고 있었다. 그리고 워낙 수많은 사람들이 몰려서 조잘대는 통에 악머구리 끓듯 했고, 그들 모두 다 내로라하는 양반 자제들임에 틀림없어서 저마다의 기세가 하늘을 찌르고 있었다.

양반 자제들의 대부분은 종들을 거느린 채 화장걸음_{팔을} 벌리고 뚜벅뚜벅
걷는 걸음을 하면서 위풍당당하게 보이려고 애를 쓰고 있었다. 어쩌면 그런
기세를 앞세워 다른 응시자들의 콧대를 미리 꺾어버리겠다는 속셈인지도
몰랐다. 하지만 매천의 눈에는 그들이 가소롭게 보일 뿐이었다.

잠시 후에 향시의 시작을 알리는 북소리가 크게 울렸다. 마치 찬물이
라도 쏟아부어버린 듯 악머구리 끓듯 소란스러운 분위기가 잠잠해졌다.

매천이 남모르게 심호흡을 한 번하고 나서 향시를 위해 임시로 지어놓
은 과장科場으로 들어갔다. 그리고 배치 받은 자리로 가서 지필묵을 꺼내
놓은 채 눈을 살포시 감고 정신을 집중시켰다.

잠시 후에, 시제가 발표되었다. 과장에 모였던 응시자들의 입에서 탄
성 비슷한 소리가 들리기도 하고 웅성거리는 소리가 한동안 계속되었다.
예상했던 것보다 시제가 까다로웠던 모양이었다.

매천이 잠시 생각하다가 어금니를 깨물며 하단전에 힘을 주었다. 그리
고 붓을 들어 단숨에 글을 써내려갔다. 곧이어 붓을 놓고 나서 팔짱을 낀
채 눈을 지그시 감았다.

"벌써 다 작성했을까?"

"글쎄, 잘 모르겠는 걸."

시험관 두 사람이 매천의 옆에 서서 이야기를 나누고 있었다. 시제가
까다로워서 쩔쩔 매는 응시자들이 많았는데 단숨에 답안 작성을 마친 매
천을 보고 뭔가 의아했던 모양이었다.

매천이 눈을 뜨고 시험관들을 바라보자, 두 명 중에서 수염이 긴 자가
질문을 던졌다.

"모두 마쳤는가?"

"그렇습니다."

"어허, 보아하니 나이도 어린데, 시제를 벌써 파악하고 다 작성했더란 말이지? 어렵지 않던가?"

"그렇게 어렵지 않았습니다."

"어허! 과거를 보는 자가 자만하거나 서두르는 것은 금물이야. 차분하게 살펴보고 여태까지 공부했던 것을 유감없이 발휘해야 하거든."

시험관이 매천의 글을 재빨리 읽어보더니 안색이 재빠르게 변했다. 그리고 옆에 있던 시험관에게 나지막하면서도 흥분된 목소리로 말했다.

"여보게, 이럴 수 있는 건가? 이 아이야말로 신동일세."

"뭐라고 했나? 어디 나도 좀 보세."

매천은 그들이 뭐라고 떠들건 전혀 상관하지 않고 눈을 다시금 지그시 감았다.

3

학동들의 서책을 읽는 목소리가 낭랑하게 울려 퍼졌다. 그 학동들은 언 땅을 소리 없이 찢어발기며 빛을 향해 솟구치는 샛노란 새싹들이었다.

매천이 글 읽는 학동들을 차례대로 둘러보았다. 서책에 코를 박고 글자를 따라 머루 같은 새까만 눈동자를 움직이고 있는 그들을 보면 나라의 장래가 결코 비관적이지만은 않았다. 이런 학동들을 잘 가르치고, 또 그들이 열심히 공부하게 되면 장차 나라의 훌륭한 대들보가 될 것임에 틀림없었다. 그런 생각이 들자 매천의 입가에는 자신도 모르게 미소가 피어나기 시작했다.

"아, 그렇지!"

매천은 학동들을 잘 가르쳐야 한다는 생각을 하다가 불현듯 '조장'이라는 단어가 떠오르자 고개를 수없이 끄덕거렸다.

조장助長.

이 말은 '도와서 자라나게 한다.' 라는 의미를 갖고 있었다. 그런데 '조급히 키우려고 무리하게 힘을 들이면 오히려 망친다.' 라는 또 다른 의미를 갖고 있기도 했다.

매천은 맹자와 그의 제자인 공손추가 정치에 대해 이야기를 나누었던 옛날의 고사를 떠올려보았다.

어느 날, 맹자가 공손추에게 호연지기를 설명하고, 기氣를 기르는 방법에 대해 설명하면서,

"호연지기를 기르면서 첫째 유념해야할 것은 그 행하는 것이 모두 도의에 맞아야만 하느니라. 만약에 기를 기르는 목적에 치우치면 잘못될 것이다. 그렇다고 해서 양기養氣의 방법을 잊어버리는 것도 좋지 않느니라. 그러니까 송나라의 어떤 사람처럼 너무 서둘러 무리하게 조장助長하려고 해서는 아니 된다는 것이다."

라고 했다. 그리고 송나라 어떤 사람에 관한 의미심장한 이야기 하나를 해주었다.

송나라의 어떤 농부가 모를 심었는데, 그 모가 좀처럼 잘 자라나지 않자 궁리 끝에 모를 하나씩 뽑아 늘여주었다. 그리고 집으로 돌아와서 말하기를, 모가 잘 자라지 않아서 잘 자라도록 도와주었다고 했다. 그러자 가족들이 뭔가 이상해서 논으로 달려가 보니, 모를 하나씩 위로 뽑아 올려놓아 전부 말라죽었더라는 것이다.

맹자는 이런 고사를 통해서 '처음부터 기를 기르는 것은 쓸데없는 짓이라고 내버려두어도 안 되고, 기를 길러야 한다고 믿고 그 성장을 조장하는 것도 좋지 않다'는 것을 가르치려고 했던 것이다.

훗날, 매천의 나이 30세 때의 일이지만 그는 아이들을 가르칠 계획으로 『집련集聯』을 집필했다. 그 책은 청나라 호응린의 『시수詩藪』를 토대로 삼고 『토원兎園』과 『패책敗册』 중에서 쓸 만한 것을 골라 엮었다. 『집련集聯』의 서문은 다음과 같았다.

시가 여러 번 변하여 율시가 되었는데, 율시는 진실로 시 가운데서 가장 정밀한 것이다. 연구가 더해지니, 더욱 정밀하여 공교롭기가 어렵다. 그러므로 이름난 시편과 빼어난 시구가 연으로써 전해지는 것

이 많다. 연과 구를 잘할 수 있으면 기구와 결구 또한 빠르게 된다. 처
음 배우는 사람들은 이 점을 강구하지 않으면 안 된다.

매천이 학동들을 애정 어린 눈빛으로 바라보다가 자리에서 일어나 창
문을 열고 백운산 쪽으로 눈길을 돌렸다.

때는 바야흐로 만산홍엽滿山紅葉의 계절이었고, 백운산 봉우리마다 흰
구름이 걸려 있어서 한 폭의 그림을 보는 듯했다. 그런 풍광은 정열의 화
신이 되어 활활 불타오르는 것 같기도 했고, 붉은 비단을 두른 여인네가
쪽빛 하늘 아래서 길쌈을 하고 있는 듯했다.

아마 오늘 같은 날에는 어느 시사詩社에선가 단풍놀이를 즐기면서 시를
짓고 술잔을 나누고 있을지도 모를 터였다.

매천은 몇 년 째 거의 두문불출하고 있었다.

공자가 말하기를 "천하에 도가 행하여지면 나가고, 도가 없으면 들어
가 숨어라."고 했다. 장자도 "천하에 도가 없으면 덕이나 닦으면서 한가
로이 산다."고 했다.

성인들의 말씀대로 도가 없는 세상이었다. 그래서 매천은 학문을 열심
히 닦으면서 자투리 시간을 이용하여 제자들을 가르치는데 열중하고 있
었다.

날이 가면 갈수록 천하에 도가 없는 상황은 다양한 모습으로 증명되고
있었다.

4년 전, 그러니까 기사년己巳年1869년에 광양에서 변란이 일어났다. 임술년1862
년에 진주에서 민란이 발생하여 그 기세가 삼남지방을 뒤덮었을 때도 이
고을은 그런 소용돌이 속에 말려들지 않고 조용했다. 그런데 진주민란이

벌어진 7년 후에 이 고을에서 수백 명의 난민이 머리에 무명수건을 동여매고 손에는 깃발을 든 채 총을 쏘며 광양읍성으로 들어와 동헌을 점령했던 것이다.

『일성록조선시대 영조 36년 1월부터 1910년 8월까지 조정과 내외의 신하에 관련된 일기』 '고종 6년 3월 28일자'를 보면 광양변란은 이렇게 기록되어 있었다.

전라감사 서상철이 광양현의 적변賊變을 계문으로 보고하면서 현감 윤영신을 파출罷黜할 것을 요청했다. 장계 내용은 다음과 같다. 광양현 공형公兄의 보고에 따르면, 군병軍兵 수백 명이 하얀 수건을 머리에 두르고 손에 기치를 들고 방포하며 성중으로 들어와 곧바로 동헌을 점령하여 본 현감을 위협하고 글을 내려 인부印符와 공전, 군기를 탈취하고자 했다. 이민吏民을 만나면 협박하여 군복을 입게 했으며, 함부로 총을 쏘고 칼을 휘둘러 이민들이 대부분 흩어져버렸다. 적도들은 동헌을 둘러싸고 성문을 단단히 폐쇄하고서 사창의 환곡 역시 탈취하는 등 대 변괴로서 듣는 사람마다 놀랐었다. 이에 순천부사 유협으로 하여금 겸직시켜 인부와 군기, 사환社還을 모조리 방어하여 지킬 것을 지시했다. 오진영五鎭營, 병영兵營, 좌수영左水營에 관문關文을 보내어 적도들은 모두 체포하도록 했으며, 이에 앞서 현감 윤영신을 파출할 것을 요청했다.

매천은 그 변란을 직접 목격해서 누구보다 그 상황을 잘 알고 있었다. 그 당시, 70여 명의 동조자들을 이끌고 변란을 지휘한 민회행은 백성을 결코 살해하거나 재산을 빼앗지 말라고 지시하여 한 명도 살상당하지 않았다. 그리고 사창에 쌓인 쌀을 꺼내어 백성들에게 서너 되씩 나누어주면서 "굶주린 백성들을 진휼하는 것이 마땅하다."라고 외치기도 했다.

그들은 변란을 일으켰을 때 복장이었던 무명수건을 버리고 검은 옷이나 사령司令의 옷으로 바꾸어 입었으며, 패랭이를 쓴 자도 있었다. 그리고 군사를 모아 순천을 점령하려고 했다.

하지만 결국 변란이 진압되었고, 체포된 주모자들은 효수형을 당했을 뿐만 아니라 가산을 몰수당했다. 그뿐만 아니라 그들의 집을 부수어 연못으로 만들어버렸다. 아무튼 그 변란의 여파로 광양은 읍호가 강등되는 수모까지 겪었다.

매천은 그들이 폭정을 이기지 못해 변혁을 꿈꾸며 난을 일으켰고, 백성을 위해 노력했던 모습을 보이긴 했지만, 나라를 전복하려는 행위였기 때문에 잘못이라고 보았다. 그런데 그들의 잘못에 앞서 수령의 자질이 부족했고 또 그가 고을을 잘못 다스렸다고 보았으며, 그게 곧 천하의 도가 땅에 떨어진 하나의 현상으로 보았다.

훗날의 일이지만, 매천은 그의 야록에 광양의 변란을 기록하면서 광양현감 윤영신에 대해 밝혔는데 "윤영신은 낫 놓고 ㄱ자도 모르는[目不識丁] 무식한 사람인데 평소 호야豪冶:성격이 호탕하고 예쁘장함하여 대원군한테 잘 보였으며 이에 이르러 서공敍功:공을 펴줌하여 통정대부에 올랐다."고 신랄하게 비판했다.

혼란은 광양에서만 발생했던 것이 아니었다.

지난 신미년1871년에도 미국이 조선을 침략했던 사건이 있었다. 그들은 위협적인 외교수단으로 조선을 개항시키려고 했으나, 흥선 대원군의 강경한 통상수교거부정책과 조선 백성들의 저항에 부딪혀 뜻을 이루지 못했다.

그 후, 홍선 대원군은 주와 현에 척양비를 세우라고 명령했다. 척양비의 비문은 "서양 오랑캐가 침입해 오는데 싸우지 아니하면 화해하는 수밖에 없고 화해를 주장하면 나라를 파는 것이 된다. 우리들의 만대 자손에게 경고하노라."고 되어 있었다.

"아, 모든 변란은 우연한 일이 아니라 사람의 잘못에 기인하는 것이다. 도대체 이걸 어찌하면 좋을까."

매천이 붉게 물든 백운산을 바라보며 탄식을 날렸다.

그는 내우외환도 문제려니와 끊임없이 자행되어 왔으며 날로 극심해지고 있는 부정부패와 잘못된 정치가 더욱 염려스러웠다.

대부분의 백성들은 군역을 포로 바치면서 유폐流弊:예전부터 일반에게 유행하는 나쁜 풍속가 하도 많아 골수에 사무치는 원한을 갖고 있었다.

정묘년1867년에는 홍선 대원군의 강력한 주장으로 경복궁을 고쳐 짓고 보수하면서 팔도 부호의 명단을 뽑아서 돈을 갹출하자 파산자가 속출하기에 이르렀다.

그 당시 거두어들였던 돈을 원납전願納錢이라고 했는데, 백성들이 입을 삐죽대면서 원망할 원怨 자를 써서 원납전怨納錢이라며 빈정댔다. 또 '불알을 단 값으로 내는 돈'이라고 하여 신낭전腎囊錢이라고 말하며 비꼴 정도였다.

그뿐만 아니라 민가에 부서진 솥, 보습, 가래까지 거두어들이면서 근량을 정했으니 그 원성이 말로 표현하기 어려울 지경이었다.

매천은 나라가 걱정되어 무슨 방법으로 이런 상황을 바로잡아야할까 궁리하다가 학동들에게 소리쳤다.

"뭣들 하느냐! 목소리가 죽어가는구나. 우렁차고 낭랑하게 읽도록 하여라!"

훈장이 잠깐 딴눈을 파는 사이에 졸음에 겨워 눈을 슬며시 감고 습관처럼 입을 놀리던 학동 몇 명이 소스라치게 놀라 서책을 황급히 끌어당기며 큰소리를 냈다.

"더 크게, 더 크게!"

매천이 다그치자, 학동들의 서책 읽는 소리가 지붕이라도 날려버릴 기세로 변해갔다. 매천이 학동들에게 그렇게 외쳤던 것은 훌륭한 인재들이 많이 배출되어 혼란스러운 나라를 바로잡아주었으면 하는 바람 때문이었다.

매천은 이런 시대에는 가르침만큼 소중한 것이 없다고 생각했다. 그러니까 나라를 구할 훌륭한 인재들을 육성하는 일이야말로 내우외환을 슬기롭게 극복할 수 있는 길로 보았던 것이다.

스승이었던 왕석보 역시 평생을 한적한 산촌에서 머물며 후진양성에 나섰던 것은 강미講米:훈장에게 보수로 주던 곡식를 탐했던 것이 아니라 참된 선비들을 육성하자는 목적이었다.

운경은 자신이 향시를 치렀던 그 해에 돌아가시고 말았던 스승 왕석보가 생각나자 콧잔등이 시큰해졌다. 결국 뜻을 크게 펴보지 못한 채 포의 지사로 일생을 마쳤던 가련한 스승이었다.

그 스승이 자신에게 대학자가 될 것이라고 격려했던 것은 어쩌면 본인이 못다 했던 꿈을 대신 이루어달라는 뜻이었는지도 몰랐다. 그런데 현재 매천이 처한 현실은 강미나 받아가며 학동들을 가르치는 평범한 훈장이되어 있었던 것이다. 자괴감이 광양 초남포 앞바다의 파도처럼 밀려왔다.

만산홍엽으로 덮인 백운산이 활활 불타오르는 듯했다. 그 불은 매천 자신의 가슴 속에서 타오르고 있는 불이나 다를 바 없었다.

매천은 백운산을 바라보며 혼란의 극치를 달리고 있는 이 나라를 구할 수 있는 방법이 무엇인지 골똘히 생각해보았다. 학동들을 가르치는 일로 위기에 처한 나라를 구하겠다고 생각하는 것은 매우 빈약하고 소극적인 것에 지나지 않아서 그것보다 훨씬 더 좋은 묘안을 찾고 싶었다.

이런 마음이 솟구칠 때면, 망년지우인 왕사찬이 그리웠다. 그와 함께 밤을 지새우며 시국을 토론하고 답답한 가슴을 시로 써서 읊기라도 하면 괴로웠던 마음이 조금은 후련해질지도 모를 일이었다.

'이런 상황에서 정녕 내가 할 수 있는 일이 무엇이란 말인가?'

매천이 괴로워하고 있을 때 밖에서 아내의 목소리가 들려왔다.

"서방님, 차를 끓여왔습니다."

"됐소이다."

차를 마시기 싫어서가 아니라 미안해서 나왔던 말이었다.

"날씨가 쌀쌀해지기 시작하는데 따끈하고 향기로운 차 한 잔 드시면 좋을 듯합니다. 차는 여기에 내려놓고 가겠습니다."

아내인 해주오씨의 말이 끝남과 동시에 어린아이의 자지러지는 듯한 울음소리가 들려왔다. 지난해에 낳았던 매천의 딸아이였다.

"까꿍! 울지 마. 지금 너의 아버님께서 학동들을 가르치고 있으니까 조용히 해야 하거든. 알았지."

이번에 들려온 소리는 자신과 열다섯 살이나 차이가 나는 남동생, 계방석전 황원의 목소리였다. 그 순간 매천의 귀가 멍멍해지면서 학동들의 글 읽는 소리가 사라져버리고 말았다.

구례 화엄사 앞길에서 가마 타고 있던 아가씨를 보았던 인연이 결실을 맺어, 지난 신미년1871년에 그 아가씨와 혼사를 치러 아내로 맞아들였고, 2년 후에는 첫딸을 낳았다. 그리고 아버지께서 매천의 결혼 1년 전에 늦둥이를 보았으니 불과 몇 년 사이에 부양해야 할 가족이 세 명이나 더 늘어난 셈이었다.

한때 700석지기에 달했다는 할아버지의 재산이 거의 줄어들어서 이젠 생계를 빠듯하게 이어갈 수 있을 정도였다. 만약에 아이들을 더 낳게 되고, 또 그 아이들이 장성해지면 생계가 곤란해질 수밖에 없다는 것은 불을 보듯 뻔한 일이었다.

가난한 현실이 매천의 발목을 붙잡고 있었다. 이런 현실을 무시할 수 없는 것이 인간이기도 했다. 국정이 혼란스럽고 내우외환에 시달리는 모습을 보면 가슴 아팠는데, 자신이 처한 현실도 암울하기 그지없었다. 돌파구를 찾아야할 것 같은데 사방이 칠흑 같은 어둠으로 둘러싸여있을 뿐이었다.

매천은 가슴이 답답하고 머리가 어지러워서 한 손으로 이마를 짚었다. 어디론가 끝없이 추락하는 것 같았다. 눈앞에 보이는 백운산의 울긋불긋한 단풍은 아름다움이 아니라 처연함 그 자체였다.

이럴 때면 자신을 극복하는 방법이 있었다. 그 방법이란 술로 시름을 달래거나 먼 곳으로 여행을 떠나는 것 등이 아니었다. 지금 학동들이 소리 내어 글을 읽고 있는 것처럼, 자신도 어린 시절로 돌아가 악을 바락바락 쓰듯 서책을 읽는 것이었다.

매천이 가부좌를 틀고 서책을 끌어당겼다. 그리고 자신의 몸에서 모든 근심걱정이 떨어져나가기를 기원이라도 하듯 목청껏 글을 읽기 시작했다. 그 소리가 어찌나 컸던지 학동들이 글 읽기를 멈추고 두려운 눈빛으로 매천을 바라보기 시작했다.

섬진강의 가을은 무척이나 화려했다. 여름철에는 한 점의 순수로 흐르는 쪽빛 물길이었지만 가을이 돌아오자 만산홍엽으로 덮인 지리산과 백운산의 그림자가 강물에 투영되어서 오색 비단을 두르고 있는 듯했다.

한 무리의 인마人馬들이 구례 토지면 쪽의 시목나루터에서 나룻배를 기다리고 있었다. 그들은 건너편의 나룻배에 시선을 주기보다 섬진강에 투영된 백운산의 아름다운 풍광을 바라보며 넋을 놓고 있었다.

백운산은 그냥 바라보아도 사시사철 풍광이 뛰어났지만, 섬진강에 드리워진 산 그림자가 강바람에 살짝 흔들리게 되면 환상적인 풍광으로 다시 태어나서 또 다른 묘미를 주었다. 그게 곧 산과 물이 조합되어서 나타나는 조화였다.

나룻배를 기다리는 동안 줄곧 마상에 앉아서 섬진강을 바라보고 있던 사내가 고개를 뒤로 돌렸다. 그는 구례 토지면에 있는 운조루의 5대 주인, 이산 유제양이었다.

"여태 도착하지 않았더란 말이냐? 그렇다면 속히 마중을 나가 보아라."

"나리, 쇤네가 직접 다녀오겠습니다."

청지기가 말을 재빨리 잡아타고 구만들녘을 지나 마산면 쪽으로 달려갔다.

문척 쪽에 있던 나룻배가 다가오고 있었다. 나룻배가 지나가느라고 섬진강에 투영되었던 백운산 그림자가 흐느적거리며 사라졌다가 다시금 나타나기를 반복하고 있었다. 그 나룻배가 강 건너편에서 다가오는 것이 아니라 백운산 속에서 홀연히 뛰쳐나오는 것 같았다.

평소 글짓기를 좋아했던 유제양이라서 그런 특이한 풍경을 목격하자 시심詩心이 발동하여 눈을 살포시 감았다.

"나리, 짐부터 먼저 옮기도록 할까요?"

하인이 다가와서 물었으나 유제양은 대답은커녕 요지부동이었다. 그가 어찌할 바를 몰라 유제양의 얼굴과 나룻배를 번갈아 바라보며 안달을 했다.

그때 말발굽 소리가 들려오더니 뽀얀 먼지를 날리며 한 필의 말이 달려왔다. 조금 전에 말을 타고 마중을 나갔던 청지기였다.

"나리들께서 지금 오시고 있는 중입니다. 아마 지금쯤 구만들녘 끄트머리에 당도하셨을 것입니다."

그때서야 유제양이 눈을 떴다. 그리고 구만들녘 끄트머리를 향해 눈길을 돌렸다. 저 멀리 두 사람의 형체가 보였다. 유제양의 입가에 매달린 미소가 강바람에 실려 갔다.

"강을 건널 나룻배가 이미 도착했습니다. 먼저 건너시겠습니까?"

"아니다. 그들과 함께 건널 것이야."

유제양은 다가오고 있는 두 사람의 모습에 시선을 고정시키고 있었다. 어쩌면 강을 건너는 것보다 그들을 기다리는 것에 관심이 훨씬 더 많아보였다.

"그렇다면 봇짐부터 옮기도록 하겠습니다. 뭣들 하느냐. 우선 짐부터 나룻배에 실어 옮기도록 하여라."

청지기가 하인들에게 지시했다.

봇짐을 짊어진 유제양의 하인 세 명이 나룻배에 올라탔다. 나룻배가 문척면 쪽으로 나아갔다.

유제양이 말에서 내리더니 다가오는 두 사람을 향해 서서히 걸어갔다. 그의 환한 얼굴에는 토호土豪 특유의 여유로움과 넉넉함이 배어 있었다. 거기에다가 자비로움까지 곁들여 있어서 매우 포근하고 인자한 모습이었다.

"소금, 소천, 어서 오시오."

유제양이 두 사람을 반갑게 맞이했다. 그들은 방광면광의면 천변마을에 살고 있는 소금 왕사천과 소천 왕사찬 형제였다.

"이산, 많이 기다리셨나보군요. 지루했겠소이다."

왕사천이 입을 열었다.

"아니올시다. 저 섬진강에 비친 붉게 물든 백운산의 그림자에 취해 시간 가는 줄 몰랐소이다. 저길 좀 보시구려. 저토록 아름다운 광경을 또 어디에서 구경할 수 있단 말이오."

유제양이 손가락으로 섬진강을 가리켰다. 잔잔한 물결 위에 단풍으로 물든 백운산이 고스란히 투영되어 한 폭의 산수화 같았다. 그런 절경은 그 어느 누구도 흉내 내지 못할 천하의 걸작이었다.

"단풍으로 물든 저 백운산의 품에 우리가 안긴단 말이지요? 이거 정말 기분 좋구려. 홍진에 물든 심신을 깨끗이 씻을 수 있는 절호의 기회가 찾아왔으니 말입니다."

황사각이 호탕한 웃음을 날렸다.

나룻배가 다시 돌아와서 남은 사람들과 말들을 태우고 강을 건넜다. 건너편에 도착하자마자 유제양이 청지기에게 광양 며내면지금의 봉강면 서석마을에 있는 매천을 모셔오도록 지시했다. 그리고 일행들은 준비해둔

세 필의 말을 타고 문척면에서 간전면으로 갔다가 산길을 따라 백운산 새재를 넘어가기 시작했다. 그들 뒤에는 단풍놀이에 필요한 음식 봇짐을 짊어진 하인들이 따랐다.

"이산, 저는 머지않아서 저 오봉산이 있는 문척면 토금마을로 이거할 것이외다."

왕사찬이 말했다.

"천사 스승님께서 돌아가셔서 계시지 않으니 이젠 천변마을이 싫어지기라도 했던 모양이구려."

천사는 왕석보의 호였다. 유제양은 스승과 벗도 없이 혼자 공부해왔지만, 왕석보를 스승처럼 지극정성으로 모셨다.

"뭐, 꼭 그런 것은 아니고, 토금마을에서 농사나 지으며 조용하게 살고 싶어서 그러는 것이외다. 그곳으로 가면 운경이 살고 있는 서석마을과 좀 더 가까워지는 셈이니, 서로 얼굴을 자주 볼 수 있어서 좋지 않겠습니까."

"아, 그거 좋은 일이구려. 운경은 지금쯤 뭐하고 있으려나?"

유제양이 광양으로 넘어가는 재를 올려다보았다.

"아참, 운경이 노사 선생님을 찾아뵈었던 이야기를 아십니까?"

왕사찬이 노사 기정진과 매천을 거론했다.

노사蘆沙 기정진奇正鎭.

그는 1798년 전북 순창군 복흥면에서 태어났으나 전남 장성에서 자랐다. 그는 기묘명현이었던 기준의 후손이었는데, 34세 때 사마시에 장원으로 급제하여 강릉참봉으로 임명되었지만 사양하고 성균관에서 학문에 몰두했다. 그 후 1866년 조정에서 동부승지, 호조참판 등에 임명했으나 관직에 나아가지 않았다.

그는 조선유학을 대표하는 한 사람으로서 서경덕, 이황, 이이, 이진상, 임성주와 함께 성리학의 6대가六大家로 일컬어졌던 인물이었다. 그리고 당대 사람들이 기정진을 평하면서 "장안의 만 개의 눈이 장성의 한 개의 눈보다 못하다."라고 칭송했을 만큼 학문이 뛰어났던 인물이기도 했다.

"운경이 노사 선생님을 만나러 갔다는 이야기를 풍문을 듣긴 했습니다만, 자세한 내막을 모르고 있소이다."

유제양이 흥미롭다는 눈빛을 발했다.

"이산, 운경이 얼마나 대단한지 들어보시구려. 그러니까 운경의 14세 때 노사 선생님께 학문을 묻기 위해 찾아가서 글을 보였는데, 운경이 얼마나 대단했으면 노사 선생님께서 '기특하다! 기특하다!' 를 연발하셨겠습니까. 그리고 운경에게 시 한 수를 내리셨답니다."

매천이 14세 때 전남 장성에 살고 있는 대유학자 노사 기정진을 만나러 갔다. 그리고 매천이 지었던 시를 보여주자 신동이라며 감탄해 마지않았다. 그리고 '증황현삼수贈黃玹三首' 라는 시를 써주었다. 그 시는 다음과 같았다.

> 보배로운 소년이 행전도 없이 찾아오니
> 놀랍기도 하지만 걱정도 되는구나.
> 쉽게 얻은 것은 잃기도 쉬운 거니
> 연잎 위의 물방울 구슬 자세히 보아라.

기정진은 신동인 매천을 붙잡고 싶어서 그런 시를 썼다. 그리고 훗날의 일이지만, 매천은 자신의 야록 '갑오이전' 편에 노사 기정진을 다음과 같이 평했다.

노사 기정진은 몸가짐이 독실하고 학문은 정통했으며 이와 기를 논하되 선인들에 아부해서 의지하지 않았고 스스로 터득해서 자기의 견해를 확립했다. 자신이 문빗장을 뽑고 자물쇠를 열어 연찬한 것이 매우 깊이가 있다. 『납량사의제편』을 저작한바 오직 호락제유湖洛諸儒: 충청도와 경기도 내에 있는 유학자를 휩쓸어서 텅 비게 했을 뿐 아니라 율곡 이이에 대해서도 아울러 불만의 뜻을 나타냈다……〈하략下略〉

유제양이 왕사찬의 이야기를 들으면서 흡사 자신의 일이나 된 것처럼 기뻐했다.

"오, 노사 선생님께서 신동이라며 그토록 칭찬을 하셨다니 운경이야말로 정말 대단한 인물이오. 우리가 운경을 알고 지낸다는 게 자랑스럽기도 하구요."

왕사천이 말을 받았다.

"이산, 저는 노사 선생님에게 신동이라고 칭찬받았던 운경보다, 3년 전에 순천영에서 열린 백일장에서 영장 윤명신의 무례함을 지적하고 그로 하여금 의관을 정제하게 했던 운경이 더 자랑스럽습니다."

"아, 그 일 말이군요."

유제양이 통쾌한 웃음을 날리자 왕사천과 왕사찬도 질세라 통쾌하게 웃었다.

그 사건인 즉은, 매천이 17세 때 순천영順天營의 백일장에 참가했다가 끝난 뒤 밤에 영장 윤명신을 찾아갔는데 그가 의관을 풀고 발을 씻고 있는 중이었다. 그런 광경을 목격한 매천이 이렇게 말했다.

"어허, 내가 오지 않을 곳을 왔나 보군."

"도대체 그게 무슨 말인가?"

윤명신이 무례함을 지적이라도 하듯 매천에게 쏘아붙였다.

"소생이 비록 연소하나 선비이거늘 선비를 대함에 이같이 무례할 수 있습니까?"

매천의 야무진 소리에 윤명신이 찔끔 놀라더니 이내 껄껄 웃으며 의관을 정제하고 맞이했다.

매천의 순천영 백일장 사건으로 한바탕 통쾌하게 웃고 나자, 왕사천이 유제양의 표정을 조심스럽게 살피면서 입을 열었다.

"이산, 그런데 말입니다, 근자에 운경이 생계 때문에 서당을 열었다고 합니다. 실로 안타까운 노릇이지 않고 뭐겠습니까. 운경 같은 인재는 관직을 차지하여 이 나라를 위해 일해야 할 사람입니다. 그렇지 않습니까?"

"그럼요. '자왈子曰 삼년학三年學에 부지어곡不至於穀 불이득야不易得也니라.'고 했는데, 운경은 벼슬에 큰 관심이 없어 보이니 안타까운 노릇이지요."

유제양이 공자의 "삼년 동안 학문을 하고서도 벼슬에 뜻을 두지 않기란 쉬운 일이 아니다"라는 말을 인용하며 매천의 처지를 안타까워했다.

"그렇습니다. 나라가 내우외환으로 위태로운데 이 땅의 선비 된 자로서 산촌에 틀어박혀 모르쇠로 일관하며 학문만 하고 있으면 아니 되는 법입니다. 밖으로 뛰어나가서 잘못된 나라를 바로잡아야 하지 않겠습니까. 저는 이대로 가만히 앉아 있지 않겠습니다. 때가 되면 밖으로 뛰어나가서 저에게 맞는 일을 찾아 행동하겠습니다. 이산은 저의 생각을 어떻게 보십니까?"

"글쎄올시다. 공자님께서 도道가 없으면 숨으라 하셨는데, 도대체 이런 때는 어떻게 처신하고 행동해야 좋을지 알기가 힘들구려."

왕사천이 맨 뒤쪽에서 따라오고 있는 왕사찬을 돌아보며 물었다.

"오늘날의 세상은 혼란스럽기 짝이 없거든. 이럴 때는 뜻있는 인사들이 몸을 사리지 말고 나서서 세상을 바로 돌려놓아야지. 너는 생각이 어떠하느냐?"

"뭐, 저도 그런 생각을 해보지 않았던 것은 아닙니다만, 딸린 식솔들의 입에 거미줄을 치지 않게 하려니까 어쩔 도리가 없습니다. 형님, 그리고 말입니다, 저는 세상을 바로 돌려놓을 만한 능력이 없을뿐더러 세상에 나가서 더러운 때를 묻히고 싶은 마음도 없습니다. 시절이 하 수상할 때는 산촌에 처박혀 조용히 지내는 게 현명하지 않겠습니까."

왕사찬의 성격은 겸손하고 소심했다. 그래서 항상 겸손하면서도 소극적인 태도를 보이곤 했다.

"그래서는 아니 된다. 운경이나 너처럼 유능한 사람들이 세상으로 나가지 않고 산촌에 숨어버린다면 이 나라는 희망이 없다."

왕사천이 목청을 높였다. 그러자 유제양이 말을 받았다.

"소금이나 소천의 생각이 다 옳소이다. 자, 오늘 우리는 운경의 얼굴도 볼 겸 백운산으로 단풍놀이를 나왔으니 호연지기나 키우도록 합시다."

말을 끝낸 유제양이 암기하고 있던 당시唐詩 한 편을 읊조렸다.

차가운 이슬 내려 풍림은 시들고
무산과 무협은 쓸쓸하기만 하네.

하늘에 닿을 듯 강 물결 높이 일고
변방의 먹구름 땅에 낮게 깔렸네.
다시 핀 국화 보니 눈물은 또 흘러
배에 꼭꼭 매어두는 고향의 그리움.
이곳저곳에선 겨울옷 짓기에 바빠
백제성 높이 요란한 다듬이 소리.

그 시는 두보의 '추흥秋興'이었다.

두보는 전란에 휩쓸린 후반의 어두운 세태를 반영하여 날카로운 우수의 노래를 보여주었던 시인이었다. 그리고 장편의 고시古詩에서는 민중을 대신하여 세상의 부조리에 대한 항의의 노래를 지었고, 율시에서는 세밀한 감정을 정밀한 시형 안에 주입시켰다.

유제양이 읊은 한 편의 시가 일행들을 가을정취와 시심 속으로 빨려들어가게 만들었다. 게다가 단풍에 물든 백운산의 풍광이 너무나도 유혹적이라서 그렇게 하지 않을 수 없었다.

일행들이 백운산을 무사히 넘어 옥룡의 동곡계곡으로 들어갔다. 그 계곡의 상부에는 신재 최산두의 자취가 남아 있는 '학사대'라고 하는 자연석굴이 있었고, 그 주변의 경치가 대단해서 단풍놀이 장소로 이미 점찍어 두고 있었던 터였다.

신재新齋 최산두崔山斗.

그는 중종 때 사간과 지평을 거쳐 의정부 사인에 올랐는데, 1919년 기묘사화로 인해 전라도 화순 동복에 유배되었다. 그는 문장이 매우 뛰어나 윤구, 유성춘과 함께 호남 3걸이라고 칭송받았던 인물이었다.

동곡계곡은 백운산 자락이 만들어낸 계곡 중에서 가장 넓은 품을 자랑했다. 밖에서 볼 때는 협곡으로 보이지만 안으로 들어갈수록 호리병처럼 넓어져 백운산의 포용력이 얼마나 큰지를 알게 해주는 계곡이었다.

일행들이 동곡계곡 상부에 있는 학사대에 도착했다.

백운산 주봉인 송낙봉이 학사대의 바로 위쪽에 있었고, 그 주봉이 좌우로 억불봉과 도솔봉을 거느리고 있었다. 모든 봉우리마다 단풍으로 물들어 장관을 연출하고 있었는데 그 중에서 고로쇠나무 단풍들이 단연 으뜸이었다.

옛말에 산홍山紅, 수홍水紅, 인홍人紅을 합쳐서 삼홍三紅이라고 했다. 그러니까 산도 붉게 물들고, 물도 붉게 물들고, 단풍놀이 나온 일행들의 마음도 붉게 물들어서 그야말로 천지가 붉게 물든 가을날이라서 시회를 열기에 그만이었다.

음식이 차려졌고 술이 나왔다. 돼지고기 편육과 남해에서 잡아 올린 새우로 담근 새우젓갈은 궁합이 잘 맞는 음식이었다. 오래 묵은 된장을 약간 넣어서 버무린 박나물, 지리산에서 채취한 고사리나물, 쌀뜨물에 푹 삶아 껍질을 벗기고 간장에 넣어두었던 죽순 장아찌 등의 음식은 운조루에서 준비한 것들이었다.

술은 구례의 전통 이강주가 준비되었다. 그 술은 소주로 이강주를 담는 다른 지역과 약간의 차이를 보였는데, 쌀로 고두밥지에밥을 짓고 누룩과 버무린 다음에 배와 생강을 푹 삶은 물을 양조용수로 붓고 발효시킨 것이었다. 그렇게 발효된 술동이에 용수를 박아 청주로 걸러내면 되는데, 그 독특한 맛이 천하일품이었다.

한편, 매천은 서당의 학동들을 집으로 돌려보내고 나서 차 한 잔을 벗삼아 책을 읽고 있었다. 그 차는 백운산에서 천 년 전부터 자생하는 차나무의 잎을 따서 만든 '백운산 작설차'였는데, 진상면 어치계곡의 백학동 비촌에 살고 있는 황씨 집안의 사람들이 선물로 보내준 거였다.

백학동 비촌은 창원황씨들의 집성촌이었다. 그곳에는 토목, 영선營繕에 관한 일을 맡아보는 관청인 선공감의 가감역관이라는 벼슬을 지냈으며 상당한 재력가인 황병욱이 살고 있었는데, 간혹 자신이 쓴 시를 보내오거나 종이라든지 백운산 작설차 같은 귀물을 인편에 보내오곤 했다.

요즘 매천은 근체시에 대해서 본격적으로 공부하는 중이었다. 그리고 틈틈이 시를 써서 『원초잡화圓蕉襍襍畵』라는 시집을 묶고 있었다.

근체시란 중국의 고체시형식에 제약이 없는 자유로운 시의 형태에 맞서는 개념의 시체詩體인데 금체시라고도 했으며, 음절의 억양에 따른 배열법이나 대구對句 등 구성법에 일정한 규칙이 있었다. 그리고 1구가 5자인 오언과 7자인 칠언의 절구絕句와 율시律詩의 2종이 있었다.

이런 근체시는 당나라 때 생겨났는데, 그 이전 고시는 무의식적으로 청각의 아름다움에 호소할 뿐이었다. 그런데 근체시가 확립됨으로써 일정한 규칙을 지향하게 되었던 것이다.

다향이 그윽하여 정신을 맑게 해주었으나 머릿속에 칡넝쿨처럼 헝클어져 있는 잡념은 쉬이 가시지 않았다. 어렵사리 구해서 읽어보는 중앙의 조보朝報에는 갈수록 절망적인 내용만 실려 있을 뿐이었다.

"벌써 내 나이가 갓을 쓴다는 약관에 접어들었는데, 이렇게 세상을 바라보고만 있다가 생을 허무하게 마감해야 한단 말인가."

매천이 답답함을 이기지 못하고 혼잣말로 중얼거렸다.

약관弱冠은 남자 나이 20세를 일컫는 말이었으며, 『예기』 '곡례편'에 나왔다. 그러니까 사람이 태어나서 10년이면 유幼라고 했고, 20세를 약弱이라 하며 비로소 갓을 쓴다고 했다. 그리고 30세를 장壯이라 하고, 40세를 일컬어 강强이라 하며 벼슬을 하는 나이라고 했다.

그럴 즈음, 대문 밖에서 누군가가 찾아와서 부르는 소리가 들렸다. 잠시 후에 길보가 구례 토지의 운조루 청지기가 찾아왔다는 말을 전했다. 청지기를 안으로 들여보내라고 했다.

"나리, 저희 나리께서 백운산으로 단풍놀이를 나오셨습니다. 나리를 뫼시고 오라는 분부를 받고 이렇게 찾아왔습니다요."

"어허, 이산이 백운산에 왔단 말인가?"

매천의 눈이 번쩍 뜨였다.

"소금과 소천 나리께서도 동행하셨습니다."

"뭐라고! 소금과 소천이 동행을 해. 백운산 어느 곳으로 왔단 말인가?"

"동곡계곡에 있는 학사대입니다."

"알았네."

백운산을 찾아온 그들은 모두다 매천의 망년지우였다. 그렇지 않아도 울적했고, 답답했던 터였다. 그래서 곧바로 의관을 정제하고 행장을 챙겼다. 그 행랑 속에 붓과 벼루도 담았다.

길보가 마굿간에서 나귀를 끌고나와 길 떠날 준비를 해주었다. 매천이 그 나귀를 타고 동곡계곡의 학사대를 향했다.

며내면지금의 봉강면 소재지를 경유하여 저곡마을로 가는 길에 올랐다. 그곳은 백운산 봉황의 정기를 받았다는 신재 최산두가 태어난 마을이었으며 그 근처인 화전봉 능선 아래의 중턱쯤에 그를 모신 묘역도 있었다.

매천이 최산두를 생각하며 시를 지었다.

  봉황새가 권농의 집에서 나타났으니
  백세百世에 어름 병 같이 깨끗한 풍모를
  어찌 달에 흠이 있다 말할 수 있으리.
  좋은 사책史冊을 저울질하는 것은 강목부요
  하늘도 황량한 산과 물은 한림翰林의 마음이네.

  호남의 셋 호걸 내 어찌 폄하할 수 있으리.
  기묘사화의 제현을 시위 볼 수 없는 일이네.
  천년 남을 군지 만드는데 안목 있는 인사를 맞아
  명절을 김황원과 짝하면 아니 될 것이네.

  높푸른 가을 하늘 아래 다소곳이 서있는 저곡마을의 당산나무가 단풍으로 짙게 물들어 흡사 연두저고리에 다홍치마를 입은 새아기씨처럼 아름다웠다. 이젠 완연한 가을이었다. 방안에 틀어박혀 서책을 읽고 근체시나 공부하느라 가을이 이처럼 깊었는지 미처 몰랐다.
  저곡마을에서 산성재를 넘어 옥룡면으로 갔다. 그리고 백운산에서 내려오는 옥룡천의 고운 물줄기를 따라 한동안 올라갔다.
  가는 길 좌측 백계산 자락에는 도선국사가 중창했다는 옥룡사가 있었고, 그가 허한 지기를 보충하기 위해 비보했다는 동백림이 펼쳐져 있었다. 그 동백림 안에는 샘이 하나 있는데, 물맛이 하도 좋았다. 그래서 매천은 그 물을 종종 떠와서 차를 끓여 마시곤 했다.

집에서 나선 지 두 식경쯤 지나 학사대가 있는 동동마을에 도착했다. 옥룡천 건너편의 학사대 쪽에서 시를 읊조리는 소리가 들려왔다. 유제양, 왕사천, 왕사찬의 모습이 눈동자 속으로 빨려 들어왔다.

"벗들이 먼 곳에서 왔으니 이보다 더 기쁜 일이 어디에 있겠습니까. 어떠십니까? 백운산의 단풍이 지리산의 그것보다 못하지는 않지요?"

매천의 목소리가 들려오자, 앉아있던 사람들이 일제히 일어서서 반겼다.

"지리산이나 백운산 단풍보다 운경의 얼굴을 보는 것이 더 좋습니다. 어서 이리 와서 앉으시구려."

유제양이 자리를 권했다.

가을이 깊어 단풍이 절정을 이루었고, 오랜만에 지기들이 한데 모여서 술잔을 나누니 신선들이 산다는 선경仙境이 따로 없었다. 그리고 술맛보다 사람 맛이 더 진한 법이었으니 좌중의 분위기는 화기애애하며 의기투합이었다.

"운경, 여기에서 가까운 하동에 좋은 벗이 한 명 살고 있소이다. 남녘 남 자에 고개 파 자를 쓰는 벗인데, 추금 선생과 함께 육교시사서울의 육교를 중심으로 하는 문학단체에 참여하는 인물이오. 장차 시간을 내어 함께 자리할 수 있도록 해보겠소이다."

유제양이 말했던 남파南坡는 하동의 향반鄕班 출신인 송혜영이었고, 추금秋琴은 강위였다.

"이산께서 그 유명한 추금 선생도 아시는지요?"

매천이 물었다. 그는 여태까지 호남지방에서 벗어난 적이 없었다. 그래서 서울에서 활동하는 추금 강위는 명성만 들었을 뿐이지 일면식도 없었다.

"추금 선생뿐만 아니라 영재나 창강과도 교분이 두텁지요."

영재는 이건창을 말했고, 창강은 김택영이었다.

유제양은 구례의 토호였고 재력이 넉넉했으며 또 호방했고 시문을 좋아했기 때문에 전국의 유명인들과 교분이 잦았다.

매천은 유제양의 이야기를 듣고 놀라지 않을 수 없었다.

추금 강위는 추사 김정희가 제주도 대정현에서 유배 생활을 하고 있을 때 찾아가서 5년 간이나 배웠고, 그 후에 전국을 방랑하며 좋은 시를 많이 지어서 당대 제일의 시인으로 칭송받는 인물이었다.

영재 이건창은 조부가 이조판서를 지낸 명문가의 자제였다. 그는 15세의 어린 나이에 문과에 급제했으나 나이가 어리다는 이유로 등용이 연기되었다가 4년 후에 홍문관에 들어갔던 인물이었다. 그리고 불과 며칠 전에는 서장관으로 청나라에 갔다는 소문을 들었다.

창강 김택영은 문장이 대단하다는 평을 받으며 근래에 갑자기 유명해진 인물이었다. 풍문에 따르면, 올 초에 영재 이건창을 만나면서부터 그의 문명을 세상에 널리 알리게 되었다고 했다.

매천은 유제양의 입에서 밤하늘에 빛나는 별과 같은 사람들이 거론되자 일시에 의기소침해졌으나 이내 그의 강단진 성격이 되살아나면서 그들과 문장을 겨루어보고 싶은 승부욕이 솟구쳤다. 하지만 겉으로는 아무런 내색도 하지 않고 화제를 다른 곳으로 돌렸다.

"이 학사대는 어떻게 알고 찾아오게 되었습니까?"

왕사천이 곧바로 대답했다.

"운경, 기묘명현 중에서 가장 오랫동안 유배생활을 감내해야만 했던 신재 선생님을 우리가 모를 리 있겠소이까."

"물론 신재 선생님을 모를 리 없겠지요. 그렇지만 백운산 동곡계곡의 학사대를 어떻게 알고 찾아오셨는지 그게 신기해서 물었던 것입니다."

"그야 뭐, 떠도는 소문을 듣고 왔던 것입니다."

"그럼 학사대에 얽혀 있는 이야기는 잘 모르시겠군요?"

"운경이 광양에 살고 있으니 흥미로운 이야기가 있으면 우리의 귀를 즐겁고 의미 있게 만들어주시구려."

유제양이 매천의 소맷자락을 잡아당기며 이야기를 재촉했다.

"좋습니다. 그러면 제가 전해오는 이야기를 해드리지요……."

매천이 학사대 석굴을 바라보며 신재 최산두의 어린 시절에 있었던 이야기를 해주기 시작했다.

신재 최산두가 10년 공부를 계획하고 주자강목을 짊어진 채 자연석굴로 들어가서 공부를 하다가 9년 만에 밖으로 나왔다. 그리고 바로 위쪽에 있는 창공으로 우뚝 치솟은 백운산을 바라보니 시상이 떠올라서 읊기 시작했다.

"태산압후천무북泰山壓後天無北 : 태산이 뒤를 덮어 하늘엔 북쪽이 안 보이고."

그런데 다음 구절이 생각나지 않아서 머뭇거리고 있었다. 그때 어떤 초동樵童이 지나가면서 화답했다.

"대해당전지실남大海當前地失南 : 큰 바다가 눈앞에 있어 땅엔 남쪽이 없다."

그때, 신재 최산두가 이 정도의 공부로는 부족하여 대학자가 될 수 없음을 깊이 깨닫고 자연석굴로 다시 들어가 1년을 더 공부했고, 그 결과 훗날 의정부 사인에까지 이르렀다는 이야기였다.

매천의 이야기가 끝나자 왕사천이 손바닥으로 무릎을 쳤다.

"좋은 이야기였습니다. 신재 선생님의 이야기는 우리에게 쉼 없이 절차탁마하라는 교훈을 이야기해주었습니다. 우리가 열심히 갈고 닦아서 장차 이 어지러운 나라를 바로 잡아야 할 겝니다. 우리나라가 이대로 가게 되면 왜놈들이나 서양오랑캐들에게 날것으로 먹히고 말 것입니다."

"소금께서 정말 좋은 이야기를 하셨습니다. 내우외환에 시달리고 있는 나라를 구하기 위해서는 이 땅의 선비들이 나서야합니다. 조정과 지역의 수령들이 대부분 부패하여 나라꼴이 말이 아니거든요."

매천이 맞장구를 쳤다.

"저는 정암 조광조와 신재 최산두 선생님 등이 펼쳤던 개혁정치에 찬동합니다. 그 당시 그분들의 개혁정치가 좌절되지 않았더라면 오늘날의 역사가 달라졌을 것입니다. 실로 안타까운 노릇입니다만, 한탄만 하고 있어서는 아니 될 것입니다. 때가 되면 분연히 일어서서 혼란스러운 나라를 바로잡아야 할 것입니다."

"소금, 바로잡아야 할 것이 무엇이오?"

매천이 왕사천의 속마음을 떠보기 위해 물었다.

"어지러운 나라를 바로잡으려면 이 땅에 만연되어 있는 나쁜 잔재들을 바로잡아야 하오. 매관매직 같은 거 말이오."

왕사천의 목소리가 날카로웠다. 그리고 그의 눈빛이 날카로워서 몇 순배의 술에 얼굴이 단풍처럼 물들고 몽환적인 기분에 빠져들기 시작했던 사람들이 계곡을 따라 흐르는 차가운 물이라도 뒤집어쓴 듯 정신을 바짝 차렸다. 그 바람에 풍류를 만끽하던 단풍놀이가 시들해지고 말았다.

시나브로 바람이 불었다. 백운산을 물들였던 단풍들이 낙엽 지며 흩날렸다. 계곡을 따라 흐르는 물줄기에 단풍잎들이 둥둥 떠서 떠내려갔다.

매천이 하염없이 떠내려가는 단풍잎들을 물끄러미 바라보다가 고개를 들어 북쪽 하늘을 바라보았다. 기러기들이 떼 지어 어린진魚鱗陣을 펼치며 북쪽으로 날아가고 있었다.

4

조선시대 고종 15년1878, 그러니까 무인년이었다.

세상이 급변하고 있었다. 조선을 호시탐탐 노리던 일제가 1875년의 운요호사건을 계기로 2년 전, 1876년병자년 2월 연무당에서 강화도조약을 강압적으로 체결했다. 이 조약의 정식 명칭은 조일수호조규였다.

역사에 기록된 강화도조약의 간략한 내용은 다음과 같았다.

> 1876년 정한론征韓論이 대두되던 일본 정부에서는 전권대신全權大臣 일행을 조선에 파견하여 운요호의 포격에 대하여 힐문함과 아울러 개항을 강요했다. 2월에는 일본 사신 일행이 군함 2척, 운송선 3척에 약 400명의 병력을 거느리고 강화도 갑곶에 상륙하여 협상을 강요해왔다. 이에 조선 정부는 국제관계의 대세에 따라 수호통상의 관계를 맺기로 결정하고 신헌申櫶을 강화도에 파견하여 일본 사신 흑전청륭구로다 기요타카와 협상하게 한 결과, 수호조약이 체결되었다.

일제는 조선 조정의 권력다툼으로 인해 흥선 대원군이 하야한 틈을 타서 이처럼 무력시위를 벌여 강화도조약을 체결했는데, 그 조약은 모두 12개조로 되어 있었다.

그 조약의 내용을 살펴보면 그들의 정치와 경제적인 세력을 조선에 침투시키려는 의도가 역력했다. 그리고 그 조약에 따라 문호가 개방됨으로

써 서양의 신문명을 수입하는 반면에 열강의 침략을 받게 되는 시발점이 되고 말았던 것이다.

매천은 강화도조약이 강제로 체결되었을 때 저잣거리에서 풍문으로 나돌았던 이야기를 『매천야록』 '갑오이전' 편에 기록해놓았는데 그 내용은 다음과 같았다.

> 충무공의 사손祀孫 이문영은 됨됨이 활발하지 못하고 기개도 시원치 않았다. 병자년고종 13:1876 봄에 흑전청륭이 강화도에 내박하여 조야朝野가 공포를 느꼈다. 이문영이 대원군을 뵙게 되었는데, 대원군이 희롱하여 말하기를 "자네가 충무공의 후손인데 왜놈을 격파할 무슨 좋은 계책이 없겠는가?"라고 했다. 이문영이 힘주어 대답하기를 "대감은 급하게 서두르지 마십시오. 막기는 어렵지 않습니다."라고 했다. "계책이 어떠한 것인가?" 했더니 대답하기를 "충무공의 8대손이 못났는데 청정의 8대손인들 어찌 영특하고 용감하겠습니까."라고 말하여 듣는 사람들이 허리가 끊어지도록 웃었다고 한다. 그때의 흑전청륭은 가등청정의 8대손이라 전했으며, 이문영도 역시 충무공의 8대손이었다.

매천은 일제의 강압적인 강화도조약을 기록하면서 슬픔과 분노로 가득한 이야기가 아닌 웃음을 유발시키는 이런 풍문을 선택 게재했다. 그 의도는 조지훈의 시에서 "정작으로 고와서 서러워라"라고 했던 것처럼 일종의 역설법을 염두에 두었기 때문일 것이다.

매천의 이런 역설법은 55세 때1909년 서울에 올라가서 쓴 풍물시 '입도入

郡'에서도 나타나는데, 남산에 올라가서 나라가 망해버린 현실을 바라보며 "예로부터 나라 망하는 일은 붕어가 목 내밀면 비 오는 것처럼 흔한 일이니, 나라가 망해도 족히 슬퍼하지 말아야하리."라고 했다.

아무튼 그 해 7월에는 이 강화도조약을 근거로 부록과 무역장정조일통상잠정협약을 조인했다. 무역장정의 내용에는 양곡의 무제한 유출 허용, 일본 수출입 상품에 대한 무관세, 일본선박 입항세 면제, 일본인 화폐 사용 등이 들어 있었다.

이런 일련의 사건들로 인해 일제의 식민주의적 침략이 시작되었으며, 위정척사파와 개화파 간의 대립이 일어나는 시발점이 되어 날이 갈수록 혼란에 빠져들었다.

한성부지금의 서울에 올라온 매천은 그 규모와 인파에 놀랐다. 지금까지 대처라고 하면 기껏해야 전라감영이 있는 전주를 구경한 것이 최고였다. 매천은 전주에 갔을 때만 해도 놀라지 않았다 그런데 한성부는 상상을 초월할 정도라서 자신이 자꾸만 작아지는 느낌을 받았다.

그뿐만 아니었다. 매천은 광양에서 출발하여 한성부까지 무려 20여 일이나 걷고 또 걸어서 어렵사리 도착했다. 그동안 수많은 물을 건너고 높은 재를 허위단심으로 넘어야만 했다. 그럴 때마다 마을이 나타났다가 사라지고 또 마을을 셀 수 없이 만나곤 해서 도대체 자신이 지금 어디에 있는지조차 감이 잘 잡히지 않아 놀라움을 금치 못했던 것이 사실이었다.

"아, 조선 땅이 이처럼 넓은데 이 세상은 또 얼마나 넓을 것인가? 어허, 여태껏 나는 우물 안의 개구리였을지도 몰라."

자신도 모르게 중얼거린 말이었다.

그동안 매천은 성리학뿐만 아니라 제자백가를 두루 섭렵했으며 역사, 군사, 형률 등 수많은 서책들을 가까이에 두고 살았다.

매천이 서책을 통해 배웠던 것은 관념적이거나 비현실적인 부분이 많아서 죽은 지식일 수도 있었다. 그렇지만 눈으로 직접 보고 듣고 깨달아서 얻는 지식이야말로 생생하게 살아있는 것이라서 한성부에서 지낼 나날들이 무척이나 기대되었다.

잠시 우두망찰했던 매천이 허리를 꼿꼿하게 펴고 눈을 부릅뜬 채 헛기침을 터트렸다. 이처럼 넓은 세상이라면 새로운 깨달음을 얻을 수 있고 그것을 바탕으로 인생의 전환점을 얼마든지 만들 수 있을 터였다.

시골에서 올라온 초라한 선비였지만 한성부 앞에서 주눅들 이유가 전혀 없었다. 어쩌면 조선의 심장부인 이런 대처에서 활동할 수 있는 기회를 잡았기 때문에 활개를 펴고 자부심을 잃지 않는 것이 현명한 처사랄 수 있었다.

매천이 부푼 꿈을 안고 한성부의 육조거리지금의 세종로로 들어섰다. 그 거리는 정도전이 태조의 명을 받고 조성했으며, 광화문 좌우에 의정부와 한성부를 비롯한 6조六曹 관아들이 어깨를 겯고 들어서 있는 58척 너비의 도로였다.

매천이 육조거리에 서서 바라본 한성부는 알맹이가 어디론가 사라지고 껍데기만 남았으며, 민심이 동요되어 혼란만 가득한 곳이었다. 한껏 부풀었던 기대가 일시에 허물어지고 말았다.

대원군이 하야하고 명성황후를 중심으로 민씨 일파가 정권을 잡으면서 세도정치가 부활되었다. 덩달아서 매관매직이 또다시 활개를 쳤다. 그런 상황은 결국 가혹한 수탈로 이어질 수밖에 없고 민심이 동요될 수밖에 없었다.

이태 전이었다. 강화도조약이 체결되었던 그 해에는 가뭄과 홍수가 연이어져 가을에는 극심한 흉년이 들었고 겨울에는 대지가 바짝 메말라서 이상한 소문까지 나돌기 시작했다.

가뜩이나 그런데다가 그해 11월 4일 밤, 임금과 왕비가 잠을 자는 교태전에서 원인 모를 화약 폭발사고가 일어나고 화재가 발생하여 궁궐 전체가 화염에 휩싸였다.

어떻게 손쓸 겨를도 없이 교태전을 비롯하여 건순각, 자미당, 자경전, 양경당, 복안당, 연생전, 경선전, 흠경각, 강녕전 등 15채의 건물 830여 칸이 불길에 휩싸였다. 결국 깡그리 잿더미로 변했다.

경복궁의 이런 화재사건은 민심의 동요뿐만 아니라 민심이 극도로 흉흉해지는 결과를 낳기에 이르렀다.

매천은 폐허가 되어버린 경복궁을 바라보면서 극심한 상실감에 휩싸였다. 그날의 화재 흔적을 감추기라도 하듯 경복궁 곳곳에 잔디를 심어놓았지만, 그런 방법으로 상실감이 치유될 리 만무했다.

매천이 괴나리봇짐 속에 고이 간직하고 있었던 추금 강위의 거주지를 기록해놓은 종이를 꺼냈다. 강위를 만나려면 개천開川:지금의 청계천 광교 부근에서 해당루를 찾아가 주인인 변진환을 만나야 했다.

매천에게 강위를 소개해주었던 사람은 이산 유제양과 남파 성혜영이었다.

지난해 봄이었다. 성혜영이 매천의 집석현정사으로 찾아왔다. 그는 유제양의 소개로 매천을 알게 되었는데, 좀이 쑤셔서 참지 못하고 하동에서 광양까지 걸어서 찾아왔던 것이다. 두 사람은 만나자마자 의기투합했다.

매천은 그를 만난 기념으로 '황엽구산 천제로黃葉九山天際路'라는 시를 지어서 주었다. 그러자 훗날 매천이 만수동에 기거할 때의 일이지만, 성혜영이 "만수동 골 안이 깊고 깊은데/복사꽃 닭과 개 고금이 같아라./세상사람 비록 도원桃源의 꿈 있으나/겨우 춘강春江에 이를 뿐 찾지 못하네.//"라는 화답시和答詩를 보내왔을 정도로 절친한 사이가 되었다.

아무튼 성혜영이 매천을 만나러 광양으로 찾아왔을 때 강위가 맹주로 있는 육교시사에 대한 이야기를 해주었다.

육교시사六橋詩社는 '위항문학'이나 '여항문학'이라고도 했다.

한문학은 양반 사대부들이 한자를 빌려 그들의 정서와 생활감정을 표현한 상층계급의 문학이었는데, 육교시사는 중인 이하 계층이 주도하는 문학단체였다. 그리고 육교시사의 중심은 북학北學의 종장인 추사 김정희의 문하에서 성장한 중인中人들로 구성되어 있었다.

육교시사의 중심 처는 개천청계천의 광교 부근이었다. 그곳은 중인계층의 집단 거주지이기도 했다.

'육교시사'라는 명칭은 광교가 개천청계천의 하류에서 여섯 번째의 다리였기 때문에 '육교'라고도 불렀는데, 그 별칭을 따온 것이라고 했다. 또 강위의 시집 『육교연음집』의 제목에서 따온 것이라는 이야기도 있었다.

위항문학委巷文學.

이 단어는 조선 선조 때부터 싹트기 시작한 중인, 서얼, 서리 출신의 하급관리와 평민들에 의하여 이루어진 문학을 지칭했다.

여기에서 '위항'이란 단어는 『예기』의 '단종' 상편과 『사기』의 '이사

열전' 등에서 나오는데, 원뜻은 '꼬불꼬불한 거리 또는 골목으로 인구가 조밀한 주거지'란 의미이며 동시에 지배층이 아닌 피지배층의 거주지란 의미가 겹쳐 있었다.

　매천은 광교를 찾아가기 위해 육조거리를 벗어나 황토현에서 좌측으로 틀어 육의전 행랑들이 즐비하게 늘어서있는 시전 거리로 들어섰다. 그 거리에 들어서기도 전에 물건을 사려는 사람들과 상인들이 질러대는 왁자지껄한 소리가 귀를 아프게 만들었다.

　이 시전 거리를 분기선으로 북쪽에는 궁궐과 종묘가 있었으며 사대부들이 주로 살고 있었는데 '북촌'이라고 했다. 남쪽에는 목멱산지금의 남산 아래를 중심으로 서민들과 천민들이 주로 살고 있었는데 '남촌'이라고 했다.

　개천청계천은 시전 거리와 병행해서 동쪽으로 흘러내리다가 왕십리 밖 살곶이다리 근처에서 한천지금의 중랑천의 물과 합류하여 한강으로 유입되었다.

　의금부 건물과 운종가雲從街의 종루지금의 보신각가 있는 삼거리에서 우측으로 틀면 수십 보쯤에 전옥서가 있었고 곧이어 개천청계천을 가로지르는 광교를 만날 수 있었다.

　광교 부근에서 해당루를 찾는 것은 그리 어렵지 않았다. 해당루는 건물 규모가 크고 으리으리해서 눈에 쉽게 드러났기 때문이다.

　매천이 유제양과 성혜영에게 들은 이야기였지만, 해당루의 주인인 변진환은 원주변씨였으며 그 집안 대대로 역관에 뽑혀서 명성을 얻었다.

　변진환은 한학 역관이었는데 청나라를 오가면서 무역을 하여 많은 재산을 모았다. 그러자 광교 옆에 해당루라는 건물을 지어 육교시사의 중심

처로 삼았고, 강위를 초빙하여 아들 변정과 조카 변위를 공부시켰다.

훗날 일이지만, 변진환의 아들 변정은 변수로 개명했으며, 갑신정변의 주역으로 나섰다가 삼일천하로 끝나고 말자 일본을 거쳐 미국으로 망명했다. 그리고 컬럼비아 의과대학지금의 조지워싱턴대학교 의과대학을 졸업한 서재필보다 2년 앞선 최초의 대학 졸업생이 되었다.

매천이 해당루로 들어가서 변진환을 찾았다. 그런데 그는 출타 중이었고, 때마침 출타하려고 밖으로 나서던 어떤 중늙은이와 매천이 마주치게 되었다.

"여기는 어떤 일로 오셨소?"

"저는 전라도 광양 땅에 살고 있는 황운경이라 하온데, 추금 선생님을 뵙고자 찾아왔습니다."

"추금이라? 그는 집 한 칸 없이 평생을 부평초처럼 떠돌아다니는 자라서 만나기 쉽지 않을 거외다. 도대체 무슨 일로 그 늙은이를 찾소?"

"추금 선생님께서 평생을 떠돌아다니셨다는 이야기는 옳은데, 한 칸의 집도 없다는 이야기는 틀렸습니다."

"어허, 젊은 그대가 어떻게 나보다 더 잘 알고 있다는 게요. 추금이 집 한 칸 없다는 내 말이 확실히 맞소이다."

그가 콧방귀를 뀌었다.

매천이 호언장담하는 그의 위아래를 재빨리 살펴보았다. 입성이 소탈하다 못해 허름했고, 몸피가 야위어서 아무리 좋게 봐주려 해도 평범한 풍채였다. 하지만 그의 얼굴에 세상만사의 풍파가 깃들어 있는 듯하여 범상치 않은 느낌을 은근히 풍기고 있었다.

매천이 그를 바라보며 호탕하게 웃고 나서 입을 열었다.

"추금 선생님의 또 다른 호가 무엇인지 아십니까? 그 선생님은 가을 소리를 듣기 위해 상상 속의 집을 하나 지으시고 나서 '청추각聽秋閣'이라고 하셨습니다. 그런데 왜 집 한 칸이 없다고 말씀하시는 것입니까?"

매천의 말이 끝났다.

중늙은이가 눈빛을 반짝이더니 매천의 손을 붙잡고 방으로 데리고 갔다. 그다지 넓지 않은 방이었지만. 앉을자리가 부족할 정도로 서책들이 쌓여 있었다. 그런데 그 서책들 대부분은 매천이 여태 들어보지 못했던 매우 낯선 것들이었다.

"광양 땅의 황운경이라고 그랬소?"

"그렇습니다만……."

"오호라! 지난번에 남파가 인편으로 보낸 편지에서 그대의 이야기를 들었소. 그대를 광양의 황신동이라고 칭송하는 소리가 호남 일대에 자자하다더니 그게 허명이 아님은 분명한 것 같소. 제대로 잘 찾아오셨소. 내가 바로 그대가 찾고 있었던 추금이고, 청추각이오."

매천이 자리에서 벌떡 일어났다. 그리고 추금에게 큰절을 올렸다. 그런 큰절은 스승에 대한 예우나 마찬가지였다.

"선생님의 명성을 익히 들었습니다만 이렇게 직접 뵙고 보니 감개무량합니다."

큰절이 끝나기가 무섭게 강위가 매천의 손목을 덥석 붙잡았다.

"이야기 들었던 것처럼 대단한 인물이오. 우리가 장차 좋은 인연을 쌓았으면 하오."

"우둔한 저에게 과분한 칭찬이십니다. 이 순간부터 선생님으로 뫼실 터이니 흔쾌히 허락해주시고 말씀도 낮추십시오."

"어허, 그 무슨 소릴. 그대의 총명은 누구도 따라가기 힘들 것이오. 오히려 내가 배워야겠는 걸."

추금의 얼굴이 활짝 펴지더니 너털웃음을 연신 날렸다.

추금秋琴 강위姜瑋.

그의 아버지는 무과에 급제하여 공주의 영장을 지냈고 형과 큰아들 그리고 두 손자까지 무과에 급제한 무반집안의 출신이었다.

강위는 젊어서 과거에 뜻을 두고 영의정을 지낸 정원용의 집에서 그의 손자인 정건조와 함께 공부했으나 무반으로 굳어진 신분상 제약 때문에 과거를 포기하고 학문과 문학에 전념했다.

그는 당시 이단으로 몰려 은거하던 민노행의 밑에서 4년 간 경학을 배웠고, 민노행 사망 후에는 제주도에 유배 중이었던 추사 김정희를 찾아가 약 5년 간 배웠다.

김정희의 유배가 풀리고 난 뒤, 강위는 전국을 방랑하며 개성이 뚜렷하고 관습적 표현을 배제한 참신한 시를 지어 당대 제일의 시인으로 명성을 얻었다.

그는 1862년에 삼남지방의 민란을 겪으면서 현실문제에 관심을 갖기 시작했고 친구인 정건조의 요청으로 2만 9천여 자에 이르는 시무책인 『의삼정구폐책擬三政捄弊策』을 작성했다. 그런데 정건조가 조정에 제출하기를 꺼려하자 불태워버렸다고 한다.

그는 1873년 7월에 사은 겸 동지정사로 임명된 정건조의 수행관이 되어 청나라를 다녀왔고, 1874년에는 서장관으로 임명된 이건창의 수행관이 되어 북경을 다녀왔던 인물이었다.

인정人定을 알리는 28번의 종소리가 울렸다. 이제 모든 도성문이 닫히면서 통행금지가 시작되어 오경삼점五更三點:새벽 4시에 종을 33번 울려 파루를 알릴 때까지 천지가 고요 속으로 잠길 터였다.

인정을 알리는 종소리가 28번 울리는 것은 하늘의 별자리를 28수宿로 나누기 때문이었고, 파루를 알리는 종소리가 33번 울리는 것은 불교에서 말하는 도리천33천을 의미하고 있었다.

운종가를 중심으로 펼쳐진 시전 거리의 왁자지껄한 소리가 사라진 지 이미 오래전이었다. 인정을 알리기 전의 운종가는 이름 그대로 인파가 구름처럼 몰려들었다가 흩어지곤 했다. 특히 육의전 상인들과 술집 아낙들이 시전 행랑 뒤쪽의 피맛골과 광교 근방의 다방골에서 흥청거리며 불러대던 노랫가락과 장단이 요란했다.

매천은 강위에게 빌려온 서책을 읽다가 인정 소리가 울릴 즈음에 밖으로 나왔다. 밤하늘에 떠있는 보름달 위로 구름이 흘러가는 광경을 바라보다가 고향에 있는 가족들을 떠올렸다. 지필묵을 급히 챙기고 나와 달빛 아래에서 칠언율시 1수를 썼다.

구름이 모였다 흩어지며 달이 나오고
사방 산이 어두우니 나무도 검은 빛이라네.
감청색 별빛이 다시 깜박거리고
은하수는 길게 베 폭처럼 드리웠도다.
처마에 드나드는 박쥐가 홀연히 놀래
거꾸로 나르다 박꽃 사이로 사라져가네.
사람들은 관솔불 밑에서 나직이 속삭이고

온 가족 보리밥에 배부름을 자랑하겠지.

매천이 밤하늘을 바라보며 고향에 있는 가족들을 생각하고 있을 때 등 뒤에서 홍기정의 목소리가 들려왔다. 그는 강위가 소개해준 사람이었고, 매천이 그의 집에서 신세를 지고 있는 중이었다.

"운경, 망운지정望雲之情이라는 말이 있듯이, 보름달을 스쳐 흘러가는 밤하늘의 구름을 보면서 고향의 가족들을 생각하고 있는 것은 아니외까?"

"아, 잠이 오지 않아서 밖으로 나왔다가 밤하늘을 보며 시 한 수 썼소이다."

매천이 조금 전에 썼던 시를 보여주었다.

"운경의 소문이 자자해지기 시작했소. 글 잘 쓴다는 소문 말입니다. 역시 대단하시구려. 운경, 그런데 이곳에서 생활해 보니 어떻소이까?"

"궁벽한 산촌에서 살다가 이곳에 와보니 모든 것이 새롭기만 합니다. 추금 선생님께서 많은 것을 깨우쳐주셔서 새로움 속에서 또 다른 새로움을 발견하기도 합니다. 추금 선생님은 정말 대단한 분입니다."

매천의 이야기에 홍기정이 너털웃음을 지었다.

"추금 선생님이 대단하다는 것을 이제야 아셨습니까. 추금 선생님이야말로 당대 제일의 시인 아니겠습니까. 올해 2월에 조선과 일제가 강화도에서 수호조약을 맺었을 때 조선 측 대표 중추부판사 신헌 대감의 막후 협조자로 선택되었던 분이 바로 추금 선생님이었습니다. 어디 그뿐입니까. 수년 전 병인양요가 일어났을 때, 신헌 대감께서 총융사가 되어 강화도의 염창을 수비하고 있었지요. 그때 추금 선생님께서 그곳 지형과 방비

책을 신헌 대감께 낱낱이 알려주었습니다. 그러니 얼마나 대단한 분이십니까. 그런데 말입니다, 운경이 한성부에 올라온 지 두서너 달 됨직한데, 글 잘 짓는다는 소문이 장안에 널리 퍼졌거든요. 야, 운경도 추금 선생 못지않게 대단합니다 그려."

홍기정이 자기 자랑을 늘어놓기라도 하듯 열을 냈다.

매천은 홍기정의 이야기를 들으며 한성부에 올라와서 직접 만나 대화를 나누곤 했던 강위에 대해 더듬어보기 시작했다.

강위는 보통 사람과 판이하게 달랐다. 풍채만 놓고 보면 피맛골을 어슬렁거리며 돌아다니는 장삼이사나 다를 바가 없었다. 그런데 막상 그를 만나보면 문장력이 뛰어나고 또 박학다식해서 고개가 저절로 숙여지고 말았다. 수많은 젊은 선비들이 그를 스승으로 받들어 모시는 것도 그의 시를 좋아했고 탁월한 식견에 감탄했기 때문이었다.

그동안 매천은 강위와 수십 차례나 창수시가나 문장을 지어서 서로 주고받음했고 밤새워 정국을 토론했기 때문에 그의 실체를 잘 알고 있었다.

젊은 시절의 강위는 문벌정치 아래에서 시행되는 과거제도가 온통 부정으로 행해진다는 것을 알고 입신출세를 포기했다. 그리고 바람처럼 구름처럼 방랑의 길을 걸었다.

강위는 한때 기원 민노행의 문하에서 사서오경을 공부했으나 그가 죽으면서 소개해주었던 추사 김정희 문하에서 실학을 공부하기에 이르렀다. 그러다가 김정희에게 천하를 유람하겠다고 말한 뒤 또다시 방랑의 길을 걸었다.

아마 강위가 방랑생활을 일삼았을 때 지었을 것으로 추정되는 '길에서 기러기 소리를 들으며' 라는 시를 보면 행운유수처럼 떠도는 그의 심정이 아주 잘 드러나 있다.

> 어찌 구차히 먹고살기 위해서이랴
> 가을 가고 봄 옴이 어찌 그리도 바쁜지
> 차고 맑은 하늘, 내 속이 시원히 트인 것 같아
> 땅보다 하늘에 더 많은 날을, 마음 빼앗겼다오.

　강위는 그런 방랑 과정에서 세상인심을 소상히 알게 되었을 뿐만 아니라 전국의 방비와 군사 그리고 행정도 손바닥 들여다보듯 훤하게 되었다. 게다가 이 땅에 만연되어있는 부정부패라든지 도탄에 빠진 백성들의 아픔까지 모조리 읽어내면서 현실적인 문제에 적극적인 관심을 갖게 되었다. 그리고 삼남지방에서 일어났던 민란을 몸소 겪은 뒤에는 오랜 방랑생활을 청산하고 한성부로 올라오게 되었다.

　어느 날, 강위가 방랑생활 했던 때를 회상하며 매천에게 이렇게 말했다.

　"내가 천하를 떠돌면서 보았던 것은 군정과 농정이 문드러져 위아래가 모두 곤궁하다는 것이었네. 그건 곧 사직의 존망과 관계되는 중요한 현실이었지. 백성은 하루 끼니가 걱정이었고, 나라의 재정은 엉망진창이었으니 만약에 외적이 침입하기라도 한다면 무슨 수로 막아낼 수 있겠는가."

　"그렇다면 어떤 방도를 취해야 현명합니까?"

　"국법의 폐단을 바로잡아야 하고 탐관오리들을 징치해야 하네."

　그는 나라가 위태롭게 된 원인을 제도의 잘못과 관료들의 부정부패로 보았다.

"국법의 폐단은 무엇입니까?"

"그 갈래들이 강 물줄기처럼 많은데, 가장 중요한 것은 귀천으로 나누어져 있다는 것이라네."

그는 양반들이 군역을 면제 받고 세금 특혜를 받는 등 온갖 특권을 누리고 있기 때문에 나라의 재정이 막대한 손실을 입었다고 했다. 또 평민들은 양반이 되기 위해 신분을 속이거나 벼슬을 사거나 도망가서 초적으로 전락되었다고 했다. 그리고 그런 자들이 소수의 역적 무리에 끼어 난을 일으키게 되고 선량한 농민들은 마지못해 따라가고 있는 현실이라고 말했다.

매천은 전통적인 성리학자들의 관념적이고 진부한 모습에 이미 염증을 느끼고 있었던 중이었다. 그래서 현실생활에 바탕을 둔 실천적인 학문의 자세를 견지하고 있는 강위에게 큰 매력을 느낄 수밖에 없었다.

한성부로 올라온 강위는 1873년과 1874년에 동지사와 연경사의 수행관이 되어 청나라에 다녀오면서 새로운 지식을 얻었으며 많은 것을 깨닫게 되었고, 귀국한 뒤에 급격한 변화를 보이기 시작했던 것 같았다.

강위가 베이징 성을 돌아보았던 기억을 되살리며 매천에게 이렇게 말했던 적이 있었다.

"서양인 남녀들이 베이징 성을 올라 다녔는데 참으로 그림 같더군. 그이전에 나는 서양인들을 본 적이 없었네. 그런데 그날 처음 보면서 많이 놀랐지. 그들의 머리카락과 옷이 사람 같지 않았거든."

강위는 청나라를 돌아보면서 서양의 각 나라가 어떻게 침투하여 강압하고 있는지 알게 되면서 조선의 위기를 느끼기 시작했다. 그리고 청나라의 학문과 문물을 받아들여야한다고 주장하는 북학파의 시대가 끝났다는 생각을 갖게 되었던 것 같았다.

그 후, 강위는 김정희에게 공부를 하면서 몸에 배었던 실학사상의 토대 위에다가 외국을 다녀오면서 느꼈던 개화사상을 접목시키는 중이었다.

강위는 강화도조약이 체결될 때 조선 측 대표였던 신헌을 도와 막후 협조자로 활약했을 때 있었던 일도 매천에게 이야기해주었던 적이 있었다.

회담이 열린 첫날이었다. 신헌과 흑전청륭이 회담을 열려는 순간, 갑곶진으로부터 함포사격 소리가 요란하게 울렸다. 신헌이 깜짝 놀라서 흑전청륭에게 물었다.

"두 나라 사신이 평화회담을 하는데 이 무슨 함포사격이란 말이오?"

"오늘이 우리의 기원절입니다. 축하 예포를 쏘는 것입니다. 포성은 커도 탄환은 없으니 두려워하지 마시오."

조선 측에서는 그들이 함포사격을 통해 직간접적으로 위협하고 있다는 것을 느꼈으나 아무런 항의도 할 수 없었다.

신헌이 다시 물었다.

"도대체 당신들이 체결하자는 조약이라는 게 무엇이오?"

"개항하여 통상하는 것입니다."

"지난 300년 동안 양국이 통상을 하지 않은 적이 있습니까? 갑자기 이런 것을 요청하다니 이해할 수 없는 일이외다."

"조약은 지금 세계 각국에서 통용되는 국제법이며, 일본도 세계 각국에 객사를 열고 있습니다."

"허나 조선은 척박한 땅이라서 곡식과 무명뿐, 금은보화나 사치품은 전혀 없소이다. 당신 나라에는 별 이로울 것이 없고, 조선은 손해가 클 것이니 수백 년 간 행해오던 왜관에서의 교역만 못할 것입니다. 또한 우리는 아편과 천주교를 결코 허용할 수 없소. 아편은 우리나라 사람들이 피우지도 않고 천주교는 국법으로 금하고 있으니, 그 수입을 중지한다고 조약에 명백히 써야 합니다."

"아편이 일본과 무슨 상관이 있단 말입니까. 게다가 지금까지 일본이 예수교를 믿는다는 소리를 들어본 적도 없습니다. 우리로서는 인정할 수 없는 일입니다."

흑전청륭이 조약 내용이 적힌 책자를 신헌에게 보여주며 말했다.

"조약 13건을 초록했으니 자세히 보아주십시오. 그리고 귀 대신이 몸소 조정에 나아가 직접 올려 품의해 처리해주시오."

매천은 강위가 그 당시의 분위기를 자세히 설명해주지 않았어도 짐작이 갔다. 우선 조선 측에서는 조약이 무엇인지도 모를 정도로 국제정세에 어두웠다. 그리고 조약이란 쌍방 간의 협의에 의해 작성하는 것이 마땅한데, 이미 일본에서 만들어온 조약을 들이대며 체결하자고 강압했으니 그건 분명히 잘못된 일이었다.

"달밤의 정취 아래에서 술 한 잔 나누는 것도 의미 있는 일이지 않겠습니까."

홍기정의 목소리에 매천은 연이어 떠오르는 생각들을 접을 수밖에 없었다.

"그동안 신세를 지고 있는 것만 해도 송구스러운데 이렇게 술까지 대접받다니 이 은혜를 언제 갚을 수 있을까요."

매천이 술잔을 받아들고 만면에 미소를 지었다.

"운경, 풍류도 좋지만 나라의 꼴이 말이 아니어서 오늘밤은 실컷 취하고 싶소이다."

"또 나라에 무슨 불미스러운 일이라도 생겼습니까?"

"내 말을 좀 들어보시구려. 우리나라는 옛날부터 일본을 왜노(倭奴)라고 불렀지 않소이까. 그런데 그놈들이 그렇게 부르는 것을 비루하다고 생각하여 몹시 싫어했기 때문에 조약을 맺은 이후로 일본으로 고쳐 사용하게 되었는데, 아무리 그래도 그놈들은 어쩔 수 없는 비열한 왜노일 뿐이었소이다."

"그렇다면 왜놈들이 무슨 일이라도 저질렀단 말입니까?"

"아 글쎄, 며칠 전의 일인데요, 부산의 두모진해관에서 왜놈 상인들에게 관세를 징수하자 강화도조약에 위배된다며 동래부사에게 해관 철폐를 요구했다지 뭡니까. 그리고 왜놈 상인들이 백여 명이나 두모진해관에 몰려와서 항의시위를 했다는구려. 도대체 그게 말이나 됩니까? 그놈들이 우리 땅에 들어와서 물건을 팔아 엄청난 이득을 챙기면서 세금 한 푼 내지 않겠다고 우기는 것이 말이나 되냔 말입니다. 어쩌면 세금 문제가 아닐 수도 있습니다. 그놈들은 우리 조선을 완전히 우습게보고 있다는 것입니다. 이런, 죽일 놈들!"

홍기정이 분함을 참지 못해서 술을 벌컥벌컥 들이켰다.

역사에 기록된 두모진해관 철폐 사건은 다음과 같았다.

1878년 9월 27일, 부산의 두모진해관에서 일본 상인들에게 관세를 징수하자 일본 관리관이 '병자수호조규(강화도조약)'에 위배된다며 동래부사에게 철폐를 요구했다. 그날 일본 상인 135명이 동래부로 몰려와 항의시위를 벌였고, 11월 24일에는 대리공사 화방의질(하나부사) 요시모토가 군함을 이끌고 와서 사람을 살상하는 만행을 저지르며 위협을 가했다.

결국 계속된 철폐요구와 시위를 견디지 못한 조선정부는 12월에 두모진해관을 폐쇄하고 아울러 관세징수를 중단하고 말았다.

"어허! 어허! 이러다가 나라꼴이 어떻게 될꼬. 약자가 강자에게 먹히는 것이 매우 원망스럽소이다."

매천이 비분강개하여 눈물을 펑펑 쏟았다.

이미 외세가 침범하여 나라의 꼴이 말이 아니었다. 일본과 청나라 사람들은 조선이 마치 자신의 나라인양 한성부의 거리를 활보하고 다녔다.

얼마 전에만 해도 시전거리를 분기선으로 해서 북쪽에는 사대부들이 주로 살고 있다고 해서 '북촌'이라고 했으며, 남쪽에는 서민들과 천민들이 주로 살고 있다고 해서 '남촌'이라고 했다.

그런데 북촌과 남촌은 일제와 국교를 수립한 이후, 큰 변동을 겪었다. 특히 남촌은 일본인이 한성부에 진출해서 일제 상품, 일제의 문화, 일제의 풍속 등을 이입시켜 조선 속의 일제로 바꾸어놓고 말았다. 그러니까 서울 4대문 안을 관통해서 흐르는 청계천을 경계로 서울 도성 안에서 한민족과 이민족이 공존하는 독특한 촌락을 형성하고 있었다.

한성부 일대에는 언제부터인지 모르지만 이곳저곳에 일본식 2층집이 들어섰다. 그리고 근대업종이라고 할 수 있는 촬영국사진관, 권연국담배 공장, 두병국두부나 떡 따위를 만드는 공장, 양춘국양조장, 광인국인쇄소 등이 들어서서 상전벽해가 되고 말았다.

매천이 밤하늘을 올려다보았다. 구름 속을 빠져나온 보름달이 무심한 모습으로 은백색의 달빛을 뿌리고 있었다. 매천의 뺨에 주렁주렁 매달린 눈물이 달빛을 받아 보석처럼 빛났다.

운종가를 야경하는 순라군들의 탁鐸을 두드리는 소리가 점점 가까워지고 있었다. 담장 밑에서 웅크린 채 눈빛시위인양 푸른빛을 쏘아대던 도둑괭이 한 마리가 소름끼치는 울음소리를 질러댔다.

며칠 후였다. 강위가 매천을 찾아왔다. 조정에서 위당 신헌의 아들 향농 신정희를 어영대장으로 배拜:임명하여 잔치가 벌어지게 되었다는데 함께 가자는 것이었다.

신헌이 강화도조약 체결 당시 조선 측의 대표였을 때 강위가 막후 협조자로 선임되었던 인연이 있었지만, 그것보다 앞서 두 사람 모두 추사 김정희의 문인이라는 인연이 사전에 깔려 있었다. 그래서 강위와 신헌 부자가 매우 가까운 사이였다.

매천도 강위를 만나면서부터 신헌 부자와 알고 지내는 사이였다. 게다가 매천이 신정희의 시집을 읽고 '신향농 장군 정희 시집에 부쳐'라는 시를 썼던 인연이 있고 해서 주저함 없이 따라나섰다.

신헌의 집은 덕수궁 뒷문 쪽에 있었다. 신헌은 아들이 어영대장에 임명되자 얼굴에 기쁜 빛이 가득했다. 그도 그럴 것이 자신이 10년 전에 어영대장 벼슬은 갖고 있었기 때문에 감회가 남달랐을 터였다.

"이렇게 찾아주셔서 감사하외다. 이번 일은 우리 가문의 경사이올시다. 어영대장 벼슬이 나를 떠난 지 10년 만에 다시 돌아왔으니 그 어찌 경사라고 하지 않을 수 있겠소이까."

그가 호쾌한 웃음을 날렸다. 그때 잔치 자리에 앉아 있던 매천이 불쑥 나서서 일갈했다.

"대감, 오늘 같은 날은 몹시 두려워하며 국사에 보답할 것을 깊이 생각해야 하는 것이 마땅하거늘, 어찌 벼슬이 가문에 돌아온 것을 자랑이나 하고 계십니까?"

일찍이 신헌은 형조, 공조, 병조판서를 역임했으며 현재 중추부판사를 맡고 있는 당상관이었다. 그런데 이제 갓 약관을 넘긴 선비가 일갈했으니 하룻강아지 범 무서운 줄 모르는 꼴이 되고 말았던 것이다.

매천의 일갈이 끝나자마자 좌중에 찬물이라도 끼얹은 것처럼 조용해지더니 급격히 쑥덕거리기 시작했다. 그런데 매천의 옆에 앉아있던 강위는 다른 사람들과 달리 뜻 모를 웃음만 짓고 있을 뿐이었다.

신헌 부자의 얼굴이 당황스러운 빛으로 물들었다. 이어서 신헌이 일갈한 당사자를 찾으려고 눈을 재빠르게 두리번거렸다. 전라도 광양에서 올라왔다는 매천이었다. 그런데 그의 자세가 너무나도 당당해서 흠칫 놀랐다.

"음, 누군가 했더니 황운경이었구려. 그래, 옳소이다. 기뻐하기보다 국사에 어떻게 보답할 것인지 노력하는 것이 마땅하지."

신헌이 멋쩍은 웃음을 날리며 매천의 말이 옳다는 것을 순순히 시인함으로써 웅성거리던 분위기가 가라앉았다.

잔치가 막바지에 다다를 즈음, 신헌이 매천 옆으로 다가왔다.

"어떠신가? 나랑 바둑 한 판 두겠나?"

"불러주시니 감사할 따름입니다."

"그럼 따라오게나."

"거참, 재미있는 대국이 되겠습니다. 대감, 그런 대국에 구경꾼이 없어서야 되겠습니까."

강위가 웃으면서 벌떡 일어났다.

신헌이 앞장서고 매천과 강위가 뒤따라서 잔치자리를 벗어났다.

신헌이 거처하는 사랑방은 벽면에 호피와 고풍스러운 환도가 걸려 있었다. 무반출신 관료의 분위기가 물씬 풍겨나는 방이었다. 그런데 무반출신답지 않게 방바닥에는 아주 고급스럽게 여의두문이 새겨진 서안書案:글을 읽거나 글씨를 쓸 때 사용하는 책상이 놓여있었고 그 옆에는 문방사우가 가지런히 정렬되어있었다.

"대감, 요즘에도 난을 자주 치십니까?"

신헌은 묵란墨蘭으로 명성을 얻었고 예서체도 아주 잘 썼다. 행주산성의 현판과 경회루 현판의 글씨는 그가 쓴 것이었다.

"추사 선생님의 어깨너머로 잠시 배웠던 잔재주일 뿐이라서 부끄럽기만 하네."

"그런데 수담은 언제부터 즐기셨습니까?"

수담手談이란 서로 상대하여 말이 없어도 뜻이 통한다는 뜻이며, 바둑이나 바둑 두는 일을 이르는 말이었다.

"나는 무반출신일세. 그런데 바둑은 병법에 통하고, 석 자의 바둑판이 곧 전쟁터가 아니던가. 그리고 말일세, 말 잘하는 황운경에게 말로 이길 수 있겠는가. 혹시 수담이라면 몰라도 말이지."

신헌이 호탕하게 웃기는 했지만 매천을 은근히 비꼬았다. 그리고 바둑알을 집어 들었다. 그런데 마주앉은 매천은 대국할 자세를 전혀 취하지 않은 채 눈을 지그시 감고 있기만 했다.

"왜 눈을 감고 있는가? 대국하기 싫다는 이야긴가, 아니면 기권을 하겠다는 뜻인가?"

신헌이 매천의 위아래를 훑어보았다.

"대감은 돌을 놓고 나서 한 수 물리자고 하는 경우가 많다던데, 그래서 대국하고 싶은 마음이 별로 없습니다. 대감께서 방금 이 바둑판을 전쟁터라고 말씀하셨지요. 그런데 어떻게 전쟁에서 승패를 물릴 수 있단 말입니까."

"추금, 내가 바둑을 두면서 물린다는 소문이 있던가?"

신헌이 도움을 바라며 강위에게 고개를 돌렸다.

"대감, 저는 단순한 구경꾼일 뿐이지 훈수하러 온 자가 아닙니다."

"허허, 두 사람 패를 지어 나를 몰아세울 요량이군. 좋네. 그렇다면 일수불통을 철저히 지키겠네. 자, 시작하세."

대국이 시작되기 전부터 기 싸움이 대단했다. 강위는 뭐가 그렇게 재미있는지 두 사람을 주의 깊게 바라보며 실실 웃고 있을 뿐이었다.

대국이 시작되었다. 한참 후에 승패가 결정되었다. 매천의 승리였다. 신헌이 한 판 더 두자고 했다. 이번에도 결과는 매천의 승리로 끝났다. 어둠이 찾아와 촛불을 켠 다음에도 대국이 한참이나 진행되다가 마침내 끝났다. 그때까지 신헌은 한 판도 승리하지 못했다.

매천과 강위가 신헌의 집을 나왔다.

"운경, 너무 과하지 않았던가? 다른 사람이라면 일부러 한 판쯤은 져주었을 것이네. 연거푸 패했던 대감의 안색이 별로 좋지 못했다네."

"승패는 냉정한 것이라서 당연하지 않겠습니까?"

"바둑판의 승패가 무어 그리 대단하단 말인가? 아무래도 그렇게 악착같이 이겼던 이유가 틀림없이 있겠지?"

"그렇습니다. 외교나 전쟁에서 패하게 되면 그 후유증이 얼마나 크며 고통이 뼈에 어떻게 사무치는지 바둑을 통해서 간접적으로나마 깨닫게 해드리고 싶었습니다."

매천은 강화도조약의 체결이 강제적으로 행해진 것이었지만, 신헌이 좀 더 현명하게 대처하지 못했던 것을 바둑의 승패로 깨우쳐주고 싶었던 것이다.

강위가 호탕하게 웃었다. 그 웃음소리가 밤하늘을 쩌렁쩌렁하게 울렸다.

"그대를 보니까 나한테 시를 배웠던 영재가 생각나는구먼. 누가 더 완벽주의자인지 가려내기 힘들 것이야. 아니지, 두 사람이 만나면 잘 어울릴 수 있을 것 같구먼. 아참, 운경, 고향으로 돌아갈 때가 되었다고 그랬지?"

영재는 이건창을 말했다. 그는 1875년에 충청도 암행어사로 나가서 관찰사 조병식을 탄핵했다가 오히려 유배를 가게 되었다. 그 이유는 조병식이 민씨 정권을 등에 업고 있었으며, 그 자신이 세도가인 풍양조씨의 일원이었기 때문이었다.

"그렇습니다. 이제 내려갈 생각입니다. 그리고 말입니다, 제가 한성부에 올라왔던 것은 과거에 응시하려는 속셈이었습니다만, 이젠 깨끗하게 단념했습니다. 그리고 오늘 밝히는 것인지만, 과거 급제에 미련이 있어서 문과 급제자의 방이 붙어있는 것을 바라보며 시를 지었던 적도 있었습니다. 하지만 지금은 그것마저도 부끄럽다는 것을 느끼고 있습니다."

매천이 한성부에 올라온 지 다섯 달이 지났다. 그런데 타인에게 처음으로 자신의 속내를 털어놓았다. 그리고 자신이 지었던 '문과 급제자 방 붙인 것을 보고'라는 시를 읊조리기 시작했다.

"삼현육각 울리며 급제 방 펼쳐지는 봄에/대궐거리 하늘은 말굽 먼지로 가득하네./금방金榜에 나붙은 그 이름 가운데/창생을 구제할 이 몇이나 될지 알 수 없네."

"이 시는 과거 급제를 갈망하는 것이 아니라 청백리의 출현을 학수고대하는 뜻이 담긴 것이로군. 아무튼 말일세, 이렇게 빈손으로 내려가도 좋단 말인가?"

"빈손이 아니라 짊어지고 가기에 버거울 정도로 많은 것을 얻었습니다. 처음에는 세상이 넓다는 것을 깨달았는데 이젠 학문의 세계가 넓다는 것을 깨달았고, 선생님께서 많이 깨닫게 해주셔서 모든 것을 지고 가기에 두 어깨가 아플 지경입니다."

매천의 얼굴 표정이 어둠 때문에 잘 드러나지 않았지만, 말투만큼은 매우 또랑또랑하고 신념에 가득 차 있었다.

매천이 한성부를 떠나 고향 광양으로 내려갈 즈음, 부음 소식을 들었다. 노사 기정진이 세상을 떠났던 것이다.

그동안 그가 한성부에서 강위를 선생으로 모셨고 신헌 부자 등 많은 인사들과 교류함으로써 새로운 사람들을 얻었던 반면에 노사 기정진이 세상을 떠남으로써 한 분의 큰 인물을 잃은 셈이었다.

그는 기정진을 추모하며 "근세의 조선 인물이 많기도 하지만,/참된 유학자는 역시 많지 않았네./선생이 우뚝 호남에 일어나/밀려오는 오랑캐를 한 손으로 막았네.//"라는 조만시弔輓詩를 지었다.

여기에서 '오랑캐를 막았다'는 말은 1866년 병인양요 때 위정척사운동을 주도해왔다는 의미였다.

5

길 다한 곳에 푸른 철선 있어 소리 내며 울고
백운대에 올라보니 참되게 살 곳을 정하겠네.
나도 끝내는 인간 세상의 나그네인지라
비록 명산을 사랑하지만 내 몸 또한 사랑하리.

조선시대 고종 17년1980년, 그러니까 경진년 초가을이었다. 이 해는 매
천의 나이 26세 때이기도 했다.
예로부터 금강산 유람은 누구나 꿈꾸는 평생의 소원이라고 했다. 그런
데 매천이 바로 그 금강산으로 유람을 왔다.
그는 내금강의 백운대에 올라 호연지기를 키우며 금강산처럼 고고하
게 살아가겠다는 뜻으로 '금강산 백운대' 라는 칠언절구 1수를 지었다.
그동안 그는 금강산을 돌아다니며 시상이 떠오를 때마다 기행시紀行詩
를 짓곤 했다. 그리고 시와 시 사이에 산문체로 일기를 꼬박꼬박 써넣고
그날의 노정과 사건들을 낱낱이 기록하고 있었다.
그런 기행시와 일기를 담은 책의 제목은 『담풍췌묵談楓贅墨』이라고 정했
으며, 함께 유람오지 못했던 김택영을 훗날 다시 만나게 되면 주고 싶어
서 기록하는 중이었다. 그 기록의 일부를 보면 다음과 같았다

이 해경진년 가을에 금강산에 놀러갔다. 담풍췌묵 두 책이 있으니 하

나는 영재가 점點을 찍었고 하나는 초본艸本이다. 생각건대 이는 산으로부터 돌아와서 영재에게 보이려고 초抄:베끼다한 것이 아닌가? 지금 물어볼 것이 없으니 남쪽으로 강촌江村만 생각하네.

매천은 백운대 주변의 기암절벽과 절정으로 치닫고 있는 단풍들이 끝없는 유혹을 해왔지만 전혀 흔들리지 않고 깊은 생각에 잠겼다.

역양 문경호가 가야산 답산踏山 후에 썼던 글을 읽었던 적이 있었다. 문경호는 "태산의 깊은 골짜기 안에 매우 아름다운 경치가 있는데, 잘 알려져서 세상에 이름이 난 것도 있고, 감추어져 있어서 아직 세상에 드러나지 않은 것도 있는데 군자는 어느 것을 취해야겠느냐."고 했다.

문경호가 이런 질문을 던졌던 것은 명성을 얻으려고 하거나 입신출세에 너무나 아등바등하지 말아야한다는 것을 자기 자신과 후학들에게 타일렀던 것일 터였다.

매천은 이태 전에 한성부에 올라가서 5개월가량 생활하다가 고향인 광양으로 내려갔다. 세상이 하 수상하고 매관매직이 비일비재한 판국에 자신이 입신출세를 꿈꾼다는 것이 얼마나 어리석은지 깨달았다. 그와 동시에 학문의 세계가 무한하다는 것도 깨달았던 것이다.

한성부에서 내려온 매천은 강미를 받으며 학동들을 가르쳤던 서당을 폐쇄하고 최선을 다해 공부에 전념했다. 특히 양명학과 서양학에 심취하면서 학문의 폭을 넓혀갔으며, 심지어는 유학자임에도 불구하고 불교서적까지 탐구했다.

그 후, 얼마 전에 두 번째로 한성부에 올라왔던 것이다. 그 이유는 당대 최고의 문장가로 명성을 날리고 있는 영재 이건창과 창강 김택영을 만나 그동안 자신이 공부했던 것을 저울질해보고 싶기 때문이었다.

매천이 그동안 자신이 썼던 시 몇 편을 가지고 이건창의 집을 찾아갔다. 그런데 이건창은 평안도 벽동에서 유배 중이라서 만나지 못했다. 그래서 가져왔던 시만 건네주고 돌아설 수밖에 없었다.

이건창은 을해년1875년에 충청도 암행어사가 되어 내려갔다가 충청감사 조병식의 비행을 낱낱이 적은 장계를 임금님께 올렸다. 그런데 민씨 일가와 내통한 조병식이 어사가 보낸 장계를 빼앗아 오히려 포상하는 글로 바꾸어버렸다.

이를 알아챈 이건창이 서둘러 탄핵 상소문을 올렸다. 그런데 고종이 무고한 사람을 시샘한다고 해서 오히려 이건창에게 유배형을 내려 평안도 벽동으로 보내버렸다.

일년 남짓 유배생활을 하고 돌아온 이건창은 공사公事에 성의를 다하고 있었는데 권세가들의 미움과 질시를 받아 또다시 유배를 가고 말았던 것이다.

매천은 이건창을 만나지 못했던 것이 못내 아쉬웠으나 후일을 기약하고, 사학자요 문장가였던 김택영을 만나기 위해 개성으로 갔다.

매천이 김택영의 집을 찾아가서 주인을 찾자 키 작은 사내가 나왔다.

"나는 창강이란 사람을 만나러 왔소이다. 이 댁의 주인이 누구요?"

"나요."

"아니오."

"어허, 아닌 것이 아니오."

그 사내는 비록 키가 작았지만 다부진 목소리를 갖고 있었다.

"이집 주인은 키가 8척 장신일 텐데 당신은 6척도 못되니 결코 아닐 것이오.”

　매천이 헛기침까지 터트렸다. 그러자 그 사내가 매천의 위아래를 훑어 보았다. 그러다가 두 사람의 눈이 마주쳤다.

　“그대가 광양 땅의 황운경이 틀림없겠지요?”

　“그렇소이다. 내가 바로 황운경이올시다.”

　“역시 내 눈이 틀리지 않았구려. 내가 김창강이오. 운경, 반갑소이다. 어서 들어오시오.”

　김택영이 파안대소하며 매천을 집안으로 불러들였다.

　무인년1878년에 매천이 한성부로 올라가서 추금 강위를 만나고 5개월가량 생활했을 때 김택영은 지리산 일대를 유람하며 구례 운조루의 주인인 유제양과 구례 천변마을에 살고 있던 왕사찬을 만나고 있었다. 그래서 그 당시 두 사람이 서로 마주칠 기회가 없었던 것이다.

　김택영은 구례에서 유제양을 만났을 때 매천의 명성을 귀에 못이 박히도록 들었고, 또 왕사천의 집을 방문했을 때 매천의 종형 황담이 갖고 있던 매천의 시를 읽어보기도 했기 때문에 자신을 찾아온 남루한 시골 선비가 누구인지 대번에 알아보았다.

　매천 역시 당대 최고의 문장가로 이름을 날리고 있던 김택영의 용모에 대해서 소문으로 들어 잘 알고 있었다. 그런데 두 사람이 선문답 같은 대화를 주고받았던 것은 서로가 첫눈에 의기투합했기 때문이었다.

　두 사람은 비록 첫 만남이었지만 아주 오래된 친구처럼 아무런 거리낌이 없었다. 흉금을 터놓고 밤새 이야기를 나누면서 술잔을 주고받았다. 서로 대화를 해보니까 첫눈에 의기투합했던 것이 전혀 잘못이 아니라는 것을 확인하게 되었다.

그들 두 사람은 사고방식이 비슷했고 학문도 우열을 가리기 힘들 정도라서 그날 밤에 신들의 사귐이라는 신교神交를 맺기에 이르렀다.

김택영은 매천보다 다섯 살이나 연상이었으며, 이미 17세에 성균 초시에 합격했던 인물이었다. 그리고 그의 조상들은 섬진강 화개마을에서 한동안 살았던 적이 있었고, 부친은 개성에서 인삼을 재배하는 가난한 농민이었다.

매천이 보고 느꼈던 김택영은 역사에 관심이 매우 많았으며, 시의 경향은 호방하고 화려하며 신비롭고 고상한 운치를 중시하고 있었다.

훗날 일이지만, 김택영은 42세에 진사가 되고 중추원 서기관까지 오른 뒤에 낙향했다. 또 1905년에는 학부편집위원이 되었으나 그해 겨울에 사직했다.

그 후, 을사조약이 체결되는 것을 보고 통분을 감추지 못하며 중국으로 망명했으며, 망국의 한을 작품 속에 담아 지식인의 고뇌를 표출하기도 했다.

매천은 김택영과 함께 금강산 유람을 하고 싶었지만 그가 건강이 급격히 나빠지는 등 여러 가지 사정상 함께 오지 못했다.

또 한 사람, 구례 땅에 있는 봉주 왕사각을 모시고 금강산에 오지 못했던 것을 아쉬워하며 '왕봉주 선생을 생각하며' 라는 시를 지었다.

개성에서 잠시 머물었던 매천이 금강산을 향해 길을 떠났다. 그리고 수일 후에 금화현今化縣 점포에 도달하여 하룻밤을 유숙한 후, 새벽 일찍 출발하여 2십리쯤 지나 금성金城 경계에 이르렀다. 그때부터 길 동쪽으로 동글고 뾰족한 산봉우리들이 보였는데, 그게 곧 금강산이라는 것을 알게 되었다. 그때 설레는 가슴을 억제하기 힘들어 '향금성' 이라는 시를 짓기도 했다.

금강산의 품에 안기고 나서 무시로 감탄을 터트렸다. 마치 신이 도끼로 조각한 것 같은 기암괴석들 그리고 비단을 깔아놓은 것처럼 아름다운 개울들과 폭포들은 이상향 속의 선계가 바로 이렇지 않을까 하는 생각이 들도록 만들었다.

그는 어렸을 때부터 병약했던 자신의 몸을 생각하며, 금강산에 온 김에 신선들의 약이라고 하는 선약仙藥을 찾아서 돌아가고 싶은 욕심이 들기도 했다.

매천이 생각을 접고 백운대에서 내려와 만폭동을 찾아갔다. 여기서부터 비로소 금강불이문金剛不二門으로 들어가는 듯했다. 빈 골짜기 안에서 바람소리와 물소리가 교차되며 천고에 없는 음악을 빚어내고 있었다.

불가에 실상무상實相無相이라는 말이 있었다. 그런데 만폭동을 보고 있노라면, 부처의 실상모든 것의 있는 그대로의 참모습은 빈 것을 떠나고 빛을 떠난 경지가 아닌가 하는 생각이 들기도 했다.

암벽에는 조선 중종 때 회양군수를 지냈던 봉래 양사언의 '봉래풍악 원화동천蓬萊楓嶽元化洞天'이라는 글이 새겨져있었다. 그 암각글씨는 '봉래이며 풍악인 금강산은 가장 으뜸을 이루는 동천이다.'라는 뜻을 갖고 있었다.

우리나라는 비록 땅이 비좁긴 했지만 경승지가 많아서 '동천'이라는 이름을 얻은 곳이 많았다. 그렇지만 금강산의 만폭동을 감히 능가할 만한 곳은 없다고 해도 과언은 아니었다.

매천이 암각글씨를 바라보며 감탄을 연이어 터트렸다. 평사낙안이요 용사비등이라는 말이 있듯이, 양사언의 글씨는 조선의 3대 명필로서 전혀 부족함이 없었다.

하지만 매천은 양사언의 필체보다 그가 지었던 "태산이 높다하되 하늘 아래 뫼이로다./오르고 또 오르면 못 오를 리 없건마는/사람이 제 아니 오르고 뫼만 높다 하더라."는 시가 훨씬 좋았다.

"그래, 아무리 어려운 일일지라도 꾸준히 노력하면 필경 성공을 거두고 마는 법이지."

매천이 그 암각글씨를 보며 혼잣말로 중얼거렸다.

이어서 의상대사가 창건했다는 불지암에 들렀고, 또 바다의 금강산이라고 말하는 해금강을 찾아갔다. 그곳은 숙종 24년에 고성군수로 있던 남택하가 찾아내어 "금강산의 얼굴빛과 같다."고 해서 해금강이라는 이름이 붙게 되었다.

해금강은 금강산 줄기가 동쪽으로 뻗어나가다가 바다가 앞길을 가로막자 창공으로 홀연히 솟구쳐 오른 형상이었으며, 십 리가량의 화강암 괴석들이 비취빛 동해와 맞닿아 있었다. 그 화강암 괴석들의 형상은 흡사 금강산 1만2천 봉우리를 그대로 축소해 물에 담가둔 것 같아 그 주변을 걷다보면 신선이 되어 선경을 거니는 듯한 착각에 빠지곤 했다.

해금강에서 얼마 떨어지지 않은 곳에 삼일포가 있었다. 그리고 호수에 사선도四仙島라는 바위가 있었는데, 신라 때 화랑 네 명이 수려한 풍광에 매료되어 집으로 돌아갈 것을 잊은 채 3일씩이나 놀았다는 고사가 전해 왔다.

매천은 금강산을 유람하고 다시 한성부로 돌아갔다.

이번 관광은 그저 풍류나 즐기자는 것이 아니었다. 그는 집을 나서기 전에 "이미 만 권의 책을 읽었으니/또한 사방으로 돌아다닐만 하네."라고 읊은 뒤에 국토를 유람하기 시작했던 것이다.

관광은 『역경』의 '관국지광이용빈우왕觀國之光利用賓于王'이라는 구절에서 나온 말이었다. 여기에서 '관광'은 한 나라의 훌륭한 문물을 관찰하거나 보여준다는 뜻을 담고 있었다.

또 옛글에는 '관광'이라는 말보다 '청암관광聽闇觀光'이라는 말이 주로 쓰였는데, 여기에서 '청암'이란 어둠을 듣는다는 뜻이며, 곧 형상이 있어서 보이는 것은 물론이고 보이지 않는 인심이나 풍속 그리고 생리까지 살핀다는 의미였다.

매천의 이번 여행은 철두철미한 청암관광이었다. 그래서 마치 강위가 방랑자로 떠돌면서 세상사를 관조했던 것처럼 매천도 눈길이 머무는 곳마다 깐깐하게 살펴보고 그 지역에 떠도는 소문까지 귀담아 들으면서 견문을 넓혔다.

한 해가 훌쩍 지나갔다.

매천은 한성부에서 2년여를 지내는 동안에 수많은 인사들과 교류했다. 주로 강위와 이건창 그리고 김택영의 주변 인물들이었다. 그들 중에는 무정 정만조, 고균 김옥균, 하정 여규형, 만진 이건초, 난곡 이건방, 송촌 지석영과 그의 스승 박영선을 비롯하여 사간원 대사간이었던 정원하, 성균관 대사성 민영환 등이 있었다. 그런데 그들 중에서 막역지우는 단연코 이건창이었다.

매천이 경진년1880년에 이건창을 만나러 찾아갔으나 그가 평안도 벽동에서 유배생활을 하고 있어서 후일을 기약하고 자신이 쓴 시만 건네주고 돌아섰던 적이 있었다. 그런데 그 다음해인 신사년1881년에 이건창이 한성부로 돌아왔고, 광교 근처 변진환의 해당루를 찾아왔을 때 매천이 그를 처음으로 보게 되었다.

매천과 이건창은 늦게 만난 것을 아쉬워할 정도로 서로의 인품과 학식에 이끌리고 말았다.

때마침 이건창이 유배생활을 끝내고 돌아와 공직에 복귀하지 않은 상태라서 시간적인 여유가 많았고, 또 그가 오랜 기간동안 격리된 채 적적하게 지냈던 터라 매천을 만나자마자 물 만난 고기처럼 좋아했다.

두 사람은 만나기만 하면 시국을 논했고 고금의 시문을 비평하며 서로를 풍성하게 만들어주곤 했다. 또 이건창이 매천보다 세 살 연상이었지만 나이를 뛰어넘는 망년지교는 물론이고, 신의 사귐으로 불리는 신교神交를 맺기에 이르렀다.

특히 이건창은 매천의 시를 높이 평가해주었고 또 주위에 널리 소개했다. 당대 문장의 제일인자로 꼽혔던 이건창이 매천을 높이 평가했기 때문에 그 여파가 대단했다. 그래서 글하는 선비치고 매천을 모르는 자가 없을 정도였다.

이건창은 철두철미한 원칙주의자였으며 비주체적 개화를 극단적으로 싫어했던 인물로 알려져 있었다. 그래서 매천이 이건창을 만나기 전까지만 해도 그의 성격이 괴팍하고 인품도 완고하여 풍류가 전혀 없을 듯했다. 그런데 직접 만나보니까 인물이 청수淸秀하고 매우 온건하고 자상한 성품을 갖고 있었다.

그런데 조정에서 파견했던 신사유람단 몇 사람이 해당루에 모였던 어느 날, 이건창이 얼마나 완고한 원칙주의자인가를 알게 되었다.

그날 하필이면 이건창과 신사유람단에 참가했던 고균 김옥균, 금석 홍영식 등이 자리를 함께 했다. 이건창은 혈혈단신으로 개화파들의 무리에 맞서 위정척사의 정당성과 함께 비주체적인 개화는 절대로 있을 수 없다고 역설했다. 그래서 서로의 견해가 달라서 분위기가 자못 심각한 지경에 이르기까지 했으나 이건창은 한 치도 두려워하거나 굴복하는 모습을 보이지 않았다.

신사유람단紳士遊覽團.

1881년 4월부터 일본에 파견한 시찰단을 이렇게 불렀다. 그런데 여기에서 '신사'는 선비지식층을 의미하며, '유람단'은 돌아다닌다는 뜻으로, 국가차원의 공식적인 출장 의미를 약화시키기 위한 의도로 만들었던 명칭이었다. 왜냐하면 그 당시 국내에서는 '신사척사운동'이라고 하여 외국 문물을 받아들이는데 반대하는 목소리가 높았기 때문에 불필요한 마찰을 피할 필요가 있었다.

이 유람단은 약 4개월 간 일본에 체재하면서 문교, 내무, 농상, 외무, 대장, 군부 등을 둘러보고 왕족과 고급 대신들도 면담하면서 선진 문물을 시찰했다. 그리고 시찰 결과를 보고서로 작성하여 조정에 올렸다.

그런 일이 있었던 다음해의 일이지만, 고종이 이건창에게 친히 글을 내려 "내가 그대를 잘 알고 있으니 전과 같이 하라."고 하여 경기도 암행어사로 임명했다. 그가 암행어사 직을 수행하기 전까지 두 사람은 하루가 멀다 하고 만나서 우의를 다졌는데, 주위 사람들이 그런 광경을 보고 수어지교와 관포지교로 비교할 정도였다.

황현은 서울을 유람할 때 영재를 위주로 해서 높은 벼슬아치들 사이에 이름이 알려지게 되었다. 대개 일생동안 얻기 어려운 만남이었다. 당시 영재를 일컫는 사람들은 모두 그를 과장하여 양한兩漢:전한과 후한이라고도 하고, 당唐과 송宋의 문장을 이어받은 인물이라고 했다. 황현은 영재의 만시 '영재의 장례가 지났다는 이야기를 듣고, 시를 지어 이를 슬퍼하고, 사辭로 정을 보임'을 지었는데, "문장의 오묘한 곳은 명나라와 청나라를 눌렀고, 일백년 이래로 이 사람이 가장 뛰어났네."라고 했다. 군자는 좋아하는 바를 지나치게 드러내지 않기 때문에 경솔하게 친교를 허락하지 않는다. 그러나 황현은 그것을 얻었다.

위의 글은 회봉 하겸진이 1930년에 쓴 『동시화東詩話』에서 매천과 이건창의 관계를 기록하고 평가했던 내용이다.

조선시대 고종 19년1982년, 그러니까 임오년이었다.

강화도조약으로 문호를 개방한 조선은 정치적 진통을 극심하게 겪게 되었다. 해외 선진 문물을 신속히 받아들여 근대화해야 한다는 개화파와 해외 문물은 조선의 전통과 문화를 해치는 것이기 때문에 개화를 해서는 안 된다는 수구파가 첨예하게 대립하고 있었다. 그런 와중에 임오군란이 발생하기에 이르렀다.

이때 매천은 한성부에서 생활했기 때문에 그 사건을 낱낱이 목격할 수 있었다. 그는 그 사건이 일어나자마자 서책을 던져두고 소문이 들려오는 현장을 찾아다니면서 하나도 빠짐없이 기록하는 열성을 보였다.

김택영이 매천의 그런 모습을 보고 한 마디 했다.

"운경, 사사건건 그렇게 찾아다니다가 날이 새겠소이다. 그리고 자칫하여 불똥이라도 튀는 날에는 온전하기 힘들 것이니 이런 난세에는 돌아다니지 않는 게 상책이오."

"무엇이 두려워서 가만히 앉아 있겠습니까. 이런 역사적인 사실은 누군가가 기록하고 후세에 남겨 경계가 되도록 하여야할 일입니다."

"운경이 언제부터 이런 일에 관심이 있었는지 모르겠지만, 지금 세상은 아주 위태롭기만 하오. 추금 선생님의 문하들이 두 갈래로 나뉘어 서로 으르렁거릴 만큼 각박하고 위험천만인 상황을 모르지는 않겠지요."

그의 말이 틀리지 않았다. 한 스승의 문하에서 공부했던 사람들이 개화파와 위정척사파로 나누어졌고, 급기야 팽팽한 대립의 각을 세우고 있는 실정이었다.

"창강, 염려해주어서 매우 고맙소이다. 하지만 저는 참된 공부란 서책 속에 있는 것이 아니라 우리가 살아가고 있는 이 세상사에 있다고 생각하오. 그래서 서책 공부를 잠시 중단하고 생생한 현장으로 뛰어들게 되었던 것입니다."

매천은 김택영의 만류를 뿌리치고 한성부를 바람처럼 싸돌아다녔다.

임오군란이 벌어지는 현장 곳곳마다 피바람이 일었다. 얼핏 보기에는 군병들의 군료 미지급 불만이 군란의 원인인 것 같았지만 사실은 그렇지 않았다. 흥선 대원군과 민비 사이의 권력투쟁이었고, 밑바닥을 들여다보면 개화파와 수구파 간의 암투이기도 했고, 그들의 뒷전에는 일제와 청나라가 도사리고 있었다.

그는 이 모든 사태를 어떻게 정리해야 좋을지 명확한 답을 찾지 못했다. 이럴 때 추금 선생이라도 옆에 있었으면 좋았으련만, 그는 제자인 변수를 데리고 김옥균 일행을 따라 일본으로 건너간 상태였다.

고균古筠 김옥균金玉均.

그는 1872년고종 9 알성문과에 장원으로 급제하여, 교리와 정언 등을 역임했고, 박지원의 손자인 박규수 등의 영향으로 개화사상을 갖게 된 인물이었다.

1881년고종 18, 그는 일본을 시찰하고, 임오군란이 발생했을 때 수신사 박영효 일행의 고문으로 일본을 다녀온 후에는 일본의 힘을 빌려 국가제도의 개혁을 꾀하겠다는 결심을 굳혔다. 그는 청나라 세력을 배경으로 하는 민씨 일파의 세도정치에 불만을 품고, 개혁을 위해서 거사하여 수구파를 제거하는 정변을 일으켰다. 그런데 갑신정변이 삼일천하로 끝나자 주모자들과 함께 일본으로 망명하여 떠돌아다녔고, 그 후 갑오년1894년에는 상해로 건너갔다가 자객 홍종우에게 살해되었다.

매천이 훗날 알게 된 사실이었지만, 국내에서 임오군란이 발생하자 김옥균은 일제의 군함을 타고 인천으로 들어왔고, 강위는 중국으로 건너가 중국어와 외국어 학습을 했다. 그리고 강위는 조선 주재 상무총판에 임명된 진수당 일행이 인천으로 가려고 준비해놓은 배를 타고 귀국했다.

그때, 강위는 청나라에서 서양의 문물을 수용해 부국강병을 일으키려는 양무운동에 관계된 서적을 한 아름 가져오기도 했다.

아무튼 매천이 한성부 곳곳을 누비며 목격했던 임오군란은 다음과 같았다.

4월에는 비가 계속 내리지 않아 농부들의 걱정이 태산 같았다. 하늘을 보고 살아가는 농부들이었기에 가뭄이 지속되면 항상 이상한 소문이 나돌곤 했다.

6월 5일이었다. 무위영 소속 구 훈련도감 군병들이 선혜청 도봉소에서 겨와 모래가 섞인 쌀을 군료로 지급받았다. 그 군병들은 군료를 받지 못한 것이 무려 13개월이나 되었고, 노약자들은 쫓겨나가기까지 하여 불만이 최고조에 달해있는 상태였다. 그런데 겨우 1개월 치 급료를 주면서 그 미곡의 상태까지 엉망진창이었으니 분노하지 않을 수 없었다.

"이건 민겸호 집의 하인이 이익을 취하기 위해 못된 술수를 부린 것이야."

민겸호는 민비의 오빠였고, 1880년에 새로운 정치기구인 통리아문이 설치되었을 때 통리기무아문 당상에 임명되었으며 다음해에는 일본의 육군소위 굴본예조호리모토 레이조를 초빙하여 별기군을 창설한 인물이었다.

훈련도감 군병들은 자기들보다 월등히 좋은 대우를 받는 별기군을 '왜별기倭別技'라 하여 증오하고 있었던 터였다. 또한 군료 미불 사태의 원인이 궁중비용의 남용과 척신들의 탐오에 있다고 생각했으며, 특히 군료관리의 책임자인 병조판서 민겸호와 경기도관찰사 김보현에게 잘못이 있다고 보아 깊은 원한을 가지고 있었다.

"그렇소! 이런 못된 술수를 부렸던 놈들을 붙잡아서 포청에 가두었다가 죽입시다!"

"굶어죽는 것이나 법에 의해 처형당하는 것이나 죽는 것은 똑 같소이다. 죽일 놈들은 마땅히 죽여서 우리의 억울함을 풉시다!"

주동자들은 구 훈련도감의 포수였던 김춘영, 유복만, 정의길 등이었다.

성난 군병들이 난을 일으켜 도봉소를 박살냈다. 그러자 민겸호가 주동자들의 체포령을 내려 포도청으로 모조리 잡아들였다.

"이번에 잡혀간 주동자들이 혹독한 고문을 당하고 있대."

"그중에 두 명은 사형에 처한다던데."

난병들은 이런 소문이 나돌자 더욱 격분하게 되었다. 그래서 김장손과 유춘만이 주동이 되어 사발통문을 돌려서 사람들을 모았다.

6월 9일이었다. 그날은 3개월 동안 지속되었던 가뭄을 일시에 해갈이라도 시키려는 듯 엄청난 폭우가 쏟아졌다.

김장손과 유춘만을 선두로 한 군병들이 비를 흠뻑 맞으며 자신들의 직속상관인 무위대장 이경하의 집에 가서 민겸호의 불법과 억울한 사정을 호소했다. 그러나 민겸호에게 직접 호소하라면서 뒤로 물러서버렸다.

성난 군병들이 민겸호의 집으로 쳐들어갔다. 그리고 순식간에 점령하여 집을 뒤져보니 진귀한 물건들이 가득 차 있었다. 그 모든 것은 백성들의 고혈을 빨아 축재한 재산이나 다를 바가 없었다.

배고픔에 시달렸던 난병들이라서 그런 진귀한 물건을 보자 눈이 뒤집히지 않을 수 없었다. 하지만 그들은 냉철함을 유지했다.

"여기서 단 일 전이라도 취하는 자는 가차 없이 죽이겠다!"

군란을 일으킨 주동자가 소리쳤다.

"그러면 어떻게 하자는 것이오?"

"뜰에 모아놓고 불을 질러야한다."

그렇게 해서 비단, 주옥, 인삼, 녹용, 사향을 모조리 쌓아놓고 불을 질렀다. 오색 불꽃이 피어났고, 귀한 약재들이 타는 냄새가 진동했다. 또한 민겸호의 집도 불태워버렸다.

민겸호는 목숨을 부지하기 어렵게 되자 담을 넘어 허겁지겁 도망치고 말았다.

난병들은 민씨 정권의 보복이 있을 것으로 생각되어 운현궁으로 찾아갔다. 그리고 흥선 대원군에게 진퇴 결정을 부탁했다.

흥선 대원군은 밀린 군료의 지급을 약속하고 해산을 종용하는 한편 심복 허욱을 변장시켜 난병들을 지휘하게 했다.

흥선 대원군과 연결된 난병들이 이번에는 동별영 창고를 열어 각종 무기를 꺼내 무장하고 더 많은 사람들을 불러 모았다. 그중에는 영세 상인이나 수공업자 등도 군란에 가세했다. 그리고 포도청을 습격하여 붙잡혀 간 사람들을 구출했다. 의금부로 가서 죄수들을 풀어주었다. 별기군 교련장을 습격했다. 경기감영과 일본 공사관을 습격했다. 일본 공관원 전원은 인천으로 도피했다.

10일이었다.

난병들이 민비를 공격하기 위해 창덕궁으로 몰려가 민겸호와 김보현 등을 살해했다. 민비는 궁녀의 옷으로 변장하고 충주 장호원으로 도망쳤다.

매천은 풍문으로 들었던 이야기를 그의 야록 '갑오이전' 편에 다음과 같이 기록했다.

> 중궁민비이 피난하여 강을 건너가려 할 때 사공들이 난색을 표하며 말하기를 "서울에서 강을 차단하라는 명령이 있었다."고 했다. 또한 행색이 이상함을 의심하여 건널 수 없다고 했다. 중궁은 금반지를 빼어 가마 밖으로 던져주어 건너게 되었다. 광주 땅에 들어선 후 길가에서 잠시 휴식을 취하는데 촌 노파들이 다가와서 보고 피난하는 부녀로 생각하고 서로 떠들면서, 중전이 음란해서 이 난리가 일어나 낭자가 여기까지 피난 오게 했다고 말했다. 중궁은 말없이 듣고만 있었다.

중궁이 환궁한 뒤 이곳 한 마을을 멸살했다. 따라간 사람들이 강을 건 널 때 의심한 사공도 죄를 다스리자 했으나 그것은 허락하지 않았다. 14일에 가서 와언訛言:잘못 전하여진 말은 뜸해졌고, 난병은 각기 대오로 돌아갔으며 성문을 열고 사람들을 통행시켰다.

궁중에서 민비가 사라지고, 난병들이 궐내까지 진입하는 사태가 벌어 지자 고종은 더 이상 사태 수습이 어렵다는 것을 깨닫고 왕명을 내렸다.

"자금自今 이후 대소 공무는 대원군 전에 품결하라."

왕명에 이어 고종의 자책교지가 반포되어 군변의 정당성이 확립되었 고, 대원군 정권이 다시 들어섰다.

임금은 대원군이 군란을 수습한 공로에 보답하고자, 대궐을 출입할 때 쌍파초선을 타고 팔인교를 타며 등에 쌍거북을 수놓은 조복을 입도록 명 하기도 했다.

그럴 즈음에 난병들은 민비의 처단을 주장하면서 해산을 거부했다. 흥 선 대원군은 민비의 실종을 훙거薨去:왕이나 왕족 등의 죽음을 높여 이르는 말로 단정하고 상喪을 공포했다.

피신했던 민씨 일파는 큰 타격을 받자 김윤식을 통하여 청나라에 원조 를 요청했다. 그러자 호시탐탐 기회를 노리고 있던 청나라에서 때를 놓치 지 않고 오장경으로 하여금 군대를 거느리고 출동하도록 지시했다.

오장경은 한성부 요소마다 군사를 배치하고 조선 내정에 직간접적으 로 간섭하다가 흥선 대원군을 납치하여 천진으로 압송했다.

고종은 청나라 병사들이 대원군을 잡아가자 청나라 황제에게 바칠 주 문奏文을 짓기 위해 영재 이건창을 다급히 찾으며 이렇게 말했다.

"글을 짓는데 그대가 꼭 필요하다. 〈중략中略〉. 스스로 국난을 지은 허물은 다 나에게 돌리겠다. 다만 대원군을 위하여 명백하게 사실을 밝혀 이 글을 보는 사람으로 하여금 한 글자를 볼 때마다 한 방울의 눈물을 흘릴 수 있도록 하라."

아무튼 이렇게 해서 대원군의 정치가 사실상 막을 내렸다.

매천은 한성부를 돌아다니면서 민씨 일파가 끌어들였던 청나라 군대가 얼마나 많은 행패를 부렸으며, 그런 혼란을 틈타 서양인들은 얼마나 많은 패악을 저질렀는지 잘 알고 있었다.

그는 『매천야록』에 "청국인들이 우리나라에 원병을 보냈을 때 장안에 걸식하는 어린이들을 붙잡아 중국에 팔아넘긴 것이 1년에 수천수만 명이었다. 종현학당이 세워짐에 서양인들은 영아원을 설치하여 보호하며 기른다는 것을 빙자하고 거지행각을 하며 버려진 아이들을 모아 1대를 편성하여 선척에 가득 싣고 떠나가니 청국인에 비해 거의 갑절이나 되었다."라고 기록했다.

그럴 즈음, 병력을 이끌고 서울로 들어온 일제의 화방의질하나부사 요시모토은 조선의 군란 책임을 물어 제물포조약을 체결하기에 이르렀다. 그 내용은 주모자 처벌, 일본인 유족 보상금 5만 원과 일본 정부에 대한 손해 배상금 50만 원을 지불할 것 등이었다.

결국 힘이 약한 조선 정부는 제물포조약에 따라 55만 원 중에서 15만 원을 일제에 선 지불했다. 그리고 박영효, 김옥균, 김만식을 일본에 사죄사로 파견했다. 또 일제는 공사관 경비를 구실로 1개 대대 병력을 한성부에 파견하게 되었다.

군병과 서울의 빈민들은 청나라 군대에 저항하여 곳곳에서 소규모 전투를 전개했으나 결국 진압당하고 말았다.

매천은 조선의 힘없는 모습이 너무나 원통하고 부끄럽기조차 했다. 그리고 그런 모든 원인이 정권의 부도덕성이나 수구파와 개화파의 갈등에서 비롯된 것임을 알게 되자, 어느 파를 막론하고 나라를 위해 헌신하지 않는 한 모두 해로운 존재로 여겼다.

하지만 매천 자신은 잘못되어가는 세상을 바꾸거나 돌려놓을 힘이 하나도 없는 무력한 인간이라는 것을 느끼고 가슴 아파할 수밖에 없었다. 그래서 더 이상 한성부에서 머물고 싶지 않아 고향 광양으로 내려오고 말았다.

한 해가 또 지나가고, 계미년1883년이 돌아왔다.

이 해는 매천의 나이가 29세였는데, 고종이 참신한 인물을 등용하기 위해 보거과保擧科를 실시한다고 반포했다.

"운경아, 이번에 보거과를 실시한다는 소문이 나돌더구나. 네가 그 과거에 응시하여 네 조부님의 한을 풀어드리는 게 어떻겠느냐?"

황시묵이 매천을 불러 이야기했다.

매천은 과거에 응시할 생각이 별로 없었다. 그렇지만 아버지의 간곡한 권유와 입 밖으로 말은 꺼내지 않았지만 아들이 장원급제하기를 밤낮으로 염원하는 풍천노씨의 간절한 마음을 모른 체하기 힘들었다. 그래서 몇 날 며칠을 고민하다가 보거과에 응시하기 위해 한성부로 올라갔다.

보거과에는 수많은 사람들이 몰려들었다.

매천은 진사과 초시에 응시했다. 그런데 시관試官을 맡은 한장석이 매천의 답안지를 보고 크게 놀라며 장원으로 뽑았다가 시골 출신이며 한미한 가문의 인물이라는 것을 알고 차석으로 떨어트리고 말았다.

한장석은 성균관 대사성과 이조참의를 거쳐 1983년 1월에 통리군국사무아원의 현판군국사무에 임명되어 별시회시시관을 맡게 된 인물이었다.

매천은 시관의 농간을 보자 어처구니가 없었다. 때마침 옆에 있던 홍기정이 그런 부조리를 보고 한 마디 했다.

"운경, 저는 과거로 출세하기에 세상이 너무 썩었다는 것을 알고 일찌감치 포기했소이다. 저걸 보오. 저게 참신한 인재를 뽑겠다는 보거과란 말이오? 나라가 이대로 무너질까 싶어 매우 걱정이오. 외세침탈이 나날이 가중되고 조정은 썩을 대로 썩었소이다. 이 나라를 바로 세우려면 참신한 인재가 필요한 것이 아니라 부조리를 깨트릴 용감한 자가 필요하오."

홍기정이 씩씩거렸다.

"내가 장원으로 급제하지 못한 것은 시관의 잘못만은 아닐 것이외다. 흥선과 명성황후가 권력을 서로 차지하려고 아옹다옹하는 바람에 나라가 흔들렸고, 이젠 개화를 주장하는 자들과 수구를 주장하는 자들이 대립의 각을 날카롭게 세우고 있으니 그게 더욱 큰 걱정이오. 그리고 말이외다, 일본은 조선을 호시탐탐 노리며 침략의 음모를 진행하고 있는 듯하고, 청나라는 조선 땅에서 일본보다 우월한 지위를 누리며 상권을 독점하고 있으며 그들 또한 조선을 호시탐탐 노리고 있소이다. 물론 그렇게 되어서는 결코 아니 되겠지만 망국의 늪으로 점점 빠져들고 있는 듯하니 이걸 어찌해야 좋단 말이오. 답답하오. 정말 답답하오."

매천이 땅이 꺼질 듯한 한숨을 내쉬고 과장 밖으로 나왔다. 홍기정이 뒤따라 나오며 말했다.

"운경, 초시에 이어 시행될 복시와 전시 어떻게 할 작정이오?"

"이미 도가 없음을 보았는데 무얼 망설인단 말이오. 모든 것을 아예 포기하고 당장 고향으로 내려갈 생각이오."

"안타까운 노릇이지만 그게 현명한 처사인지도 모르겠소이다. 그래서 나도 과거를 포기했던 게 아니겠소이까."

매천이 한성부를 떠나 광양으로 내려갔다. 고향으로 돌아온 매천은 고통 속으로 한없이 빠져들었다. 아들의 장원급제를 바라는 부모님의 간절한 소망을 풀어드리지 못했다는 것과 나라를 걱정하는 마음 때문이었다.

조선의 당대 현실은 온갖 외세가 침범한 가운데 국내의 정치세력이 여러 갈래로 나누어져 극심한 대립과 갈등을 보이고 있었다.

그 당시 조선의 정치세력은 수구파와 개화파로 분열되어 있었다. 수구파는 또다시 민비수구파와 대원군수구파로 분열되었고, 개화파는 급진개화파와 온건개화파로 분열되어 있었다. 그래서 나라는 바람 앞의 등불처럼 위태로운 지경에 처해 있었다.

특히 개화파는 김옥균을 중심으로 결집되어 있었는데 개혁의 궁극적인 방향은 같았지만 실현방법에 있어서 입장 차이로 인해 두 갈래로 분열되어있는 상태였다.

김홍집, 어윤중, 김윤식 등으로 구성된 이른바 온건개혁파는 부국강병을 위해 여러 가지 개혁정책을 실현하되, 민씨 정권과 타협 아래 청나라와의 사대외교를 종전대로 계속 유지하자는 노선을 갖고 있었다.

그 반면에 김옥균, 박영효 등으로 구성된 급진개화파는 청나라에 대한 사대관계를 청산하는 것을 우선과제로 삼고 민씨 정권도 타협의 대상이 아닌 타도의 대상으로 보았다.

민씨 정권에서는 개화파의 이러한 노선을 알고 있었기 때문에 정치적인 압박을 가하기 시작했다. 게다가 청나라에서도 개화파의 개화정책이 곧 조선의 독립을 추구하는 것으로 보고 갖은 방법으로 탄압하고 있었다. 그런 일련의 상황들은 불씨를 안고 있는 화약고와 같아서 언젠가는 큰 폭발이 일어날 수밖에 없었을 터였다.

조선의 국내외 정치상황이 이처럼 불안정했지만, 그런대로 큰 불상사 없이 2년이 흘러갔다.

그동안 매천은 임오군란의 책임을 지고 임자도에서 유배생활을 하고 있는 향농 신정희를 찾아가 위로도 하고, 남도 일대를 돌아다니며 농촌의 궁핍한 현실에 깊은 우려를 표명하면서 "인삼이 잘 되어도 인삼 집이 가난한 것은/관인이 뽑아가도 돈 주지 않기 때문이라/어찌 길러야 구슬이 다시 돌아오는 날 있어/온전히 인삼의 봄을 찾을 수 있을 것인가."라는 시詩들을 지어 깊은 우려를 표명하곤 했다.

그러던 어느 날, 오래 전부터 염려하고 있었던 일이 마침내 터지고 말았다. 그러니까 계미년1883년의 조영수호통상조약에 이어 갑신년1884년에 조러통상조약이 체결되었다는 소식이 들려오더니 급기야 갑신정변이 터졌던 것이었다.

매천은 여러 경로를 통해 그 정변 소식을 접했다. 마음 같아서는 역사적인 현장 속으로 뛰어 들어가서 자세한 경위와 그 결과를 알아내어 낱낱이 기록하고 싶었지만 그럴 수 없다는 것이 무척이나 안타까울 따름이었다.

임오군란 이후에 청나라의 내정간섭이 심해지기 시작했다. 그리고 조선을 그들의 종속국으로 만드는 작업에 착수하여 청나라에서 군대를 끌고 왔던 오장경이 병권을, 진수당이 재정권을, 목인덕묄렌돌프은 해관을 장악했을 뿐만 아니라 외교권까지 가로채려고 했다. 그리고 '조선은 청나라의 속국'이라는 내용의 방榜을 남대문에 공공연히 붙일 정도로 오만 방자하게 굴었다.

개화파 중에서 급진개화파는 자신들의 정치적인 입지가 위험에 처하게 되자 무장 정변이라는 방법으로 조선의 근대화와 자주독립을 달성하려고 했다.

매천의 그의 야록 '갑오이전' 편에 많은 지면을 할애하여 소문으로 들었던 갑신정변을 세세하게 기록했는데, 다음과 같았다.

10월 17일 무자戊子 밤에 박영효, 김옥균 등이 반란을 일으켜 대궐을 침범하고 왕을 경우궁으로 옮겼다. 좌찬성 민태호, 지사 조영하, 해방 총관 민영목, 좌영사 이조연, 우영사 윤태준, 전영사 한규직을 속여서 오라고 하여 모두 죽였다. 환관 유재현은 난을 일으킨 주모자들을 욕하다가 죽었다…….〈중략中略〉

어떤 이는 말하기를 왕을 꾀어 인천까지 가서 배를 태워 일본으로 들어가 그러한 후에 서양의 민주제도를 모방하고, 박영효 등은 고종을 갈아 치우려 계획했다고 한다. 어떤 이는 말하기를 8도를 분할해서 적당들이 각기 한 지방씩 점령하여 왕 노릇을 한다고도 했으며, 어떤 이는 말하기를 청나라와 관계를 끊고 일본을 끼고 왕을 높여서 황제로 삼고자했다고도 말하는데 그 후에 난의 주모자들이 모두 도망쳐서 심문할 길이 끊어져 마침내 상세한 내용은 얻지 못했다…….〈하략下略〉

매천은 갑신정변에 대한 소식이 들려올 때마다 모든 것을 놓치지 않고 기록했으며, 더욱 상세한 정보를 얻기 위해 팔방으로 노력을 기울였다.

그의 『매천야록』에 기록된 갑신정변 내용과 역사에 기록된 내용을 토대로 하여 이야기를 재구성해보면 다음과 같았다.

갑신년1884년 12월 4일음력 10월 17일 밤, 급진개화파들이 우정국 낙성식을 계기로 정변을 일으켰다. 개화파들이 곳곳에 불을 지르고 큰 소리를 외친 뒤에, 창덕궁 중회당으로 들어가서 고종과 민비를 만났다.

박영효가 임금께 아뢰었다.

"상감마마, 청나라 사람들이 난을 일으켜 긴박하니 상감께서 잠시 일본 공관으로 행차하시어 변을 관망하시는 게 좋을 듯합니다."

그래서 고종이 그 말을 따라 움직이려 하자 민비가 나서서 말렸다.

"자세히 알지 못하고 서둘러 가시는 것은 옳지 못합니다."

"상감마마, 그러시다면 경우궁으로 행차하시는 게 좋을 듯합니다."

그렇게 하여 고종과 민비가 경우궁으로 옮겼다. 그리고 개화파들이 고종에게 '일병래호日兵來扈'라는 글을 친필로 쓰도록 종용했다. 그러니까 '일제의 군대가 와서 호위하라'는 뜻이었다. 그리고 이런 글을 일본 공사관에 전하자, 죽첨공사가 군대를 이끌고 와서 궁을 호위하게 되었다.

정변을 성공한 급진개화파들이 곧바로 새로운 정부 수립에 착수하여 모든 각료를 새로 임명했다. 그리고 다음날인 5일 새로운 개혁 정부가 들어섰음을 내외에 공포했다.

개화파의 정변에 놀란 청나라 측에서 6일 오후 3시에 1,500여 명의 병력을 두 부대로 나누어 창덕궁의 돈화문과 선인문을 통해 공격해왔다.

호위를 맡았던 일본군대는 제대로 전투도 하지 않고 철병해버렸다. 매천이 기록했던 야록에 따르면, 일본 군함이 개화파의 정변을 도와주기로 되어있었으나 바다 중간에서 두 차례나 화통이 터져 약속을 어기게 되었다고 했다.

하지만 그 당시 떠돌았던 소문은 일제가 청나라를 대적할 상황이 아직 되지 않아서 개입하기를 꺼려했을 것이라고 했다.

개화파들이 격렬하게 저항했으나 청나라 병력을 물리치지 못하고 결국 패배했다. 개화파의 주모자였던 김옥균, 박영효, 서광범, 서재필, 변수 등 9명은 일본으로 망명했다. 또 홍영식 그리고 박영교와 사관생도 7명은 고종을 호위하고 있다가 피살되었다.

그 후, 국내에 남은 개화당들은 민비수구파에 의하여 철저히 색출되어 수십 명이 피살되었고 개화파는 몰락했다. 이렇게 하여 개화파의 갑신정변은 삼일천하로 끝나고 말았던 것이다.

매천은 갑신정변의 모든 소문들을 기록하면서 수많은 한숨을 내쉬곤 했다. 왕권이 약하다 보니 각 처에서 저마다 자신들의 주장이 난무했고, 또 외국 군대를 불러와서 정변을 일으키는 등 망국의 조짐이 도처에서 다양한 형태로 발생하고 있었다.

정변에 이용된 외국 군대들은 국내의 정치적인 암투나 대결 양상을 즐기며 부채질했고, 그런 정변의 기회를 놓치지 않고 재빠르게 이용하여 조선을 자신들의 속국으로 만들기에 여념이 없는 세상이었다.

매천은 암담한 현실 앞에서 한동안 괴로워하며, 격변기를 살아가는 한 선비로서 할 수 있는 일이 무엇인지 찾아보았다. 그러다가 마침내 하나의 결심을 하기에 이르렀다.

그 결심이란 깊은 산속으로 들어가서 지금까지 조금씩 기록해왔던 야사를 토대로 눈앞에서 쉴 새 없이 진행되는 격변기의 역사를 상세하게 기록하고 집대성하여 후대에 경종을 울려주는 것이 필요하다는 생각이었다.

　매천의 나이 32세 때1886년였다. 마침내 그는 식솔들을 거느리고, 백운산 북쪽 산자락의 깊은 골짜기에 있는 구례 간전면 만수동으로 이사하면서 "지금부터 맹세컨대 어초를 싫어하지 않으리라."는 내용의 시를 짓고 칩거할 것을 다짐했다.

매천 황현 1 백운산하(白雲山下)

초판1쇄 찍은 날 | 2010년 2월 10일
초판1쇄 펴낸 날 | 2010년 2월 20일

지은이 | 박혜강
펴낸이 | 송광룡
펴낸곳 | 문학들
등록 | 2005년 8월 24일 제2005 1-2호
주소 | 503-821 광주광역시 남구 양림동 24-18번지 2층
전화 | 062-651-6968
팩스 | 062-651-9690
전자우편 | munhakdle@hanmail.net

ISBN 978-89-92680-37-0 03810